江山凝眸

江来 著

作家出版社

▲《长相依》 拍摄地：安徽黄山

◀《凌云》 拍摄地：陕西华山

▲《泸沽湖之春》 拍摄地：云南丽江

▲《画》 拍摄地：新疆中哈大峡谷

▼《金秋》 拍摄地：新疆布尔津县五彩滩

▲《高原秋色》 拍摄地：青藏铁路沿线

▼《齐驱并驾》 拍摄地：海南三亚亚龙湾

▲ 《西湖夜色》 拍摄地：浙江杭州

▼ 《相声专场》 拍摄地：天津古文化街

▲ 《默契》 拍摄地：黑龙江北极村

▼ 《牧歌》 拍摄地：内蒙古额尔古纳

▲《故乡的河》　拍摄地：湖南道县

▼《船帆石》　拍摄地：台湾垦丁

▲ 《沉思》 拍摄地：四川峨眉山金顶

▼ 《仰望》 拍摄地：贵州黔灵山公园

▲《**乘爱飞翔**》 拍摄地：广东深圳

献给祖国与母亲

目录

万水千山赤子心

——序言

我认识江来先生还是通过北京大学魏老师。当时，他到北京进修，学习很认真，这在培训生中不多见。那是北京初冬的一天上午，魏老师告诉我，有个湖南学生专程到学校听我的课。就这样，我与他认识了。在课余时间的交流中，他很健谈，提起他自费游历的一些事情，中国每个省份他都去过。他是一个小职员，薪水并不高，为了能多走走，多看看，他甚至可以不住旅店。

我被他感动了。再后来，他委托魏老师请我为他撰写的《江山凝眸》写序，我很痛快地答应了，并有幸成为此书最早的读者之一。

打开邮箱，我把他的游记下载下来，细细品读起来，渐渐地被他带入。我像是坐在文字构造的竹筏之上，顺着一条诗意而温暖的河流，将祖国大地的山山水水游览了一番，惬意而沉醉，感动又自豪。

从文字中，我佩服他坚韧不拔的毅力，佩服他为祖国山河立传的勃勃雄心，尤其佩服他眷恋天空与大地的情怀。他用诗一般的语言写出了一本像小说一样引人入胜的游记美文集。

他的文笔睿智清新、真诚细腻，字里行间饱含深情，让人如沐春风，备觉温暖。同时，他的语言生动活泼，构思巧妙，别具匠心，非常适合吟诵。他的博学多识，让此书具有丰富的文化内涵，其中有不少令人击节称赏的篇章。

由于他来自《爱莲说》的作者周敦颐的家乡，我特别留意他的游记中写花的那些文字。比如在《花开天下暖》一文中，他这样描写在新疆大地邂逅的棉花："一棵小小的植物，将天下冷暖系于心间，哪怕再渺小，也要温暖人间。这就是棉花的品格。"从这样的句子中，我们何尝只是感受到棉花的品格呢？

在《心上西湖》中，他写的郁金香也别有情味："当别的花朵开得谄媚，开得平平展展毫无悬念。唯有它不卑不亢，围成最美的天井，守护不染纤尘的心灵。当其他的花朵害怕雨打风吹，它却把风雨斟满，在自己的酒杯中细细品味。"在这种对照之下，郁金香的形象也跃然纸上。

这部涵盖了他 20 年旅途中的阳光与风雨的作品，这部倾注了他 4 年多心血、三易其稿的作品，从最初的 280 篇、40 万字的内容被他打磨成 170 余篇、20 多万字的精品，其新颖的结构、恢宏的气度、独特的风格、唯美的意境，令人叹服。

他的生花妙笔让每一个足迹都熠熠生辉。在他的笔下，奇山异水闪亮登场，名胜古迹温婉多情，各色人物令人感动。他描绘的是炎黄子孙共同的故乡，也写出了祖国母亲的梦与盼。

万水千山赤子心，寸草春晖情意真。在我看来，这本书是献给祖国与母亲的深情颂歌，也是新时代的《千里江山图》；这是从独特的角度感悟历史、探索自然的真实档案，也是一个小镇青年穷游天下的励志传奇；这是以亲身体验为 34 个省、直辖市、自治区、港澳（特别行政区）谱写的动人乐章，也是带领人们游历大江南北的旅途指南。

正如书中的《写给黄山的信》一文中所言："真正的山应该像

你一样，对得起所有仰望的目光。”我想：一本真正的书，也应该对得起所有阅读的目光。

书海无边，人的精力有限。最好的阅读往往源自别具慧眼的挑选。

多年来，我常常用衡量星星的标准来看待书本。有的书像流星，有的书如恒星。流星的光芒转瞬即逝，恒星的光芒永远闪耀。这其间的差距，我认为大部分的原因是作者的才情以及思想的海拔造成的。只有将抱负与使命感融入真挚、动人的描绘中，才可能让作品传之久远。这一点，江来先生在用心地实践着，也期待他文思泉涌、佳作不断。

有时，面对满天星斗的夜空，我依然会像儿时一样激动，那来自遥远星空的光芒带给人慰藉与力量，就像我们面对一本好书时所感受到的那样。我相信，在这伟大的时代，这样一份诚意满满的文化馈赠，一定会备受读者朋友的喜爱。

中央电视台《百家讲坛》主讲人

国防大学博士生导师

马　骏

2021 年 3 月 2 日

如意广西

第一片海

三岁那年，老宅院门前的板凳上坐着个小瘸子。那便是我。我小小的影子上一队蚂蚁潇潇洒洒地走过。我什么也没说。

在家乡土话里，瘸子一般说成“拜子”。有一首流传甚广的童谣专门为嘲弄瘸子而打造：“拜子拜，跳上该（街）。买点米，养奶奶。奶奶吃得多，拜子回来刮鼎锅。”

父母在，奶奶身体也硬朗，轮不到我养。但是，一个“跳”字，形容我走路的样子却十分妥帖。

我走路时，常常扶着小凳子一跳一跳。姿势虽不雅，却类似于骑马，有几分凌驾于无奈之上的畅快。一般人是体会不到的。

那天，邻居三哥路过我的时候笑着对我说：“阿海，走！哥带你去买糖好不好？”

“好！”我毫不犹豫地答道。

在别人开玩笑时当真，我从小就是这样的人。

他见我起身跟着要去时，就大步流星地走远了，回头冲我说：“骗你的，我去买盐。你别去了！”

糖与盐，甜与咸，转变就在一瞬间。我才跳出几步便傻了眼。

那是我第一次恨“盐”这个字。

童年太咸，也许正是因为这一点。

三十岁那年夏天，我第一次来到海边。海水比童年更咸。在海水中蹦跶的我被大海赏赐了几口原生态的盐，顿时傻成神仙。

那时，我早已不再是瘸子，还带着妻子与五岁的儿子。

对于我们一家三口而言，北海银滩是属于我们的第一片海。这片海是一位仙子为我们送来的。

这位仙子将一切都妥妥当当地替我们安排好了。

她为我们预订了海边的民宿，还为我们安排了海鲜大餐。当餐桌离海不过几米远的时候，大海趴在桌下，温柔如小狗。最幸福的味觉在海风的催化下充斥着整个身体的宇宙。

在我们与她的孩子一起闹海时，她为我们守着衣服，为我们拍着照片。她就像守护神一样，让我们的笑脸格外鲜艳。

原本我们与她素昧平生，是文字让我们有着奇妙的缘分。

某次，我将儿子说的一些有趣的话特意记录下来。因为一些词语的关联，电脑上随机链接了一些有相同关键词的文章。

我点开其中一篇，里面有两个令人难忘的细节。一是她父亲作为教师代表参加了国庆十周年庆典，并与毛主席合过影。还有就是在她父亲去世后，很多曾经的学生为他送行，泣不成声。文笔简练却很感人。

后来，她却成了我最热心的读者。我写的字字句句她都会认真拜读且及时分享她的读后感。

在我文字起步阶段，在我像三岁那年一样在文学道路上扶着小板凳一跳一跳地行走时，她给予我最大的关心与鼓励。

她得知我名为大海却三十年来从未见过大海，就说：“我也生在小县城，能理解对外面世界的向往。如今，我生活在南宁，这里离北海很近。有机会你带家人一起来看海。”

她的邀请就像那片美丽的海洋传来的涛声。我们的赴约就像溪流奔向蓝色向往的脚步。

千年前，桃花潭应和着汪伦踏歌的响声。千年后，北部湾见证着另一段文字的缘分。从见到第一片海的那天起，我便坚信：即便是大海的浩瀚也比不上人心的宽广。一种与人为善的力量可以为天空与大海镶上最美的镜框。

请原谅我在多年以后仍然将她定义为仙子。她的名字叫红云，也许她就是七彩祥云中最美的一朵。她为我和家人送来第一片海，一片比海更美的海。

冬日南宁

第三次去南宁，是在梦里。

冬日的清晨，我走在邕江边上。阳光亲切，草尖上撑起的蜘蛛网坠着或大或小的露珠，闪着骄傲的光。一株高高的小草在风里舞动长袖般的细叶，像敦煌壁画里的飞天的模样。

这是梦的开场。醒后也令我难忘。梦中我在写一篇文章，题目叫《冬日南宁》。

那梦很短，却一下实现了我两个愿望，我从未在邕江边散过步，也从未在冬天到过南宁，一梦而两全，真好！

我去过两次南宁，都在夏天。一次是在十年前，一次在三年前。前一次是应朋友之邀去做客，后一次是出差。待的时间也都像梦一样短。

可是，这座城市对我有恩。我深知这一点。我认识的南宁人虽屈指可数，但他们都十分热情地帮助过我。这一点若细论起来不是一篇短文所能容纳的。

在南宁的街头，我印象最深的一幕是读到过一行标语：能帮就帮，敢做善成。当时为我和家人带路的朋友告诉我，这是南宁的城市精神。

我惊讶于一座城市的宣言，有那样质朴的四个字："能帮就帮。"再想想自己有幸认识的几个南宁的朋友，似乎都在默默地践行着这四个字，在惊讶的同时我更多的是感受到一种温暖与力量。

我曾羡慕过长在南宁的树，也一直相信，生活在南宁的树要比在别的城市活得幸福。在南湖公园游览时，也曾和那片高高的棕榈树林合过影。我和其中最壮实的一株比过高，输得心服口服。

我爱看那片被棕榈树叶裁剪过的天空。在棕榈树叶的巧手之下，天空只是一张任意裁剪的彩纸。

不管怎么说，低调的南宁城，最放肆的还是那些花。它们时时处处都开得很张扬，很撩人，看一眼似乎就能听见它们的笑声。它们把香甜的气息织进绿城的风里，它们自然很得意。

大约是繁花似锦，总是容易迷惑人的眼睛的缘故，南宁的公交车总是开得格外耐心。稳稳当当，气定神闲，就像一笔一画地在临帖写楷书。

也许，这份耐心是温暖之城与生俱来的，又或许是被那成千上万的电动车大军训练出来的。

有人说，南宁是没有冬天的城市。我不知是否确切。我只愿用我梦中"误拟"的标题，写写魂牵梦萦之外的暖意。

最初的仙境

家乡挨着桂林，确实值得庆幸。不过，这种幸运是有代价的。那代价便是容易将风景不当风景，对着仙境也难动心。

因此，活到二十四岁的年纪，我还是没看出这世上有哪里的风光胜过自己的家乡，直到我去了一趟资源县，我的偏见才得以改变。

资源县属于桂林。它境内的猫儿山是资江的发源地，它由此而得名。资江是三湘四水的其中“一水”，它的大部分流域在湖南。从秦到唐，资源一直属于湖南零陵郡，从宋代起才划归广西。

在桂林的辖区中，它的名气远不如阳朔，若论风景可真不好说。我从来没觉得资源县的山水比这世上的哪一处逊色。当然，这种一往情深的偏爱，很大程度上是由于它是我人生中最初遇到的仙境。它直接影响到我在未来岁月中对山水的态度。

关于这一点，我首先得感谢一位从未谋面的演员。他叫李立群。在2004年五一长假前夕，他在一个旅游访谈节目中说过这样几句让我终生难忘的话。他说:“在我到过的地方中，最难忘的有两处，一处是西藏，一处是桂林资源县的八角寨。”

大概因为西藏的美无须诠释，他重点讲的是八角寨的山如何奇特。他一边比划一边说:

“我从未见过那样的山。到了那里，才发现原来山可以长成那样。上面尖尖的，中间圆圆的，石头光秃秃，还是红色的，就像仙桃一样。有趣极了。”

他说得朴素而诚恳，由不得人不信。

那是我第一次听到资源县与八角寨这些名字。由于电视中没有出现八角寨的图片，加上当时信息不发达，直到我坐上去桂林的客车去一探究竟时，也不知道那种山究竟是什么样。

不过，这比现在先看图再去景区失望的那种旅行可强多了。无知有时反而是一种优势。

我在五一当天就向着目的地出发了。谁知还没离开本县境内就被泼了一大瓢冷水。车上有个人与我搭讪时说他就是资源县的，问我去那边做什么？我说："我去那边旅游。"他似乎很惊讶："我们那风景一般般，没什么好看的。"

我不由得紧张起来。当地人说的那还有错？何况，他也不至于污蔑家乡来哄我。我会不会乘兴而去败兴而返呢？

幸好我没有因为他的危言耸听而半途而废。有时，回想起此事，感觉他似乎像是上天派来考验我的诚心的人。

多年后，我渐渐能理解他的言行。一则司空见惯，不以为美也正常。再则，美景多半藏在边界或角落，也未必本乡本土人人得见。每个人的视角都是有所局限的吧。

一到小县城，笔直清净的一条主街，直通一座绚丽多彩的风雨桥，资江一弯二绕，潇洒甩城而过，我真心喜欢。

旅行社离风雨桥不算远。接待的人极友好。我们几位散客作为一队，导游是个大学生，算兼职导游。他带我们驱车赶到梅溪镇。

梅溪镇，光听名字就令人陶醉。小巧、低调得很。离镇上不远便是景区的大门。导游可能知道自己还不够专业，倒是添了几分客气与热情。他主要负责带路，解说更像是聊天。

"我外婆就是梅溪镇上的，小时候，我们就经常到这边爬山。不过，那时还没开凿这么好的路。"

“你们看，那棵树，我小时候在上面骑过。”

这些非主流的导游词，倒是更令人难忘。不过，他其实也有些想偷懒。上到半山腰，一阵小雨，他就建议我们返回算了。不过，大家没听他的，主要是景色太美了，哪里就舍得半途放弃呢！

是啊！连我这样从小就是放牛专业的山里娃也从没见过这样的山。

脚下是什么山？海豚似的。一道道山脊就像光溜溜的海豚背。我们像是海洋馆的驯养员在开始表演。这哪是登山，这山可千万别淘气地乱动啊！我们几乎都在心里祈祷。

头顶是什么山？鹅卵石似的，却被魔法变大了亿万倍，反而显得我们都成了蚂蚁了。有时一道石缝，就绵延几公里。顶天立地的大石头，逼着我们向它弯腰。做人真够窝囊的。不过，谁也不能否认这是极痛快的窝囊。

对面是什么山？仙桃山、螺丝山、各种调皮捣蛋山，不一而足。看着它们，你会觉得它们在玩魔术，在讲相声，在耍杂技。反正就是让你乐。不服不行，山都这么逗，你还有什么想不开的呢？

到了八角寨顶峰，这才发现此前的小雨不过是为了酝酿出更多的仙气。上界空明，远山黛青，近处呢？千万条巨鲸在云海中浮游。

当一个人置身于仙境，才会知道，世界是眼睛创造的。

而今，哪怕是在十六年之后，哪怕是在走过千山万水之后，我依然羡慕当年那双年轻的眼睛，面对天地厚爱时所焕发出的不同寻常的神采。

再见刘三姐

见到黄婉秋时，是 2010 年 7 月初，在漓江边她开的珠宝店。

算是邂逅吧！因为出乎意料。

我原本只是打算带着妻儿坐游轮游漓江，没想到买票后还得等半个多小时。导游便推荐附近这家珠宝店，她说：“这家店是刘三姐的扮演者黄婉秋女士开的，今天很荣幸，她亲自在店里，可以为大家挑选合适的商品。买不买，都没关系。”

就这样，我见到她了，很惊喜，也很感叹。

隔着各色珠宝玉石的透明展柜，她和颜悦色地招呼着大家。顾客就是上帝，她是上帝们的偶像。

一看到她，我便想起外公与妈妈。

外公曾对我说：“你小的时候，别人问你长大后要娶个什么样的老婆，你就会跟人家说，我要娶个刘三姐。”

他还曾告诉我：“你妈妈年轻时，最爱看《刘三姐》了。那时，隔着好几公里的机械厂常常放这部电影。她每次都吵着要我带她去。”

看来，我喜欢刘三姐一半是得到了妈妈的遗传。

因此，看到作为老板娘的身份出场的黄掌柜，我真遗憾妈妈没跟随我们一起来。

岁月将歌仙变成了掌柜。入戏太深的我当时心里有些不自在。当然，这年头，名气转化成财富本无可厚非。何况，她曾受过那么多苦，再加上她并没有为富不仁，还创办了刘三姐文化景观园。

我的介意，可能是我心底的“神仙情结”在作怪吧！

我能感受到她明显老了。出演电影时，她才十七岁。我见到她时已六十多岁了。我虽不至于撇下老婆孩子走上前去对她说：“我能记住电影里所有的唱词。我小时候的梦想，就是娶你。”但我不甘心就那样远远地看着她。

我想，无论如何我要和她说一句话，算是对童年的一次致敬，也算是对母亲的青春年华的致敬。

由于没买任何物品，我满含歉意地走近她。我向她打招呼，她微笑地看着我。

很多话堵在心里，我只对她说了一句：“我来自永州，我妈妈很喜欢你演的刘三姐。”

我估计像这样的表白她一定也听惯了。她对我说：“替我向你妈妈问好！”

那时，我像听到菩萨在说话。

后来，我回到家乡，对妈妈说起这件事。我陪着她在手机上将电影再看了一次。

那次，也是我女儿第一次看这部电影，她才三岁。她目不转睛地看着，像看动画片一样专注。我一点也不感到意外。有些热爱，三生三世不衰。

让我感到意外的是另一件事，某一天，我听妻子的一位堂弟叫她三姐。那一刻，我愣住了。妻在娘家排行第二，这我知道。但在她们家族里，同辈的女子之间却排行第三。这我确实不知道。

没想到，真应了我小时候的那句话，我虽不是阿牛哥，但三姐夫原来真的是我。虽然我家的“三姐”不爱唱歌，可我年少时的梦想也算是实现了吧！

梦乡笔记

走进房间，我径直来到窗前，窗外，果真是海。这是钦州三娘湾的海。隔着棕榈树林，海浪奔涌在棕榈树顶。

房费八十元。老板姓陈，是这海边渔村的村民。宾馆附近有不少海鲜餐厅。

放好行李，我似乎将在此处定居。然后，气定神闲地随着六月下旬的海风走在曲折曼妙的海岸线，一直走进黄昏。

海边的浴场离渔村有两三公里的距离。由于修建了抵挡浪潮的堤坝，那一片港湾与大海之间似乎只有脐带相连。

浴场的人不多，比起北海来说，最大的特点便是宁静。除了当地的居民外，顶多是从钦州市区自驾过来的算是较远的。

与渔村旁的海水相比，这片海域清纯多了。

海水将阳光的暖意融入人们的心里。在岸为人，在水为鱼，会游泳的人拥有类似神仙的法力。

在夜色中，大海逐渐消瘦，那是退潮后的害羞。海中的几处硕大而圆润的礁石，便成了黑暗中小小的仙岛。

这几处礁石离渔村很近。借着岸边的灯光以及小手电的光芒，便可盘踞在这仙岛之上，在阵阵涛声中仰望星空。

当目光与星光对话，最容易刺伤凡人的妄自尊大。天空更像是千手观音，每一只手上都有一只眼睛。每一只眼睛都能洞察人性、抚慰人心。

清晨，海风刷新另一个黎明。昨天还肆意澎湃着浪涛的水面，突然虚空成一片平静的崭新的沙滩。

大海夺取的又被大海归还。有几个赶海的人弯腰在沙土里掘取着沙虫以及别的海鲜，就像在农田里劳作的身影，又像是给辽阔的画面增添画龙点睛的一笔，格外动人。

终于乘船出海了。几位散客拼坐一条渔船，出没在风波里，原本是为了一睹白海豚的风采，可到最后，大海的摇曳多姿，清风的爽朗，阳光的温润，却成了唯一的收获。

遗憾不能说没有，只是在海天一色之间，就连遗憾都那么值得留恋。

重回岸上，看人家的渔船收网，看那些缴械投降的海中精灵在地上乱蹦乱爬，再问问它们的大名，觉得这些注定成为人家盘中物的家伙，有多可爱就有多可怜。

在此地的第二个下午，由于天空几片阴云的暗示，也由于天色尚早，浴场只有我一个游客，此外，还有一位在沙滩做清洁工的老者。

在海水中畅游时，雨不期而至，雨点在沙滩上打出无数的青春痘，在水面上则弹起无数的王冠。

坐在蘑菇伞一样的亭子里避雨时，只有那位戴着斗笠的老者还在谦卑地劳动。此外，便是层次分明的大海以及遥远而神秘的海平线。

那画面，纯净而祥和，让人觉得比起那么多炙手可热的海滩度假胜地，这里才是最接近梦想的地方。

漓江若可寄

在打包邮寄之前，我已把捆绑在漓江江面的游船全部清理干净。请放心。

我留了些许竹筏。不过，我向你保证上面没有游客。有几名渔夫，还有斗笠与一些鱼鹰，算是我刻意盖在漓江上的几枚私印。

江上的风，免费赠送。世间最好的一切，都是免费的，关于这一点，我不说你也懂。

我花了大量的时间，才将漓江一寸一寸地卷起来。你知道，为了不弄皱每一座山的倒影，不碰坏每一朵云的色彩，不惊扰每一条鱼的美梦，我情愿付出一生。

对不起，可能有几场小雨不小心被卷了进去，还可能有几阵薄雾也被卷了进去。这是无心之过。

我原本只想卷入一片晨光抑或几缕残霞。

对了，还有那些山歌，也一起寄给你。它们有些是月亮唱的，有些是太阳唱的。你可以单曲循环，也可以随机播放。要是你分得清，请把我唱给星星的那一首，多听几遍。不要流泪，也不要问我原因。

等你把漓江铺开在心上，或许，你会发现，有三片花瓣在流淌，还有两对翅膀的影子也在流淌。

假如你再细心一点，可能你会觉得，在某个竹筏之上，某顶斗笠之下，那个发呆的渔翁似乎跟我很像。

那时，你若在心里念起我的名字，所有的山会答应你，所有的水会答应你。

在打包之前，我已将所有的游船清理干净。不过，我留下了那头喝水的大象，还留下了那座月亮山。

我能力有限，还有好多事物无法清场，敬请原谅！

比如，岸边第九十九片竹林里几只鹧鸪的合唱；比如，某座驼背的山的旁边那只老水牛浑浊的目光；比如，第十八处拐弯时遭遇的几颗鹅卵石的反抗……

心悦安徽

夏天的思念

徽派建筑里最有趣的是那一方天井。四面高墙给天空让一让座，幽暗的岁月便敞亮起来。

天井是住阳光的地方。天井里的阳光大多数比较苗条，比较腼腆。阳光下，有时趴着一只慵懒的猫，眼神迷离，似乎在回味梦境。

天井边上，常常蹲一只大水缸。缸里的水浅下去，又满上来，那是日子在流动。

常常有搁着脸盆的木架子，像忠实的仆人，立在天井边，立在离水缸不远的地方。脸盆上方，也往往会有一面四四方方的小镜子。

镜子是最有魔力的东西。青丝照成白发，红润照成苍白，照透一辈又一辈的人生。

天井也是住风雨的地方。雨从屋檐飘落，四面都是雨帘。玉润珠圆的一颗颗饱满的雨水，列队滴落，既有仪式感，又好听耐看。

天井边的日子，有欢聚，有别离，那是另一种阳光与风雨。火塘里的火苗热烈而温情，炊烟便在风中挥手致意。

天井里，也住月亮，也住星星。是啊！一座房子光住人多没意思，还得住些永恒的东西才划算。

尽管我出生在远离安徽的地方，却从小熟悉徽派建筑的韵味。长大后，两次抵达这个诗意盎然的省份，一次在四月，一次在五月，正好都在夏天。

天柱山脚下的大雨，黄山山顶的暴雨都是那样酣畅淋漓，似乎每一滴都在狂欢，都在呐喊，都在尽情绽放。我似乎又回到了在天井边坐着小板凳看雨的幼芽似的年纪。

而宣城、芜湖、安庆等地的阳光啊，也像小时候在天井边看到的那样亲切而友善。

阳光是会说话的。它的甜言蜜语，无人能抗拒。

我很喜欢生命里邂逅的那样的徽派的夏天：风雨耿直，阳光如蜜。

那片土地带给我一种徽派的思念。那思念如黄梅戏一样质朴明快，又如黄梅戏一样缱绻缠绵。那种徽派的思念就像山间的泉水永远流淌在我的心间，就像檐角上方的月光铺在宣纸一样的灵魂之上。

据说，曾有一位越国的女子邂逅了一位楚国的王子。当她撑着小船与王子同舟时，她用越地的方言唱起了一首歌谣。她知道王子并不懂得她歌声中的意思。她只是为自己的心而歌唱。

后来，那首歌谣被王子问越人翻译出来，便有了那样触动心灵的最美情诗："山有木兮木有枝，心悦君兮君不知。"

我想，我的徽派思念，对于那片土地而言定是无从知晓。我的歌声唱给谁听呢？唱给浮云掠过的水面，唱给霞光映红的蓝天，唱给雨停时在风中摇摆的带着晶莹水珠的青青草。

知与不知是多么微不足道的事。心悦而歌才是最要紧的。

孤独天柱山

午后，天柱山的雨下得很细腻。没有雷电助威，它的滴落更像是在抒情。

在半空中行走，越过昂扬向上的松树，巨大的白色的山峰横亘于眼前。薄纱似的雾霭给山峰穿上了透视装，高冷的石崖因为这打扮变得格外妩媚。

路遇几拨下山的人，三三两两似乎都很兴奋。他们有的快乐地向我们分享着自己的幸福：“刚才雨停后在山顶上的云雾突然散开，美得像仙境。”

人们总爱用仙境代表千言万语。简单有时就是丰富。

路过总关寨时，我不由得呆住了。据说，这是宋代某个起义军首领安营扎寨的地方。

危崖屏列，若开若阖。云雾把守，雄关险峻，令人疑心是登天之门。从中轴线拾阶而上，关口的城墙如张开双臂，要拥抱迎接远客的样子。平生所到之山，类似此处的很少。

过总关寨后，便是百丈云梯。扶摇直上，天风浩浩，青松幽幽，处处是近在咫尺却看不分明的峭壁。

在与飞来石齐平的一处观景台，雨不知何时歇下脚步。大雾似乎意识到自己的冷酷，决定撤离片刻。

她不再蒙住我们的眼睛，她将本该袒露的绝世容颜，在我们毫无准备的情况下展现在我们的眼前。

被大雾夺走的奇松怪石，都被风变回来了。一切像海市蜃楼一样，从无到有再从有到无。明明刚才还是冷风冷雨冷雾，一刹那间心被周围的画面感动得暖暖的。

天色依旧一片混沌，像是创世之初。白云在远处明媚起来。丝丝缕缕的云雾，像被风儿用鞭子驱赶着的绵羊，在峡谷间弥漫着飘散。沐浴过仙气的山峰，好像为自己的迟到感到羞怯，它们像捉迷藏时发现了自己的同伴一样欣喜，一样容光焕发。

这样的美好的瞬间大约持续了几分钟，又像持续了一个世纪。

在这之后的山路都重新回到大雾的势力范围，在雄奇的山巅上，也只感受到凛冽的寒风。在匆匆地下山行程中，感觉自己像是把整座山都包场似的，没有遇到任何游客。

几经辗转，在淳朴善良的人们的帮助下，终于在夜色中再回到安庆，特意将看过的黄梅戏演出再看了一遍。

生活像是画了一个圆。而在那一两天之间，自己用圆圈圈住的是一座孤独的天柱山。

在安徽的三大名山里，她的风头远远赶不上黄山，甚至也赶不上佛教氛围过浓的九华山，可是，她依然有着自己独特的神奇与美丽。

那是一种不施粉黛的美，那是一种悠然自得的美。不要人夸颜色好，不与群山争荣宠。

安安静静就好。孤孤单单也好。

世上安静孤寂处，总是有神灵潜居着。

在安庆看黄梅戏

演出即将开始。

舞台突然一片漆黑，这是那种很有张力的漆黑。许多新的生命似乎就要从这片寂静的黑暗中破壳而出。

黑暗中出现一道聚光时，一名身着青色长袍的主持人，开始介绍晚会的节目。

多少年了，我这才意识到作为一个黄梅戏的戏迷，我竟然从没在现场看过演出。而第一次现场看黄梅戏居然是在黄梅戏的“艺术之都”，感觉像是亲自到维也纳听古典音乐。

就这个剧种而言，除了严凤英之外，我最喜欢的黄梅戏演员是韩再芬。我曾问过几个安庆人是否见过韩再芬本人，他们都说见过。这真是让我羡慕。

“爱恨悲欢一台戏，正邪善恶两样情。”舞台右侧“出将”的位置，镌刻着这样一副对联。我佩服撰联人的高明。再复杂的事物，在他们那里一两句话就能说清。

黄梅戏从乡间走来，从田埂上走来，像是家乡的风，让游子怀想、惦念。它天然地带有一种喜庆的氛围。它的明快通俗，既深情款款又活泼愉悦，这让它在众多的地方戏中脱颖而出。

整个晚会，主要的戏曲节目有《夫妻观灯》《瞎子算命》《春香传·爱歌》等。对我而言大多数是第一次听，真是“大开耳界”。

我见过夜色中千灯万盏的开封，美得几乎赛过所有的古城。《夫妻观灯》提到的看灯的地点——汴梁，就是开封的别称。那样乐乐呵呵的一对夫妻，在元宵佳节的灯会上，有模有样地闲逛。他们的嬉笑怒骂，让人在歌声中看到世间最美好的一片灯火。

《春香传》原本是朝鲜的古典名著，讲述了成春香与李梦龙的爱情故事，也被称为朝鲜的《红楼梦》。《爱歌》这场戏，是讲述端午时节，李梦龙回家找寻到春香，两人柔情蜜意地演绎着心底的温情。

“但愿百年如今宵。”唱词中那来生愿做钟鼓、愿做江河与银河水的种种比喻，缠绵缱绻，像是冲破重重束缚的宣言。

事实上，黄梅戏中最让人陶醉的就是这种男女对唱的片段了。《天仙配》中的对唱家喻户晓。《小辞店》中的对唱将生离死别演绎得让人黯然神伤。《双下山》中“愿在水里站一生”的那段对唱，让人对自由的幸福充满神往。可是，我却从没听过像《爱歌》中那样明朗的对唱，似乎世间的一切，都是因为爱而存在，因为爱而纯粹，因为爱而跳动。而在这一片段中扮演春香的年轻女演员唱腔优美，举手投足似乎千娇百媚，虽然只是“黄梅新秀”，却令人看到戏曲传承的希望。

在这些经典的戏曲选段之间，还穿插着些小节目，不能一一罗列。印象最深的是，二胡与琵琶合奏的《神话》。两种乐器相互呼唤、相互倾诉，让人在爱恨悲欢之间徘徊与流连。

或许是为了照顾第一次听黄梅戏的人们的口味，演出的节目中喜剧色彩的比较多，悲剧几乎没有。演出的演员阵容除了美誉为“黄梅新秀”的年轻人，不少是国家一级或二级演员，举手投足间，都能感受到那份功底绝非一朝一夕所能练就的。

有些戏，一旦开场，就永不落幕。安庆就像一个永不落幕的舞台，它把我的心留在了那里。

仰望平凡

黄山与中国宣纸文化园，是安徽最让我感到震撼的两处地方。一处大名鼎鼎，一处默默无闻，却都是我最心仪的所在。

我一直觉得宣纸文化园所教给我的，也许胜过我读十年书的所得。

一到宣城，我便向当地人打听：“我想去看看宣纸是怎样造出来的，这边哪里有可以参观的厂子？”

有人告诉我说：“在泾县那边有个宣纸文化园。宣城是安徽省的直辖市。泾县属于宣城。大约几十公里，坐客车一个小时就到了。那里还有桃花潭，是汪伦邀请李白去做客的地方，你也可以顺便去看看。”

造纸是我国古代的四大发明之一。平时，我虽常与书本打交道，可是对于怎样做出一张纸来，尤其是宣纸，我是一窍不通的。我按捺不住好奇心直奔目的地。

雪月风华，纸寿千年。对于书法与绘画，我虽笨拙，却总是另眼相待，分外欣赏。因此，爱屋及乌，对于宣纸我常常觉得是神圣的，有生命的。

我一直以为宣纸是用翠竹为原材料做成的。我之所以这样想，是源于对竹子的偏爱。一直以为只有那样有骨气的“玉树”，才能造出那样好的纸张。

快到文化园时，车上的两位老太太听我打听宣纸的事，便指着路边的一些毫不起眼的树，对我说：“你看，这就是用来造宣纸的青檀树。”

那些树并不高大。一株株树干都被腰斩，上面长着无数的枝条，嫩绿嫩绿的。说得好听点，像孔雀开屏；说得难听点，像一个个立着的“竹扫把”。

走进文化园，我才了解到青檀树皮、沙田稻草、野生猕猴桃、溪水等，就是制作宣纸的主要材料。

当我看过宣纸造纸工艺的各种介绍，看过古今的各种宣纸以及名人书画之后，总觉得还缺少点什么。

最后，当我走进一排古旧的楼房时，才知道自己想要寻找的是什么。

在那一个个朴实无华的房间里，一个个身着米黄色工作服的工人在演绎着一道道造纸工序。

我和那些来参观的孩子或大人一样，感觉像是见证了一个奇迹。尤其是在捞浆的阶段，看两位工友麻利地把一张宣纸从池子里捞出来，再一张张垒成洁白的、方形的豆腐块的样子，感觉他们的巧手是从水池里在挽救一个个生命。

液体的水，融入了柔嫩的纸浆，又在捞浆的器皿中成形，变成固体的薄纱似的白白的一张皮肤，真像是不可思议的魔术。

这样的时刻，会让人真切地感受到劳动是神圣的，创造是神奇的，智慧是可贵的。

我在想我们常常容易崇拜那些看起来高大上的事物。可是，却往往忽略了这样一个显而易见的事实：世人眼中的高雅，往往源于一些毫不起眼的事物。就像那一张张宣纸渗透在中华文明的底色中，而它的原材料不过是些普通的树皮与稻草罢了。

那些树皮与稻草在历经层层“磨炼”之前，有谁会多看它们一眼？可是，当一切水到渠成，一双双巧手将它们“度化成仙”，它们便有了新的生命与价值，有了值得仰望的光辉。

徽派家园

第二次去安徽是为了去西递与宏村。

我曾经与它们擦肩而过。那次是去黄山，由于迷恋山间云雾，结果心心念念想去的这两个村庄，不得不放弃。

有遗憾，才有再来的理由。这话很在理。

坐在去这两个院落的客车上，路边的翠竹与民宅，总是引起车上的城里人的艳羡，他们忍不住慨叹，有的说：“住在这样的地方，和当神仙有什么区别！”有的说：“安徽太美了！我要是在这里有套房子就好了！”这些赞美总能引起大家的共鸣。

西递与宏村，都属于古代徽州的一部分。它们相隔不远，都被评为世界文化遗产。

西递村是我很偏爱的地方。据说村里人是李唐王朝皇室的后裔，在五代时期被胡氏家族收养而繁衍生息。它远胜于宏村的地方在于它的建筑艺术很精湛。它出过很多人才，属于历史上比较显赫的家族之一。

流连在西递村中就像流连在徽派古建筑的海洋里。这里的建筑代表作，都是官宦世家的“豪宅”，却又十分低调与内敛。房屋都不宽大，没有山西那种大院的通透与豁朗，但在门檐与砖雕、木雕上会设计得相当讲究。

朴实自然的宏村水系与民宅完美融合。倒影像是最好的画家，它画桥又画树，画人也画屋，它一边画，风一边擦。可无论怎样看，都是值得称赏的杰作。

霭霭薄烟，在古民居中袅袅升起，翡翠似的青山与原野都成了美妙的背景。那些迷宫似的石板路，有时通往几朵牡丹，有时通往几声犬吠，甚至有时候，一个童年的自己会蹦蹦跳跳地跑过来，脸上带着甜甜的笑，眼睛里闪着亮晶晶的星星。

或许，这里就是前世的故乡；或许，这里就是一生的守望。

写给黄山的信

我写了，你也不一定能读到，所以，称呼就免了。

对于别人来说，你是天下第一奇山。我不这样想，你只是我的一个朋友，在安徽的朋友。到目前为止，我只见过你一次，甚至可以算两次，可我时常想起你。

在你身边，我最快乐。是你告诉我，一座山应该是什么样子。

所有的石头与土壤加在一起，不等于一座真正的山；所有树与瀑布加在一起，也不等于一座真正的山。真正的山应该像你一样，对得起所有仰望的目光。

我知道你为此付出了多少努力。你教会了那些松树如何绝处逢生，你指点过那些云雾如何汇聚成海。

我知道你有多么不容易，不然，你也不会每年有将近两百天会无缘无故地哭泣，不然，你也不会让莲花峰与天都峰每隔五年就轮班休息。

是你，让每座山峰都长成奇迹；是你，让每道山谷都充满生机；是你，让每一次日出都无与伦比；是你，让每一个足迹都令人惊喜。

当然，我也曾经误会过你。

我不明白，为什么我初来乍到你就用浓雾蒙住我的眼睛？我不明白，为什么我披着雨衣去等日出还是无法感动你？我不明白，为什么第二天一早你非得用狂风暴雨将我赶下山去？

我最不能容忍的是，当我下山以后，才发现你在高处笑得那样灿烂。

你不知道，我那时有多么无助，我恨我没有翅膀，我恨那些电闪雷鸣将我们拆散，我恨我自己那么容易投降。

我原本应该就此离去，从此，山高水远，不再相见。

可是，你的嘲笑点燃我的斗志。你的身影让我确信，如果连你都不是仙境，那么这世上根本就没有任何仙境。

于是，在那天梯一样的道路上，我再一次走向你。没有翅膀，就用信仰做翅膀；没有阳光，就用赤诚做阳光。

这一回，你没有辜负我。云海、佛光、日出，你把所有最美的珍藏都奖励给我。你用行动告诉我，我所有的企盼都值得，我所有的汗水都值得。

无论时光过去多久，我都不会忘记我的回头与你的守候。你是我唯一在三天之内两次攀爬过的高山。你是我用最大的毅力珍惜过的朋友。

感谢你让我懂得，不折不挠是多么美妙。

就此停笔，替我问候飞来石、步仙桥、群峰顶、天都峰以及西海大峡谷。替我告诉它们，被它们宠坏的那双眼睛想念它们。

美艳新疆

宛如与世界初逢

有时，途中比目的地更像一首诗。

当火车像绣花针穿过陕西、甘肃、青海铺开的绸缎，直奔辽阔的新疆，车窗外，忽青山携雨，忽黄土绵延，忽平川铺锦，忽雪峰巍峨，画面奇绝。

谈笑间，阅尽千里疆土；回眸处，甩开九曲黄河。

至此，我才发现神州大地若论南北走向如摊开的掌心平平展展，可谓大同小异。可是从东部沿海到西部边境如同从脖颈攀升到额头，高低起伏，风光迥异，令人耳目一新。

在陕西宝鸡与甘肃天水之间，苍野迷云，远风吹雨，万壑千峰挨挨挤挤，竟然挤出了一条曲曲弯弯的黄河。

这条满载着土黄颜料的河流，在葱郁的山峦间桀骜不驯地奔跑。细雨下得很婉约，似乎只为烘托出薄雾的妩媚与妖娆，似乎整个秦岭山脉都在吟诵王维的名句：“空山新雨后，天气晚来秋。”

车过兰州时，两侧高耸的山崖傲骨铮铮，远远望去兰州城竟像躺在摇篮里一样。而沿途的郊野，绿洲悠悠，房屋隐没，远山连云，近处的山体布满沟沟壑壑，红黄相间，缤纷如染。

最令人沉醉的风景是从青海到甘肃的途中。黄昏时，山川原野在夕阳下交相辉映。牧场的牛羊点亮车窗里的一双双眼睛。正惊叹之时，一座座雪峰不期而至，近在咫尺，赫然在目。

等到暮色真正成熟起来，火车不知正行驶在何处。我邂逅了一次最美的日落。

无边的草原一直绵延到天边那犬牙错落的远山。墨色的浓云嚣张地捂住天空的脸，令它几乎窒息，天地间似乎仅靠一道裂缝在透气。

天空在挣扎，山峦也快要被碾轧。这时，几乎被云层完全遮蔽的太阳从那道裂缝里喷射出万束光芒。那斜切过来的金色光瀑，似乎在大地的额头印上深情的一吻。

那悲壮的画面，令我哑口无言。

据说，在古希腊文化中，美即快乐。这被沿途的美景夹击的火车，像长龙游弋于海湾。而我们这些乘客如同骑在龙脊上遨游，心中洋溢着无尽的欢乐。

夜色中，向身边的一位年轻人借了一本小说看，那是黑塞的《悉达多》。里面如诗的语言与这一天的风景相互呼应。小说描述了一个类似佛祖传记的故事，寄托着对人生的探讨。

我摘抄过不少书中的句子。记得最好的是这样一句："他环顾四周，宛如与世界初逢。"

这话就像我的心声。

花开天下暖

新疆的天气喜欢蹦极。

清晨，当我打开梦的舱门，轻盈地降落到乌鲁木齐时，新鲜的阳光正在涂抹着世界。蓝天纯净如洗，走出车站的瞬间，感觉周围的一切都像是在发光。

后来，轻车千里，碾遍尘沙，一路上依旧晴光豁朗，目极天际。夜色笼罩大地时，月轮半盏，孤光自照，边塞生寒。

可谁曾想到，在这艳阳天里，夜半时分，临近喀纳斯湖畔时，天风吹雪，上下翻卷，琼花碎玉，翩翩相迎。

这样晴雪骤变、昼夜有别的天气像变戏法一样令人惊异。

当然，这个日子的神奇，还不仅因为天气。

当客车正行驶在石河子附近时，我看见道路两旁的原野白如霜染，又像白云平铺或积雪未消。在明媚的阳光下，在枯黄的底色中，这白色绸缎格外耀眼。

原来，这就是一望无际的棉田。

我第一次见到生长着的棉花，感觉很惊讶，她像南方的豆荚一样长得并不高大，而我之前却总是按照高粱的身高来想象她。

有的棉田里还有不少采摘棉花的人，他们在棉海中显得特别袖珍。我怀疑一个少年采摘完一大片棉田后，或许已须发皆白变为老者。

午餐时，车停在了这些棉田之间，我迫不及待地来到这些白色的云朵身边。

满满的一大片棉花呈现在我面前，对着我放电。她们像一只只玉兔一样皎洁，又像一朵朵阳光晒不化的雪。若她们是春蚕吐的丝，那会是多少只蚕生命的奉献！若她们是一朵朵小小的云，那得是多少双巧手才能裁剪得如此精致！若她们是一颗颗跳动的心，那会产生多么澎湃的心跳声！

作为对雪花一往情深的南方人，我第一次看到这种雪的仿制品，比雪更白，比梦更轻。

我想起自己童年的愿望，愿白雪不会消融。没想到在遥远的边疆，有一种植物感应到我的愿望，从大地吸取营养长出了雪花的模样。她们在这里等待着我，等待着我的目光。

哪怕只为这一个原因，我今生今世都不会忘记新疆。

我想起清代诗人马苏臣写的一句有关棉花的诗："花开天下暖，花落天下寒。"

一棵小小的植物，将天下冷暖系于心间，哪怕再渺小，也要温暖人间。这就是棉花的品格。这品格，令人肃然起敬。

同样令人肃然起敬的，还有一种不是花朵的花朵。

就在无边的黑夜裹挟着客车前进的时刻，在凌晨一点多的边关之地，在森林覆盖的山峦之间，居然纷纷扬扬下起大雪来了。

一片漆黑之中，车灯像聚光灯一样照着漫天飞舞的雪花。这来自仙界的仙子守候在这夜色中，迎接我的到来。

她们曾到过我的童年，也曾目睹过我的青涩，而今，在寒风凛冽的时刻，再来温暖我疲惫的双眼。

喀纳斯湖游记

还有什么比下雪的清晨更引人入胜？

那时，大地刚被冷醒，黎明送回了被黑暗抓走的天空。雪，仍在执勤，只是换了哨兵。夜间的雪花固然轻盈，清晨的雪粒也颇为多情。

朦胧的山谷，一旦揭开幕布，就很难再保持低调。崇山环围，万树彩翠，雾霭心不在焉地四处游荡，却让所有景致欲盖弥彰。

我在雪粒的引领下，踏上通向喀纳斯湖的旅程。

道路蜿蜒，我像是穿行于一座彩色的森林迷宫。一条翡翠般的河流在山谷间奔涌而去。

“万木叶初红，人家树色中。疏钟摇雨脚，秋水浸云容。”唐代诗人的这几句诗，虽不是为此地量身定制，却与这里的景致十分神似。

站在了月亮湾的高处，目光开始欢呼。

这是一个V字形的山谷，山峦对峙，左右开阖，像一本打开的书。书页上，有蒸腾着云气的雪山，有密不透风的缤纷树林，有故意拐成月牙状的河流。

阳光原本只浮现在山巅与天空，从某个不易察觉的瞬间起，却悄悄地在山谷自上而下地滑动。原本阴郁冷艳的景致，由于阳光的呵护，全都焕发出明艳的光彩。

绕过几朵云，绕过几阵落叶，便到达喀纳斯湖畔。天水碧蓝，雪山对望。林木锦绣如花边，山崖斜插如高岸。水风激浪，低声清唱。小艇昂扬，乘风若飞。湖面虽见首不见尾，并不特别开阔，但有阳光助演，一切都很精彩。

登上小山之巅的观鱼台，再次来到白雪的领地。山脚下，湖面的起承转合一览无余。湖水的边界就是天空的边界，那里笼罩着蓝色的迷雾。游艇如细碎的羽毛，湖水蓝得像梦幻，静得像在酣眠。

所有的一切，令人忘记时间。

人们说，语言的尽头是音乐；依我看，音乐的尽头是新疆。

在白哈巴村

和名气更大的禾木村相比，中哈边境的白哈巴村多了几分安详。我喜欢它的稳重低调。游客们自来自去，它不屑一顾，安卧如初。

我住的木屋附近，是围着铁丝网的边境隔离带，不远处有第五号国界碑。此地傲立于村口的高处，视野开阔，独门独户。木屋门口正对着苍茫的大山与沟壑。

店主人自称玛丽亚，她待人很友善，说汉语时轻声细语，那新疆腔的停顿，显得俏皮又亲切。

她看上去类似电影中的俄罗斯大婶。我分不清她是哈萨克族还是维吾尔族，她头上包着头巾，约莫五十岁，也有可能边疆的风雪让她比实际年龄显得略大些。

她在旅店门口几步远的地方横着个简单的烤架，油布遮盖，架上挂着几腿牛羊肉，像丝瓜悬在半空。她常稳坐在那里切割肉片，麻利地做成肉串烤熟。那派头，像坐在办公桌前的领导。有时，她还哼着歌曲，时断时续。

她与弟弟、弟媳一起撑起这家店。她爱人在乌鲁木齐做生意。严寒时节，她就住哈巴河县城。那县城在几百里以外。

有人说，每个景区其实都有两个。跟团游看到的那个，是假的；自由行看到的，才是真的。

我打心底认同这种观点。

杜牧在《阿房宫赋》中写道："一日之内，一宫之间，而气候不齐。"对这片土地而言，是一日之内，一村之间，而气候不齐。

来到新疆这两日，每天既阳光明媚，又雪花飞舞。今天更是阴晴风雪齐上阵，格外美艳。

清晨，看过所谓的日出后，我结识了一个新朋友。

他叫谢敏，西安人，与我年龄相仿，中等身材，国字脸，刚毅沉稳，有种类似于军人的昂扬气概。

我渐渐了解到，他与同事们是国家测绘局第一大地测量队的，他们的工作，便是勘测祖国的国土。

此次他们要在新疆待四个月，已经在白哈巴村待一个多月了。我问他可勘测过珠穆朗玛峰，他说，他入职前他单位的同事去勘测过。（事实上，在我遇见他的两年后，他和同事们一起重新为珠穆朗玛峰量过身高，测得珠峰新海拔为 8848.86 米。）

我打心眼里羡慕这种工作。

作为一名测绘队员，了解每一片土地的性格，琢磨每一寸土地的内涵，掂量每一粒沙石的分量，这份职责是神圣的。

他说：“每种工作可能没有外界看来那样浪漫，身处其中才能知道其中的滋味。像测绘这件事，往往在家的日子少，外出的时间多。一出去就是几个月，有时是很想念家里的老老小小的。”

我听得出，他不是一个喜欢说豪言壮语的人。他朴实的话语确实令我感受到这份工作的不易。

在他与同事们匆匆离去之后，我开始用脚步自由地去测绘这个被大山环抱的村落了。

原野间那些俊俏的小牛犊，很能吸引眼球。

我的家乡只有水牛与黄牛。在这里，我才第一次见到世界上竟然有那么漂亮的小牛。它们降生于世，似乎纯粹是为了赏心悦目。或许，它们在娘胎里就开始琢磨自己将来要打扮成什么样子。

于是，它们选择了雪山的白做底色，有的在这圣洁的底色上，抹上大片的金黄，如同借鉴秋叶的绚烂。有的则在白色的海洋上点缀着大大小小的岛屿，这些岛屿或位于颈部，或位于背脊，甚至连脚脖子上都有印记。岛屿的色泽或浓或淡，都洋溢着一种温暖。

除了牛羊耐看，天空的雄鹰也很耐看。

它们是孤独的。孤独让它们看起来更像天空之王。

在它们展翅的时候，再高远的天空，也不过是苍茫的背景。它们的臣民，包括雪山草地溪流森林，包括大地上一双双仰望着它们的眼睛。

它们用飞翔生动了整片天空。它们从难以企及的高度，昭示着凡尘的庸俗。

雄鹰远去，我也躲进村旁的丛林里。

一条清澈的小溪，在林间奔突。我一眼就认出它是雪山的女儿，懵懵懂懂，顽皮机灵。溪流的两岸，苍苔厚积，松杉林立，白桦笔挺。

青苔绵软，似乎担心脚步声会吵扰这静谧的世界。秋风来过，地上铺满的黄叶，像一枚枚奖给大地的勋章。

“坐看红树不知远，行尽青溪不见人。”古诗的意境，有时，只有在生长着“古诗”的土地更能体会。

我翻过一道山坡，竟然来到了一处绝佳的草原。

从见到这片坡地上的草原那一刻起，这里便成了白哈巴村我最喜爱的地方。

雪山如屏障，在远处昂扬，又似乎触手可及。村庄似乎跌落到地平线之外，完全不见踪影。只有枯黄的草皮上留下的一道道深深的辙印，就像脐带一样连接着村庄的呼吸。

我喜欢这片原野的中庸。它甘愿屈居雪山的脚下，又傲立于村庄的上空。它像一个高悬于天地间的巨大摇篮，又像静静地悬挂在半空的秋千。

它，就是我的空中花园。

这花园的边缘是悠闲漫步的大树。它们既像公园里的树一样错落有致，又像旷野的树一样散漫随意。

我独自坐拥这一片休眠的牧场，像牧童，任牛羊走失，而沉迷于自己的世界。

天空先是阴着的，我打量着雪山上云层的变幻。后来，老天赏了我一些阳光。于是，我看见山坡上沉默的石头生出一小片影子。它们的影子以及我的影子，还有万万千千的秋天触摸过的树陪伴着我。我内心升起一片温暖的孤独。

曾经，我读过李娟笔下极为有趣的阿勒泰的生活场景。那时，我每每掩卷而立，面对墙上的地图，总是轻声叹息，感觉那是自己永远无法企及的天边。

而今，天边已在脚下。这种幸福体验，像是美梦俘获了自己。

曾经，望着田野里为木桩所牵绊的埋着头一圈圈吃草的牛儿，我感觉像是看到了自己生活常态的象征。

而今，我才发现，真正的梦想是不会被拴住的。即便能拴住一时，又岂能拴住一世？

傍晚时分，天地开始混沌起来。远处山谷袭来一阵阵迷雾。天空居然又飘起雪花来了。

要描绘雪花的轻，几乎是不可能的。每一缕风都能让它翻上千百个小跟头。要描绘雪花的小，也是不可能的。除非你能将一片小花瓣，裁成千万颗细细的圆点。

那不分国籍的雪花，就那样斜斜地从哈萨克斯坦的山岭之间飘来，点在我的眉间，点在我的鼻尖上。

旅途中的歌声

下过雪后，大地像重新投了一次胎。

清晨，站在白哈巴村东头的院子里，悠然四望，周围的景致令人震撼。

若不是亲眼看到，我怎能相信，昨天黄昏时那样深情款款若有若无的雪花，居然将周边连绵起伏的山峦都变成了圣洁的雪山。

近处的白桦林那绚丽的装扮，在雪山的映衬下格外明朗。雾霭在山谷间若隐若现。炊烟在阳光里渐渐飘远。

我就像沉醉在一个梦里。

这注定是我人生中一个非常难忘的国庆节。

我再次来到我曾到过的溪流与山林，它们与村舍仅咫尺之隔，却像是另一片天地。

小溪天真，树林沉稳，青苔之上覆盖着黄叶，黄叶之上又覆盖着白雪，白雪之上还覆盖着我的喜悦。

“空山行客少，霜叶无风落。”这些唐诗中的意境，在这样一片净土，我是真真切切地感受到了。

再次来到我的空中花园，万千红树，在青翠间跃动起来，由于白雪沾染在它们的叶片上，像是为它们都框上了一层银边。

午后，离开这可爱的村落，向着伊犁的方向奔走。途中，我眺望过中哈大峡谷，这地方离白哈巴村十多公里，大山雄浑伟岸，峡谷中的河流却婀娜多姿。河水在此处分岔成枝枝丫丫，大小并流，分分合合。河道上东一片，西一片地生长着许多白桦树。蓝色的河面衬托着白色的枝干，加上或浓或稀的黄叶，似乎连最擅长画风景的画家都描绘不出。

在村落到县城的路上，轿车上又上来了一位乘客。她叫哈拉哈提，是哈萨克族，才九岁。

我问起她的学习，她很认真地回答着。每次看到牛羊或者看到漂亮的树，她都会开心地将自己的发现告诉我。她还将自己的聪明豆分享给我。

我请求她唱歌给我听，没想到她开口唱的是《龙的传人》:“古老的东方有一条龙，她的名字就叫中国，古老的东方有一群人，他们全都是龙的传人……”

在这样一个晴朗的日子，看着窗外美不胜收的大地，听着她稚嫩的声音，我不由得加入了歌唱的行列，我们一起为祖国母亲唱响一首特别的生日歌。

黄昏时，我来到布尔津县的五彩滩。开阔的河流，由南向北流淌，据说最后汇入北冰洋。

河流两岸，风光迥异，南面是一望无际的丛林，层林尽染。北面却是茫茫旷野，有着大漠戈壁的荒凉与壮美。更奇特的是此处为典型的雅丹地貌，大地五彩斑斓，像画布一般。

夕阳西下，土地缤纷，河流温暖，远处的树林渐渐为暮色点染，或浓或淡，一轮明月升起在天空。

梦中伊犁

伊犁像是一个温暖如春的港湾。

在伊犁河大桥附近的海景公园里，人们载歌载舞。

听说伊犁人民喜欢在这里拍婚纱照，没想到新娘子没看到，却看到了几个哈萨克族家庭以公园的凉亭为中心跳起欢乐的舞蹈。

只见几个不到十岁光景的孩子穿着崭新的民族服装，披着红绸。人们将挥洒彩带的礼炮对着他们鸣放，不知在庆贺什么。公园的执勤人员说这是为孩子们行过割礼后，大人们为他们祝福，所以特意到公园举行舞会的。

男女老幼都伴随音乐节拍舞动起来。他们时而成双成对，在交谊舞的舞步中优雅回旋；时而自由奔放，在民族舞的节拍中率性群舞。不多一会儿，场中一位挺着将军肚的大叔吸引了所有人的目光。他头上戴着红色小方帽，身着白袍，外加黑色披风，满面红光，小眼睛时时闪烁着快乐的光芒。举手投足间，与音乐律动浑然一体。

孩子们的长辈有的向他的长袍袋子里塞钱聊表心意，他并不留意钱的多少，依旧高昂着头，眉飞色舞地跳着，仿佛他是世上的另一个太阳，必须发出光来将大家心里照得亮堂堂的。

我出神地望着他，感觉他像舞神的化身。

我潜意识里崇拜喜欢跳舞的民族。看着他们将舞蹈丝丝入扣地融入生活，感觉他们在生命的背景墙上镶了一颗颗璀璨夺目的钻石。这样自信而潇洒的民族，让人感受到他们对生命的热爱。

第二天上午，在去霍尔果斯口岸的客车上，我有幸认识了木拉提。

他大约四十多岁，是哈萨克族人，阔脑门，尖下巴，慈眉善目，总带着温暖的笑意，一对相互呼应的喇叭耳朵也十分抢眼。

由于做生意，他经常来往于中哈两国，他像一本百科全书一样，生动地回答着我与车上一些游客的询问，还为我们讲一些在边境与哈萨克斯坦的经历。

他告诉我们在霍尔果斯怎么游玩比较好，在哪购物最方便，他告诉我们很多有关哈萨克斯坦的事情。比如，他说哈萨克斯坦有 152 个民族，他们有鼓励生育的政策，还会评选金牌母亲。哈国的钞票叫作坚戈，与人民币的汇率大概是 52 比 1。我们从他手里接过各种面值的坚戈，从 10 元到 2000 元不等，那花花绿绿的钞票真是令我们大开眼界。我感觉哈萨克斯坦是把钞票当作风景画在构思。他们在钞票画上雪山、雄鹰、马、小房子等等，太有趣了！我们从他那里换来一些小钱留作纪念。他身上其实也没带多少，却乐于与我们分享。

他身上甚至有一种类似于演说家的气质。我们记得他说的最亮点的一句话是，新疆大约是这银河系中最安全的地方。我们很赞同他的观点，同他一样深爱着这片土地。我们都很佩服这样一个眼光能涵盖整个银河系的木拉提。

告别木拉提之后，在霍尔果斯口岸国门旁的神鹰广场，我再次邂逅了一场歌舞表演。

一个个身着民族服装的舞者，就像一只只蝴蝶一样在阳光下张开灵动的翅膀。在舞蹈时，她们又仿佛成了童话中的女王或公主，一招一式都洋溢着自信。

在新疆大地上，作为一个舞迷是多么幸福啊！

这广场上的演出，与昨天伊犁海景公园的家族式的歌舞，虽有些形式上的区别，本质上都是对快乐与幸福的礼赞，它们都让我感受到对活力的敬仰，对良辰的珍惜。

中秋梦圆赛里木

在中秋佳节这个引得无数文人雅士诗兴大发的日子里，我在绵绵的秋雨中赶往神往已久的赛里木湖。

昨天还秋高气爽，艳阳高照，一夜之间，忽天寒地冻，百草枯折。沿途的山林间还能望见少许积雪，仿佛一场雨的工夫，隆冬已降临。

灰蒙蒙的天，湿漉漉的地，衰草离离，原野一片枯黄。青松云杉像是在寒风中瑟瑟发抖。只有独当一面的雪山咬牙挺住，任云雾在山间纠缠。

大约是季节不对，我发现人人争相赞美的果子沟大桥，也不过如此。

寒风中，天地就像一片枯萎的荷叶，早已不复夏日里的娇媚与生机。

从车窗里远眺赛里木湖，第一眼便有些失望，因为湖水并不蓝，只是迷蒙的一抹灰暗。我心里一惊。

想起在阿勒泰时，一位司机曾对我说："到过喀纳斯湖，就不用去赛里木湖了。它只是比喀纳斯湖宽一点，湖水哪有喀纳斯湖这么漂亮？"

他说他多次路过赛里木湖，并且翻出某次拍的照片给我看。

"不管怎样，赛里木湖我是要去的。"我回答道。

我感谢他的劝告，对他的话却半信半疑。我在心里嘀咕：谁不说自己的家乡好呢？

此刻，望着阴云游走着的天空，望着灰蒙蒙的湖水，我不由得又想起了他的话。同时，想起大家说的："到赛里木湖去，天气很重要。往往天空是什么颜色，湖水就是什么颜色。"一想到自己来得不是时候，心里颇有些懊恼。

客车在高速公路上疾驰。

天空的惨白，湖水的幽暗，草地的赭黄，上下罗列，平行而匀称。透过车窗，只见这三种颜色不停飞奔着，不离不弃如影随形地跟着我们的车跑了很久，似乎在追赶我们，却被凄风苦雨屏蔽了呼喊。

从高速路口到景区的餐厅，不到一公里，由于寒冷感觉像走了十公里。我把背包里能加的衣服都加在身上，开启月球抗冻模式。

大约因为是淡季，景区门口好大一片房子，却没有多少在营业，餐馆也似乎独一无二。

午饭后，感觉自己像储备好能量的骆驼，撑着被冷风摆布的伞，带着拼刺刀的心情对抗着在严寒中狂舞的雨水做的子弹。

一番波折后，由魁梧的蒙古族司机巴特带着我与其他人拼车游湖。

巴特话不多，人直爽。他说："环湖大约六十八公里，你们可随叫随停。"

转悠一圈，这才发现，整个景区，辽阔的湖面都被金色的草原镶上了边框，环湖的座座雪山，像无须换岗的哨兵。最值得赞许的是，除了景区入口处的建筑之外，湖边再没有任何砖瓦结构的建筑，一派原生态的风光。

对于巴特赋予我们的随叫随停的权利，我们只使用了三次。每一次，似乎都有着神奇的魔力。

第一次，车停在湖的北面的一处观景台。

雨雪霏霏，风寒而心暖。巨浪接天，魂惊而目畅。云雾迷蒙处，天幕低垂，雪山半遮。惊涛拍岸时，龙虎怒斗，鲸闹鳌奔。白浪滔滔，衬托翡翠无边；秋草离离，恰似黄金铺地。

此番景象，与平静的喀纳斯湖大不相同。

第二次叫停，我们已来到西北角的一处观景台。

折尺状的橙黄色木栈道，连着一座草皮顶的风景长亭。长亭四面虚空，约二十米，色调温暖，与冷色系的湖光水色相得益彰，真可谓："处处虚堂望眼宽，碧波万顷依阑干。坐临孤屿听潮声，瀚海群山生苦寒。"

长亭西侧，湖畔巨石磊落，光洁如黄玉。水石相依又相敌，掀起白浪如茉莉花瓣碎撒一地，大有海枯石烂的意趣。

当我们一路用贪婪无比的目光望着湖面，湖水踱着天使般的舞步，变幻出层次不同的蓝色。那些说湖水得仰仗天空的脸色行事的人们，若是也看到这一幕不知作何感想。

当我们第三次行使巴特赋予我们的权利时，车已来到湖的西面，这是一处避风的港湾。

湖水清浅，湖岸蜿蜒，鳞浪微波，脉脉含情。远山露出慈祥的面容。从近处的山林边天空纺出一朵朵雪花，窸窸窣窣、细细腻腻地飘过来。

像我这种给点雪花就灿烂的性格，想起在新疆各地遇见并相知相惜的雪花来，顿时感觉这个雨雪中秋因为赛里木湖的存在变得像是生命中的奇迹。

黄昏时，当我依依不舍地离开赛里木湖的时候，我仿佛看到另一个自己，在某个芳草如茵的夏日，住在湖畔的蒙古包里，于夜深人静时，默望满天星河。

拜别新疆

昨晚，因为雨的阻挠，伊犁的天空欠我一轮中秋的月亮，今天一早，它还给我一轮金色的太阳。

世间的事情往往都是这样。安慰总能取代遗憾。正如花朵的撤退，是为了果实的登场。

也是在昨日，途中结识的朋友阿婷在黄昏的雨中等着我们。那时，我们一行八人，正穿过暮色中的微雨从赛里木湖畔赶往伊犁与她会合。

晚上九点半，我们的中秋晚宴才正式开始。圆桌如月，笑脸如花，摆在桌中的火锅，像暖暖的小太阳。

大家萍水相逢，免不了要自我介绍一番。

“我叫阿佳，来自大连。”

“我叫阿映，来自厦门。”……

我们来自天南地北，作为游客，聚在他乡一起过个团圆节。

我大概是太开心了，把一个洁白的小方块当作糯米团子给生吃了。阿婷把虾滑放入火锅时，才发现少了一个。

“阿海，你从没吃过虾滑啊？”阿婷问。

我说：“我还以为这是新疆特色的糯米粑粑呢！”

大家哄堂大笑。

“我吃过龙虾，但没吃过虾滑，连名字都是第一次听说。”

我的苦笑，让他们的笑脸更灿烂了。

他们赶紧采访我生吃虾滑的滋味，似乎在采访一位勇猛无敌的大英雄。

餐桌上，大家各自谈着明天的行程，举杯为节日庆贺，浓浓的乡愁也在谈笑间被稀释。

聚散如草叶上的露珠，美则美矣，却禁不起太阳微微一晒。天涯为客，才喜相逢又相送。沉沉夜色中，大家彼此道声珍重便挥手告别了。

再次回味起这些情景，我已坐在离开伊犁去往敦煌的火车上。

在走进火车站时，我本来打算去喀什的。大家都说，不到喀什，等于没来过新疆。可那趟去喀什只需 24 个小时的快车已无票了。想想还是算了。新疆这么大，哪能一次看完？况且到过一次，再来便不觉得远了。

和我来新疆那天一样，蓝天上太阳亲切地微笑着。那日来时，窗外的风景大多苍茫雄奇，而今，火车掉头行驶，眼前所见更多的是秀美的一面。

绿树为村庄绣上花边，温柔的小丘上牛羊在静默地低着头，想着心事。山依旧，云悠悠，流水悄然无声。

当火车爬到海拔较高的地方，却见周围的山山岭岭被风雪占领。树林像在欢度节日，祥和如画。

我默默地坐着。白云像看透了我的离愁。她有时在群山背后挡起一面洁白的云墙，有时，又甩动着长长的衣袖，我甚至看见远处一座金字塔似的雪山，在它的尖顶上，东西连贯着两朵手臂似的云朵，像是两位巨人握在一起的手。

这圣洁的画面，如同奇迹般不可思议。

回顾这段日子的旅途，何尝不是这样，一个惊喜接着另一个惊喜。前路茫茫，追梦的脚步不会停歇，可是像新疆大地这样美丽神奇的所在，世间能有几处，人生能遇几回？

我在心里安慰着自己，我还会再来的。可是，我们说过一定会再去的地方，有多少真的再回去过呢？

世外西藏

途经天路

天路之美，人所共传，等到亲眼看到更觉得震撼。

中秋才过去不久，若在新疆，湖边或山林间所有的树一夜之间能长成童话，挨挨挤挤，七彩斑斓。可在这青藏高原上，这千里江山像是跟树有仇似的，竟然看不见一棵树的影子。

没有树的表白，秋天如何存在？

小草替代了大树的使命。她铺满草原，铺满高山，铺满凝视的目光。她用一生中最温暖的颜色，拥抱着这辽阔的大地。

世界一分为三。

秋草金黄，湖水蔚蓝，雪山纯净。

列车飞驰而过，每一个瞬间就是一次地老天荒。

把红尘的事，交给红尘去管。这里已然是世外，阳光直达心扉，时光与灵魂共舞。

另一种氧气

这么多年，我是靠听故事活着的。

一火车的人，就是一火车的故事。每次坐火车时，都能遇到些朋友，让人忘记旅途的漫长，感受着不一样的人生。

去西藏时，我在兰州上车，我身边坐着一胖一瘦两个年轻人。胖的叫明月，来自山东聊城，那是出好汉的地方，他好像是由很多滚圆组成的物体，尤其是那大肚子，像是身体刚经历一次塌方，或是由于一场泥石流淤积而成。瘦的叫小辉，来自四川泸州，那是出好酒的地方。

好汉不提当年瘦，明月偏爱提起，似乎让我们知道他是由一轮月牙才变成如今的圆月，是他神圣的责任。

他此行是去西藏找事做，他有几个朋友在这边修路。他说他曾有过一段辉煌时期，他那时开了家 KTV，后来生意亏了，女友跑了。他郁郁寡欢，变成现在这模样。

小辉看上去有些单薄，经历却不简单。他本是打工族中的一个。后来他从佛山的工厂辞职，这一年多来他用打工挣的钱四处漫游，已跑遍了十多个省。

他告诉我他最喜欢的地方是青海。在青海住蒙古包看星空，他一提起便很兴奋。也是青海让他知道什么是高原反应。有个与他一起拼过车的朋友，白天在青海湖拍照时蹦蹦跳跳，晚上却因高原反应送医院去了。他边说边笑起来。

车上还有不少藏族朋友，我有幸认识的是索朗次仁，他是藏南地区的人，陪着母亲去青海看病。他看上去比实际年龄老成。他汉语说得不咋样，但人很友好，看了他手机里的家乡美景，令人神往。

他的母亲盘着彩色的发辫，是一位很慈祥的藏族老人。她的眼睛像圣洁的湖水一样清澈，这也是很多高原人的特点。

后来，在拉萨到西安的火车上，我又认识了海龙与小静。

海龙一身迷彩服，他是来自重庆的电力工人，比我略小几岁。他才来西藏时，草是青的，如今草黄了才回家。有时，他在工作途中能见到雪狼。他也曾为新疆架起过电力设施。那时，在地面刨一个坑，随便遮盖点塑料就是临时住处。当被子被雪打湿的早晨，就会冷得像铁一样。他讲述的那些轻描淡写的艰辛，也令人肃然起敬。

他讲得最精彩的是在非洲几个国家做工的细节，那些可怕的蚊子，在他的描绘中，似乎飞进了火车车窗。

生活总令人感叹，最有故事的人往往都不写书。

小静是云南的美女，她身怀六甲，孩子再过几个月就要出生了，可她还是独自跑到日喀则待了一段时间。她不爱说话，她旁边坐着一位很开朗的四川小姑娘，一直在谈论家人反对自己与甘肃的男友交往的事，小静也顺便分享了她与丈夫相识的故事。她爱人是安徽人，公公婆婆曾极力反对他们结婚，可她爱人却坚决与小静在一起。这份决心最终赢了。

小静平时很少发朋友圈。从西藏回到安徽后，她把小孩生下来不久，她爱人却意外去世了，才三十三岁。她带着幼子，整天以泪洗面。

“早知道与你在一起的时间那么短，当初就该省着点过。”某一天，她在怀念逝去的丈夫时这样写道。

“省着点过”这四个字，就像最痛又最令人惆怅的诗。

我天性中愿意结交有故事的人，故事就像世间另一种氧气。不过，我希望在这人世间，凄凉的故事能少点尽量少点。

高原反应亲历记

嘚瑟的人往往是因为高兴得太早了。

刚走出拉萨火车站时正是黄昏，朵朵金色祥云飘在半空，似乎伸手就能抓取。我随即便打电话回家嘚瑟地说：“我到西藏了，一点高原反应都没有。”

那时，我并不知道，火车上是供氧的。

我像平时那样背着厚重的行囊，昂首阔步走在街头寻找住处。

当我好不容易找到某位朋友推荐过的旅店时，人家却早已停业了。我只得就近另外找了一处。

旅店的房间布局以及被褥都很有藏族特色。为了避免高原反应，我遵从三天之内不要贸然洗澡的建议早早歇息。

高原秋夜，寒意阵阵。漂泊人，万里身，辗转难眠。我渐渐感觉到头有些疼。我习惯性地用双手揉揉额头与太阳穴，丝毫没有缓解。

不知何时，我像是被戴上了紧箍一样，不停地听着唐僧在念咒。我恨不得这咒语快些停下来，可这疼痛却像溪水奔流不息。

脑海已成池塘，似乎有个顽皮的孩子不停地往水面扔石子，那荡起的一圈圈波纹就是一阵接一阵的疼。

我有些恐慌。当时在火车上就有点着凉了，再加上西部干燥的气候让我的上唇都干裂出几个结痂的伤口。尽管我曾想过要是我有高原反应，哪怕一到拉萨就得回去，能在青藏铁路上来回一圈也值得，可当下最棘手的是我不知如何熬过这漫长的夜晚。

幸好，我在兰州曾备下些红景天口服液以及一包葡萄糖粉，此时都派上了用场。由于住宿条件较艰苦，我只好用矿泉水将葡萄糖粉末冲了一瓶喝。

当天夜里，我下决心要买第二天离开拉萨的票。后来，只是为了看看布达拉宫，就买了第三天晚上的回程票。

直到凌晨两点，我才迷迷糊糊地睡着了。

或许，睡眠才是最好的良药。此后的几天我再也没有过头疼的反应。原来拉萨给我的见面礼，不是洁白的哈达，而是一个下马威。

佛光闪闪的拉萨城

到拉萨，就像回家。

这陌生的城市像高原上盛开的莲花。

天空大大咧咧，清风横行无忌，星星粒粒饱满，月光洁净无染。真好！

布达拉宫长在山上，只为接受膜拜。

这里的每一座山都允许寸草不长。这里的每一栋楼都允许云朵逗留。

每一棵树都绿得很有骨气。每一种颜色都格外狂热。

红要红得赤诚，蓝要蓝得洒脱，白要白得坦荡，黄要黄得闪耀。这里不需要模棱两可，不需要浑浑噩噩。

这里的阳光很有思想。它懂得：因为佛祖有话要说，所以世上才需要耳朵。

这里的风要么吟诵，要么歌唱。

翡翠般的河水在暮色中克隆彩霞。初恋般的积雪在月色里选择融化。

雄鹰每一次巡视，翅膀都与天空齐平。闪闪的佛光映在它的目光里。

磕长头的人在这里磕醒了春天，磕破了夏天，磕疼了秋天，磕哭了冬天。

在某个瞬间，你会突然领悟：与最亮的那颗星星深情对视，或许就是一生中最重要的事。

布达拉宫游记

“到了布达拉宫，你就会发现，这里面最便宜的就是黄金。”在爬台阶时，耳边传来一位导游的声音。

此言不虚。在这座伟岸的宫殿里，历代达赖喇嘛的灵塔，大多用几百公斤的黄金铸成，且工艺精湛，精美绝伦。

宫殿内不允许拍照，自然是出于保护文物的需要。可是，从另外的层面上来说，说是为了保持低调，不让世人眼红，也是说得通的。

以前总觉得西藏穷，到了这才明白，不是西藏穷，是这片土地的历代统治者富得太集中。看看贵族的“贵”字就会明了，所谓贵族是用真金白银的“宝贝”堆砌起来的。

作为对佛教文化知识了解尚浅又没什么慧根的我而言，在那种虔诚的氛围里，望着每一件可以称为国宝的佛像，像是在穿越一条隧道。从最古老的法王宫（松赞干布的宫殿）到后来的达赖活佛的宫殿之间，新旧两堵不同色泽的墙体，都意味着几百年的时光更替，这种感觉是奇妙的。

“除了生死，其他的都是小事。”人们常用这句据说是六世达赖仓央嘉措的名言来感叹生命的无常。可是，对于历史，个人的生死何尝不是小事呢？

就连仓央嘉措本人，作为民众眼中的活佛，也是无法掌握自己的爱恨与生死。

从 1683 年到 1706 年，他只活了 23 岁，留下了 60 多首情诗，他的文字结合他的身世来看更是感人肺腑。

他的一生从农奴之子到达赖活佛，到押解去清朝宫廷的途中死于青海湖畔，浮沉不由己，造化戏弄人。

他没有南唐后主李煜的亡国之恨，只有“不负如来不负卿”的多情执念。自由与束缚，强悍的命运与不羁的追求，在他身上留下深深的烙印，这烙印赢得了后世无数的共鸣。

情到极致便是诗。

在冷酷的俗世，他渴求着温暖，他把温暖都藏在诗里。佛心即诗心。于是，诗歌便成了世界最美好而温暖的事物之一。

在偌大的宫殿里，除了那尊唐代遗存下来的名为“时间自在”的观音像，我最难忘的便是仓央嘉措的寝宫。同样的一片宗教色彩的布置，我却觉得与别的达赖的有很大的不同。神龛前的灯烛的火苗，在微风中摇曳，像是他明亮而无助的眼神。

我在此处静默良久。我其实在到达布达拉宫之前，读他的诗作很少，甚至都不知道他曾在这座宫殿里生活过好几个年头。但正是这种异代的突然的“邂逅”，让人感觉十分美好而感伤。

陪我同游布达拉宫的俄白，来自仓央嘉措圆寂的青海大地，二十岁上下的年纪，也同样热爱着这片大地。他不会写诗，却不代表心中没有滚烫的诗篇。假若我相信灵魂的前世与今生，那么我会惊奇地发现，已经转世的仓央嘉措在带领着三百年后的我，经过他曾经爱恨交织的地方。

我们都相信自己是第一次来到这个世界，也是最后一次来到这个世界。这种想法很科学，却不够浪漫。

倘若某些时刻，我们愿意相信，我们只是走在某种轮回当中，那么生命的疆域或许会变得宽广无边，心胸也会变得更为开阔。

是的，至少在布达拉宫，我相信，我正走在轮回之中。

马背上的俄白

在青藏铁路的火车上，俄白存我的号码时惊讶地说："你的号码尾号这四个数字，跟我爸爸的是一样的。太神奇了！"

他是青海省果洛地区的藏族人，他家住在山区的牧场里，家里养着几十头牦牛还有羊群。节日时，牧民会赛马；风雨后，山坡上会长出彩虹来。

他家里还养了好几匹马。属于俄白的是一匹高大的白马，他为它拍了好几段视频。

至今，我记得其中的一个视频中的画面：在一个遍地黄色小花的山坡上，风儿拂过绿草的睫毛，随着镜头的挪移，一匹威武的白马，近在眼前，它专注地嗅着花香，听着小草对话，潇洒地甩甩尾巴，它的鬃毛被风儿梳起，又在风中飘逸。画面的远处，千山错落，绿草铺陈，一派生机。谷底看不分明，也许是河流，也许仍然是草甸上摇曳生姿的一片花海。

此次，他到拉萨找工作，白马留在草原，留在他的思念里。

果洛地区是离黄河源头不远的净土，俄白用手机随意一拍，拍出了一种乡愁的感觉，让我感觉他有一种导演的天赋。

他原本是另一节车厢的乘客。大约是看我一路用单反不停地拍着窗外的风景便攀谈起来。他的汉语谈不上流利，却还是能猜懂。他只有二十岁左右，高原的阳光让他有着油亮的古铜肤色，看上去似乎成熟得多。

他很喜欢结交朋友，天性乐观，也十分淳朴。

一般车上认识的朋友，车到站时缘分也到站了。可是，我没想到，第二天还能再见到他。由于布达拉宫不售当天的门票，我预约好了参观票后，不知该去哪参观，给他打了个电话，他说他在大昭寺。

我来到大昭寺时，在门口联络时，却发现在电话里他的汉语听力似乎大幅度下降。我拜请工作人员与他沟通了半天才说清楚了彼此的位置，那么近的距离却因语言不通大费周章，这是我在别处从没体会到的。

在拉萨，藏族朋友可以免票出入各个景区。在之后的旅途中，俄白陪同我以及新认识的朋友们去过布达拉宫、罗布林卡以及拉萨河。我们还在八廓街遇到他的亲妹妹，后来还见到了他的大哥，感觉他的亲友都来到了拉萨似的。

记忆中印象最深的细节是在罗布林卡，这是达赖的夏宫。这里居然还有一处小小的动物园。俄白热心地为我和朋友们介绍园中的雪狼、浣熊等动物。

来到一个池塘边，他指着在水洼中游弋的白色动物，很认真地对我们几位内地人说："你们看，这是鸭子。"

我们定睛一看他所谓的鸭子，明明就是几只呆头呆脑的大白鹅，哪里有鸭子的影子？我们不由得大笑起来，也不急于纠正他，我们各自学着他的神情，郑重地用导游的语气说："你们看，这是鸭子！"说完，又忍不住笑起来。

俄白等我们纠正后也嘿嘿地笑了。

我曾听过有人分不清禾苗与麦苗，像这样鸭鹅不分的事，却第一次遇到。

我想：只有在一片俗世烟火气息最淡的土地上，才会存在这样的误会。想想看，在俄白的生活中，多是牛马羊相伴，极少有鸡鸭鹅的存在吧！也难怪在这个动物园里，就连普通的公鸡、母鸡也被关在院子里，供人参观。真有意思。

后来，俄白和我们一起搬到了青年旅社住过一天。在旅社里，我们请他唱藏族歌曲听。他随便一开嗓，天地便悠远而深邃起来。

他的歌声里有阳光、湖水、草原、阿妈的目光，还有他那留在家乡的伙伴——他亲自喂养过的那些马儿。

我们也跟着惆怅起来。

我仿佛看到了一个骑在马背上的俄白，纵横在无边的牧场上，在所有的小草眼里，在每一朵格桑花的眼里，在山峦与小河的眼里，他既是一阵清风，也是风中的王子。

结束也是新的开始

背起行囊，独自来到拉萨火车站。

孤独的行者，只捍卫漂泊无依的灵魂。

在等车的时间里，我看了某个综艺节目的一场总决赛，来自西藏的扎西平措夺得冠军。在藏区看藏区的人夺冠，似乎夺冠的是自己一样。

最美的嗓音源于最美的土地，奖杯与其说颁给某位歌者，不如说是颁给这片大地。赞美一棵树，就是赞美阳光、雨露、泥土。

在过马路时，我看见拉萨河对岸的一座山上，横着一朵浓郁的白云。那云朵在山顶投下浓浓的影子，却不知自己作了我前方高悬的一排交通标志的背景。那是我见过的最美的交通标志。

我突然觉得，那朵云不是无缘无故出现在那里的，那是西藏在向我挥手道别。

我想起《世说新语》中那个有名的“雪夜访戴”的故事，王徽之在月色中赶路，在雪夜乘舟拜访朋友戴安道，却在快到朋友家门口时，又原途返回。面对别人的不理解，他答道：“乘兴而往，兴尽而返，何必见戴！”

是啊！何必见过纳木错，见过珠穆朗玛才算到过西藏呢？就这样一条青藏铁路就足以够我“乘兴而往，兴尽而返”。

曾经的我，总有一种“风景饥渴”。看着雪山与蓝天的照片都会两眼放光。而今，西藏之旅，早已像一个熨斗，将我的心熨得服服帖帖妥妥当当。

不管怎样，结束也是新的开始。天幕上没有“剧终”两个字。

纯真北京

春天与圆明园

圆明园推开春天，对她说：“你走吧！我不需要谁的安慰！”春天不听。

圆明园叹了口气，接着说：“我的梦里只有火光，我的心里只有屈辱。就让我守着这白骨般的颓垣断柱，将它们当作我本来的面目。请不要打扰我的孤独。”春天不听。

“请收回你的泪水，收回你的慈悲。怜悯留给弱者。我不需要。我要将伤口当成勋章；我要将哀伤敲响。感谢岁月赐予我铁石心肠。柳绿花红、莺歌燕舞，对我而言毫无意义。你到别处去吧！”春天不听。

春天很有主见。她不言不语，默默地缝补一颗千疮百孔而故作坚强的心。她的目光明媚，她的呼吸甜美。

她用一朵一朵的花告诉圆明园：“我见过你最初的模样，那时的你笑声多么爽朗。我知道你经历的两次劫难，那时的天空多么灰暗。可是，我想告诉你，无论你变成什么样子，太阳爱你，月亮爱你，我也爱你。”

她用一片一片的嫩叶告诉圆明园：“你的残缺不仅仅是你自己

的残缺，也是这片土地上所有人的残缺，还是整个世界的残缺。要知道残缺的力量也是无穷的。如果说我曾爱慕你的光芒，那么，如今的我更爱慕你的是那份超越绝望、超越苦痛的力量。”

她用一缕一缕的清风告诉圆明园：“你不孤独，也不会无依无靠。要知道，多少目光为你守护，那目光中不会再有躲闪或怯懦。他们不会让你再受到一点委屈，不会让你再受到任何伤害。他们的双手将大地铺成锦绣；他们的步伐在复兴之路上义无反顾地朝前走。你经历的一切，早已烙印在他们的心头。你永远不会孤独。”

每一个坎坷都灿烂

与苏州那些住人的园子不同，地坛是住神的地方。明清时期，在夏至那天，皇帝们会到这园中祭祀土地神。

哪些帝王来过，地坛未必都记得。有一个双腿瘫痪、坐在轮椅上的年轻人曾来过，我想，它一定不会忘了。

大家都知道，那个名叫史铁生的年轻人后来成为著名作家，他写的《我与地坛》是新中国成立后最优秀的散文之一。

地坛是史铁生的守护神，守护他的无助与坚强，守护他的绝望与追问。

2010 年的最后一天，当史铁生迎来了“必然降临的节日”，走完他 59 年的生命历程，他不再需要谁的守护。可是，他的文字却依然守护着许多人的心灵。

我曾听一个朋友提起，在她外公去世的那段时间里，她曾用耳机将《我与地坛》听过上千遍。我很难想象，对于沉浸在悲痛中的心灵而言，文字的光芒是怎样驱逐内心的黑暗的。然而我却知道，正是那些贴心的文字，让地坛成为一个很贴心的地方。

人逢知己无荣辱，事不萦怀任去留。

事实上，地坛很像一个知己，这不仅对史铁生来说是这样，对于读过他的文字的读者而言也是这样。

我最近才得知，在我2011年夏天陪亲戚走进的宣武医院，实际上正是史铁生告别这个世界的地方。我们当时住在离宣武医院不远的小巷中，住在旅店的地下室里。

其实，仅仅是隔着半年多的时间，却与他是阴阳相隔。走在他曾到过的世界，走在他用轮椅亲吻过的土地，幸福与怀念，像无形的双翼一样伴随自己。

为了去地坛，我先去西单图书城去买了一本他的书，是他的散文集《老海棠树》。

他曾在文中怀念过他的母亲与祖母，怀念过他童年的小伙伴，也怀念过地坛与遥远的清平湾。现在，在地坛怀念他，像是古代在夏至那天举行仪式一样，也是必不可少的一部分。

在地坛门口，远远见到有人推着轮椅出来，我的心扑通乱跳，似乎在一片幻影中看到当年他母亲推着他的轮椅走出来。

越来越近时，才发现是一位阿姨推着她白发苍苍的老伴。我目送他们的背影离去。后来才知道，地坛现如今作为文化养生公园，时常有坐着轮椅的老人的身影，这不足为奇。

轮椅能去的地方我去过，轮椅不能去的地方，我也去过。在祭坛拜神的地方，我对着天空跪拜。我想，在天上的某个地方，他一定能行走自如，或是随心飞翔。想到这一点，我在心灵深处微笑着。

满园的阳光，满园的古柏，随便就着一张长椅坐着。坐在四百多年的园子里，我没空像他那样将人生想得那样透彻。我只求记住那样的瞬间：椅子陪我坐着，我的身边是他写的书。书的封面朝上，上面是阳光。书的封底朝下，脚下是他的轮椅驻足过的地方。

风吹过来，影子不动声色。

我想起他描述过祭坛石门中的落日，他说："寂静的光辉平铺的一刻，地上的每一个坎坷都被映照得灿烂。"是啊，用心感受过这个世界的人，最终都会发现每一个坎坷都灿烂。

陪故宫聊天

故宫很慈祥，他用慈祥掩盖沧桑。那年夏天，我第一次见到他，他正坐在摇椅里，手拿蒲扇，在树下乘凉。

"老人家，您有多大年纪了？"

"我有六百多岁了。"

"真看不出来，您很硬朗。"我说。

"谢谢！要说老吧，我也不算老。人家那什么阿房宫、未央宫、大明宫，那才叫老呢！可惜都走了好多年了。只剩下我孤孤单单的，还留着看世界。"

"老人家，按您的岁数，经历了明清两代，你就给我讲些故事吧！"我央求着。

"故事？故事太多了。按道理说，该知道的，不该知道的，我都知道。最初是想说不敢说，后来想说没处说。如今呢，看开了，看透了，倒不想说了！"

我没想过，他的慈祥背后潜藏着一份与生俱来的执拗。我竟无言以对。

似乎为了化解这份尴尬，微风拂过他的衣袖。小草似懂非懂，却在风中频频点头。我和故宫在风中沉默，在阳光中相互渗透……

“小伙子，很高兴你专程来看我，陪我说话。好吧，看在你的一片诚意的分上，我有一些话叮嘱你，能记着就记着，记不住索性忘了也没事。

“热闹的时候，你就用冷眼瞅着；冷清的时候，心要温热。

“你看见春天时，要相信春天是爱你的；你看见冬天时，要相信冬天也是疼你的。

“假如迎接你的是屈辱，你要迎接的必须是尊严。假如迎接你的是幸福，你要接纳的是随之而来的酸楚。

“岁月是称量你的分量的那个秤盘。时间是慵懒者的噩梦，是劳作者额头的花朵与果实。历史是淋湿古人的那阵雨，化作天空悬浮的那片云。”

我听着他低沉而稍显喑哑的声音，那声音像是将我在水中过滤。在那个夏天，我与他第一次见面，故宫便摇着蒲扇，扇出令我久久难忘的那片凉爽。

母亲与天安门

“你们去吧！我不去。我晕车。”母亲说。

一般来说，母亲总拗不过我。可是在去北京的问题上，母亲从来不肯让步。晕车是她的挡箭牌。她把挡箭牌当撒手锏用，总叫人无语。

“你就是说破天，我也不去。”把她惹急了她总是这样说。

“要去你们五个人去，为什么一定要叫上我呢？家里总要留个人看家吧！”

"家里有多少金银财宝需要守着呢？实在不放心，叫个亲戚来守几天就够了。"我很不甘心地说。

母亲不明白为什么我非要强迫她一起去北京。"去北京看看，我又不会多长几斤肉。"她的逻辑，总不符合我的逻辑。或许，这就是代沟。

说实话，要不是母亲忌讳下跪，我真想跪下来求她。

去北京，是一件多么奢侈的事情。南方人一定感触更深。它不像去任何地方，更像是一件终身大事。

我也问过自己，为什么非要带上母亲一起去？

是为了报答她的劳苦吗？母亲不想要的报答还能算是报答吗？

我不希望一家人在天安门广场前的合影里面缺少她的身影。

这一点，假如母亲有点文化，假如母亲懂得时髦术语，或许她会开玩笑说："你把我 P 进你们的照片，不就 OK 了吗？"

可是，这样的对话，只能存在于我的想象里。

带上一家人去天安门看看，这是普天之下多少儿女的心结。最后实现了的有多少呢？

我想起一位同事曾写过的一段话。那是在她父亲因车祸不幸离世大半年后她写道："想起去年带着父母去北京的情形。那是他们多年的心愿。能在他们有生之年陪他们去过一次，如今想来，也算是心碎中的最大安慰。"

有些事情在来得及做时就去实现才是最美好的。所以，我们才会那样害怕来不及。毕竟，世界上最严峻的字眼，不是"痛彻心扉"，不是"穷困潦倒"，而是"有生之年"。

终于，在我的软磨硬泡之下，我迎来了"精诚所至，金石为开"的那一天。

那天，我和家人站在天安门城楼上，站在伟人曾经站过的地方。母亲静静地望着广场上的人来人往。

我望着女儿手中的风车，望着母亲与父亲的白发。那时，我才发觉，最幸福的瞬间，往往最沉默。

石狮子的回忆

八百多年过去了，我一直守护着卢沟桥。事实上我并没有守好。

永定河看上去还是那么年轻。修复的宛平古城总是让人产生幻觉，似乎当年的炮火只是一场梦。

河畔的城楼下，伴随着动感的音乐节拍，人们舞步翩翩。我的思绪总是回到从前。

那天夜里，也是这样平静的夜色，日寇借口丢了一名士兵，想要北上强行进入宛平城搜查。

那时，我正在给旁边的小狮子讲故事。当时正讲到某年大清的一位帝王升天，他的灵柩要从卢沟桥上经过。文武百官觉得桥窄，便将桥栏杆上的望柱以及我们狮子家族一一拆除，再在两侧搭建木桥，木石相连，加宽桥面。后来大事已了，再将我们重新立好。

作为最年长的一只狮子，我的心里装满故事，这些小家伙都听得入迷。

就是在这样的时刻，恶魔现出了贪婪的本色，辽阔的神州大地让他们垂涎三尺，他们恨不能一口吞下。

解释是多余的。敌人要的不是解释，而华夏儿女能为母亲做的只能是用生命捍卫母亲的尊严。

一颗颗子弹飞入跳动的心脏。轰隆隆的炮声玷污月亮的耳朵。

城中的火光照痛我的眼眸。我没有泪水。

我恨我自己，只能默默地待在望柱之上，眼巴巴地看着他们践踏过一块块光洁油亮的石板。

我无力发出心底的嘶吼，也无法喷涌出烈焰让他们葬身于河流。我恨将我雕成狮子的这块石头，它赐予我灵魂与躯壳，却不容许我有丝毫的自由。

假如我有双翼，假如我能自由驰骋，我的血盆大口将是他们的坟丘。八年的狼烟与无数的白骨，敞开的国门和强盗的脚步，这些都是累积在我心底的耻辱。

从那天起，卢沟晓月的诗意被沾染上腥风血雨，卢沟桥不仅仅是一座桥，而我还是这座桥梁上那只无用的石狮子。

当你从桥上走过，请不要抚摸我无用的利爪，不要细细打量我沧桑的脸颊，就让我融入这片夜色，在风中聆听河流的新乐章。

水立方与天坛公园

在史铁生写过《我与地坛》之后，再写北京的公园是一件令人气馁的事。

可是，公园多且著名，无疑是京城的一大亮点，这是无法回避的。虽然我只去过其中的六大公园，但每一处都带给我美好的回忆，让我觉得不写点什么等同于忘恩负义。

“假如这园中有一位园神……”史铁生曾这样写道。

是啊，假如每一座公园都有一位园神，那么，我匆匆的脚步她们一定也曾注视过。她们模样不同，性格迥异，似乎都在诠释着“美”这个字所代表的含义。

2011 年夏天，我第一次到北京，到达的第一个公园是奥林匹克公园。在同样需要购票入场的鸟巢与水立方之中，我选择了水立方，不仅因为盛夏需要一份清凉，也不仅因为它的门票是鸟巢门票的一半，更是因为鸟巢是天马行空的创意，像是外太空的事物，而水立方则让我想起自己的家乡。

“见到你就像见到自己的家乡。”这是史铁生写给妻子的一句诗。对我而言，水立方带给我的感觉也是如此，见到它就像见到家乡一样亲切。

我的家乡虽然没有水立方，可是，作为湘江的源头，家乡无疑是水做的。

因此，在水中驰骋，犹如在家乡的温柔呵护下做一回美梦。更何况，江河湖海原本就是人类共同的家乡，而水立方就像是江河湖海最年轻的孩子。

水立方不仅颜值爆棚，它的内在更是美不胜收。坐在看台的座椅上，一对来自东北的老人发出了由衷的赞叹，他们上午登上了天安门城楼，下午又坐在明亮清爽的水立方中，感觉碧海蓝天温柔地将他们抱在怀里。那位阿姨说道：“我们这次到北京这些天，最大的感受是真为自己的国家感到自豪！”

我想，他们发自内心的感叹，挂在看台上空的那面五星红旗一定能听到。

能在奥运会比赛的泳道里游泳，这是多么惬意的事。我感觉自己也沾了奥运会的光，感觉自己也是一名参赛的选手。

第二天的上午，我走进天坛公园。纯净的阳光，湛蓝的天空，微云轻轻游荡。在这样的背景下，祈年殿就像仙界中心的圣殿，封存着人类的希望与梦想。

我觉得自己在故宫里也没有发现比这更美的建筑。难怪它不仅是京城的标志性建筑之一，甚至也是中国旅游的标志。

天坛公园也是迄今为止我唯一去过两次的北京的公园。这足以说明我对它的偏爱。第二次走进它，已是七年后的五月，在那苍翠的古柏间，开着许多不知名的野花，蓝色或白色的花瓣铺开大地的缠绵与浪漫，令人难忘。

在回音壁的中心，许多游客面对着苍天默默许愿。当年天子叩拜的情形与他们的身影似乎重叠交织在一起。

古今兴亡，皆有回声。而我们，都是倾听回声与制造回声的人。

颐和园中的背影

颐和园大概是北京城做过的最美的江南梦。水国风范加上皇家气概，让它成为众多公园中的佼佼者。

在到北京前，我最好奇的便是它与西湖的差异。在火车上我曾多次打听："颐和园比西湖美么？"

我那时并不觉得这样的问题很幼稚。大约因为曾对西湖失望过，所以在心底犹豫着要不要去见识这个"西湖的仿制品"。

大家都很真诚地回答着我。有的说："颐和园很大气，值得一去。"有的说："去过西湖的话，不去颐和园也没关系。"还有的说："北京最美的公园就数颐和园了，不去可惜。"

众说纷纭之下，我倒是对它兴趣更大。

夏日的午后，才从金山岭长城回到北京，我便迫不及待地揭开它神秘的面纱。

说神秘确实有点夸张。因为我多次看过它的风景图片，可一走进园中还是处处感觉十分新奇。

偌大的昆明湖，水质良好，至少看上去很清爽。仅凭这一点，我便觉得比西湖强。

绕过水泄不通的长廊，途经佛香阁脚下，我打定主意逐水而行。

水面风清，在绿荫中眺望烟波画船，真像回到了江南，回到了故乡。在度过了好几天与江河湖泊绝缘的日子之后，突然看到万顷碧波盈盈浅笑，顿时感觉生活无比美好。

远处的山峦，静默而富有层次感，兼具秀美与伟岸。孤塔兀立，既在天边，又似乎在眼前，优雅而稳健。最妙的是湖边的桥。

玉带桥通体莹润白净。独拱如圆月半轮，与倒影合二为一，便是皎月当空。人行桥上，如跨月飞升。

十七孔桥则像是水中的白玉王冠，像是连接凡间与仙界的必经之路。当晚霞涂满天空又羞红湖面时，风筝飞翔在桥的上空，伴随着越来越明亮的彩色小灯盏越飞越高。

在逛完整个园子之后，我发现，比起所有的风景最美的或许要算园中的那些背影。

那一对对夫妻或恋人，有的坐在湖边的长椅上，有的坐在湖畔的石头上。他们面对着湖水，面对着远山，面对着地老天荒。

他们的背影，在一颗漂泊的心看来，多么耐人寻味。那背影中，既有两情相悦的甜蜜，又有与子偕老的温馨，就像醇香的美酒，灌醉了游子的眼眸。

从那背影中，似乎让人联想到这样的潜台词：让我们从此远离江湖纷争，找一个有山有水有你有我的地方一起共度余生。

或许，这样的地方在天边，或许，这样的地方，就在颐和园。

这背影，不再属于帝王与妃嫔，而属于普通百姓。这应该是颐和园最迷人的真正原因。

花与北大

那些花是怎样考入北大的，我不知道。我只知道我来时它们在；我走时它们也在。等我、陪我、送我，三合一，它们默默地在做。

它们比我强。我只能在北大培训一周。它们却可以待上一年又一年，像签了终身合约的教授。

我羡慕它们，羡慕它们待在我梦想的地方。

春天的燕园多美啊！解冻后的未名湖在为自由欢呼。博雅塔默默矗立故意装作很严肃。湖面的波纹荡漾着鸳鸯的忠贞；小鱼的眼里排练着嫩柳的舞蹈；粉红的桃花与倒影一起骄傲。

我走在这校园里，在这红墙碧瓦的宫殿与园林景致间，感觉到呼吸从没有过那样畅快。在课堂上，一位位教授口吐莲花，教室像开满莲花的池塘。

我曾经在文章中提及很多关于课堂的事，却一直没有提起离开北大这三年多来，除了恩师的教诲，我最难忘怀的是那些怒放的鲜花。

在校园中，我时常路过的那一株蜡梅，比我略高一点，它的每根枝条都不曾辜负春天。它粉红的笑脸与它的幽香，让第一次看到梅花的我格外惊喜。

我想，它是无言之师。从它那里，我似乎懂得生命的意义在于不辜负，就像蚌壳不辜负沙粒与痛苦，世界才有了珍珠。

相对它而言，海棠或杏花则高大得多了。我对于这两种花比较陌生，因此，也难以准确地区分。

它们或许太过于娇弱，就连微风也能将它们轻轻吹落。它们无声地飞翔，翅膀带着芬芳，在空中慢节奏地挥别阳光。

要是我能使出定身之法，能让所有翻卷的花瓣都停在空中，让它们多朝枝头看看，多看看我的惆怅，应该也算功德无量吧。

有时，走过校园里铺满花瓣的小路，就像走过一段温情的岁月。

有一回，就在这飘洒着花雨的路上，我曾听几位身边的同学感叹："要是十年前就能来北大进修多好啊！"

他们在感叹生命的匆匆，想到自己的青葱岁月与北大无缘便恨不得重新活一回。

我在他们身旁暗自思量：我不止比他们年轻十岁。可我何时才能真正明白这感叹的分量，何时才能将他们所谓的"多好"去真正地实现呢？

还记得走进北大那天，正是春分，而当我们离开北大时，树上的玉兰花在细雨中与我们道别。

我想听清楚它们的临别赠言，可是脚步却在雨声中越走越远。

情迷上海

寻找赵鑫珊

二十岁的我，没有耳朵。父母的话，怎么也听不进去。

“你为什么不去北京呢？北京再怎么说也是首都吧！不比上海强吗？”父亲说。

“上海那是什么地方？像你这样的人，被人卖了还帮人数钱呢，去上海做什么？”母亲也在一旁帮腔。

他们说这些话时是在2000年6月。那时我参加工作半年多了。可对他们而言，我还是不懂事的孩子。我想在暑假去上海看看，在他们看来很荒唐。

“我就是想去大地方长长见识。你们想想，我从小到大都待在小地方，哪都没去过。不应该出去见见世面吗？”我有种百口难辩的感觉，说话口气很冲。

“你见世面非要去上海啊！北京不也一样吗？”父亲再次重申，“再说了，你和谁去啊？上海人生地不熟的，被人拐走了都不知道。”

“我自己去。这么大个人了还怕走丢了？我对北京不感兴趣。上海在海边，我还可以顺便看看海。”

“北京有长城、故宫、天安门，上海有什么？”

“我不管，反正我就是要去上海。我不用你们花钱，我自己攒了工资。”

“这不是钱的事，懂吗？你一个人去我们不放心。”

最终，争来争去，“新势力”总是要战胜“旧势力”的。我们双方都作了让步。

父母的让步是不再勉强我去北京。我的让步是同意父亲陪我一起去。

直到二十年后的今天，他们一直不知道，我对上海无限神往，是因为一个人，是因为一本书。

那本书名叫《莫扎特之魂》，是国内第一部全面完整地多视角地论述莫扎特的巨著。那个人便是此书的第一作者赵鑫珊。当年小地方信息闭塞，我对他一无所知。只是通过他的文笔感觉到他很博学。他对科学、艺术、哲学都很有见解。他让莫扎特的音乐与事迹走进我的心灵。

那时，不像现在一查资料便能获知他是江西南昌人，生于1938 年，当时已 62 岁了。他年轻时，因为迷恋北大的图书馆，故意考砸了两门留了一级，共读了六年北大。他曾在中国社科院与上海社科院工作过。他以写书为信仰，从 1986 年起，共出版了 46 本书。我看到的只是他与周玉明合著的一本。

当年那本书对我的影响很深。我在上面涂涂画画，还特意去买了些磁带听。那年头在小县城所能找到的精神食粮除了书本之外确实太贫瘠了。

我感觉自己与他的著作与莫扎特的音乐有很多的共鸣。在我读过的书里面，我很少有那样强烈地渴望见到作者的冲动。

用现在的话说，我其实也是追星族，只不过我追的星是一名学者。

这一点，我羞于向父母解释，感觉无须解释。

我在书中对他提及的上海，都一一标注了出来。

比如:“夜晚，走在上海外滩，那里的建筑群便会帮助我们这两个中国人把握莫扎特音乐的气象与风骨。”“1992 年 6 月 25 日上午，我们去上海音乐学院的图书馆……”

我像侦探一样，在书中搜寻着他的足迹。我感觉自己有很多话想对他说，同时，也希望能得到他的指导。

我在车上想着自己的心事。父亲与人攀谈时，说:“我们是去上海，我儿子非要去。他喜欢写东西，想去见见世面。要我说，这么热的天，打着我好疼我都不愿意出门。”

父与子的世界，像是两个完全不同的世界。这两个不同的世界，唯有爱，才能将它们重叠。

由自己的父亲陪着去一个遥远的大城市，寻找一个“虚无缥缈”的精神导师，这像是一个寓言，又像是一场闹剧。

我想起沈从文《边城》的结尾:“这个人也许永远不回来了，也许明天回来。”在听着火车哐当哐当的嘲笑声时，我想:也许我永远见不到赵鑫珊，也许明天就能见到他。

门里门外

夜色比我们先抵达上海。火车站外，人潮澎湃。街灯像鲨鱼的眼睛，盯着举目无亲的我们。

旅店很便宜。这是在车站揽客住宿的人隆重推荐的。除了便宜没有别的优点。父亲住了两天就很顺利地中了暑。

仅仅是七月初，上海就热得几乎能把人直接烤熟。太阳毒也就罢了，连风都像开水一样。早知道我该从家乡带几片树林过来的。

心心念念的外滩在黄浦江边早已恭候多时。那一栋栋号称“万国建筑博物馆”的欧式建筑，都在烈日下罚站。

都说建筑是凝固的音乐。在我快被阳光融化时，凝固的物体，显得有些多余。

隔江相望，东方明珠塔倒是温柔多情的样子。

我问父亲：“我们去那边登塔吧？”

父亲说：“要钱吗？”

“我才问过，一百二十元一个。”

“算了，你一个月工资才三四百。咱们不花这冤枉钱，我们家乡哪座山不比这塔还高？下次我带你去爬。”

我便不作声了。抬头，紧紧盯着那塔看，越看越觉得它格外傲慢。

不登塔，就坐坐船吧。船票便宜。两块钱可以在江面坐个来回。据说，大海还挺远的。我便不再幻想海的浪漫。

十年修得同船渡。和自己的父亲在遥远的上海一同乘船，不知要修多少年？

江面的风有点像家乡的风。家乡的风有多可爱，总是要等到成了“游子”时才明白。

我庆幸自己没有告诉父亲希望能见到赵鑫珊，我又不会大海捞针，所以，奇迹不属于我。

外滩的夜景应该很美吧！不过我们没看。父亲说：“走吧！早点回去。迟了可能没有公交车了！天黑的话，昨天我们住的地方很难找的。”

我们便在太阳撤退前先从外滩撤退了。

之后的一天，还是父亲英明。他建议去逛逛市中心。至少，看看市政府在哪。

第一次坐地铁，感觉上海变得像一把保护伞，不让烈日欺负我们，新鲜而感动。

市政府的广场上，一棵棵树像老乡，一树树紫薇花像亲人。鸽子飞时，喷泉也飞。喷泉停时，音乐也停。

歌剧院与博物馆隔街对望。

俄罗斯舞蹈团在剧院上演《天鹅湖》，我在门外看了看精美的宣传海报。看了看票价，我心里的热情变得格外冷静。

于是，我们一起来到博物馆这边。门票倒也不算太贵，四十元一位。

“爸，我们一起进去看看吧！”

“这有什么看的？你进去吧！我在外面等你。”

“这怎么行？你看这介绍，里面三层都有展品。有好多是别的博物馆没有的稀世珍宝，很值得一看。”我央求着。

父亲有些恼。他说：“再多的珍宝，你能带回家还是怎么的？我说不去就不去。那边有地下商场，我去吹吹空调，你不用担心。到时我们就在这里集合。”

那时我们都没手机。父亲的意思是没等到对方谁也不离开这里。就像小时候他叮嘱过我：“你要是在哪走丢了，不要瞎跑，在原地等最好。”

我走进博物馆门里，父亲待在博物馆门外。

那博物馆我永远忘不了。不是忘不了那些珍宝，也不是忘不了心中的震撼。那些青铜器与名家字画等展品，确实给我讲了五千年的故事，而父亲并没有给我讲太多。

他只是告诉我：“你去吧！好好看看，不用着急。我就在外面等你。”

有时，一句话可以抵得过一个博物馆。

那　塔

“爸爸今天带你去海洋馆，再去登东方明珠塔。你要听话。上海这么大，丢了就回不了家了。知道吗？”

一大早，我便开始对儿子训话。他八岁。有颗比他小一岁的门牙已经抛弃了他。

这是 2013 年 8 月 3 日。此时，距离我第一次到上海，已过去了十三年。我抬头认真地看了看天空，看上面有没有备注四个大字：十三年后。

海洋馆是让眼睛发光的地方。那些海洋生物对我们满不在乎，却让我们幸福得一塌糊涂。儿子最喜欢海豹，我最喜欢极地馆的那些企鹅，虽然都是假企鹅，可我脑海里已经冰天雪地，非常南极。

当然，最令人震撼的还是东方明珠塔。

它是上海的标志性文化景观之一，于 1995 年 5 月投入使用，高约 468 米。它有太多令人意想不到的地方。在它的一楼是上海城市历史发展陈列馆。你会看见上海从旧照片上溜下来，一不小心就变成了魔都。里面布置的上海老街让人瞬间感觉沧海桑田。

在几百米的高空，一片漆黑中的过山车好比一条游龙，在深渊中腾空而起，又从云端直坠谷底。我的尖叫紧紧拽着儿子的尖叫。每一秒似乎都可能是最后一秒。在将自己吓傻之后，突然发现世界更可爱了。

最后到达海拔 350 米的球体中，脚下的透明玻璃令人两腿发软。四周的透明玻璃却让人心旷神怡。

当整座城市臣服于脚下，心中便开满了花。那些花朵仿佛都来自梦的王国，清香扑鼻，鲜艳无比。

原来，在目光成仙时，人等同于蚂蚁，汽车相当于米粒，河流不过是地毯，钢筋的丛林只是些小小的模型。

透过天文望远镜将上海的细节匆匆检阅一遍，对着家乡的方向，多打量了几眼。我越过上海的头顶仿佛看清了自己的家乡，看清了母亲的霜发，看清了河边的炊烟。

我终于成为登过那座塔的几千万人中的一位。儿子小小年纪也是如此。

他还不懂事，他把这一切看作理所当然，自然不会明白我的心事。

在登上那塔的瞬间，我有些嫉妒他。他父亲陪他登塔，而当年我父亲只是陪我隔着江水望着塔顶发呆。我耳边仿佛又回响起父亲说的话："咱们不花这冤枉钱，我们家乡哪座山不比这塔还高？下次我带你去爬。"

我想，这也算是父亲在上海滩说过的豪言壮语吧！

那塔，年年岁岁依旧耸立在黄浦江头。父亲虽没登过它，可他的豪言壮语对我而言意味着一座更高的东方明珠塔。

又过了好多年，我才明白，也许我才是我自己最应该嫉妒的人。一老一小，我生命的源头和我生命的入海口，他们都曾陪着我走过这座我青年时代最向往的城市。

结　语

又是夏天，离我第一次去上海已过去了二十年。

当年那个没有耳朵的我渐渐听见时间的嘲笑。而父亲的耳朵却越来越不灵光。他总是提醒我："请大声一点，我听不见。"

有些语言，靠听当然听不见。它藏在心底，很大声很大声，只是想说时却默默无言。

还记得第一次离开上海时，我在那博物馆不远处的书店买了一盒莫扎特的音乐磁带作纪念。我对父亲说："爸，我们回家乡去吧！"他特别开心。因为他一到上海就水土不服。

他没想到，当初我执意要来这座城市，却待了不到三天便提出要回家。他开心之余主动提出陪我去去西湖再回去。

从那时起，父亲母亲就成了我的北京我的上海，我一直待在他们身边。他们是我最熟悉的两座大城市，也是这世上最好的大城市。

婉约江苏

在瘦西湖做一座桥

瘦西湖是点在扬州眉心的美人痣。

“两堤花柳全依水，一路楼台直到山。”前人的这副对联，像是为瘦西湖航拍的一张全景图，将她的美简约地概括出来。

实际上，这里只是扬州城外的一段河道，像一条玉带，却蜿蜒曲折，园亭遍布，极具秀丽江南的神韵。

扬州是人文荟萃之地，众多的银两与众多文人雅士的才情，将这一段河道打扮得唯美而富有诗意，确实难得。中国不缺河，缺的是扬州人这份心思。

前年十月下旬，我走进瘦西湖，顺着河道徒步贯穿南北，那种心花怒放的感觉至今记忆犹新。

我想，我对瘦西湖一见倾心很可能是因为喜欢这里的桥。

有着十五个桥洞的五亭桥，别具一格，如今已成为扬州城的标志。坐在五座风亭之上，享受着清风的凉爽，我感觉在神州大地上像这样的地方真应该多多益善。

颐和园中有座玉带桥，白玉似的桥身，独拱卧波，颀长秀美。在瘦西湖这里，二十四桥便类似玉带桥的样子。自从杜牧

“二十四桥明月夜”的名句一出，后世由于“二十四桥”这个名字，便有了很多争议。有说是一座的，有说是很多座的。而今，瘦西湖里的二十四桥，上上下下都设计成二十四个台阶，水面空阔，杨柳垂荫，和风习习，也很有韵致。不管如何设计，毕竟诗的意境，是不会改变的。

跟游览别处很不一样的是，我在瘦西湖遇到过两个有趣的团队，他们都顺便请我帮忙拍过照片。

最初，我蹭导游的团队，是个老年团。这是他们毕业五十周年同学聚会时安排的一次游览。他们看上去都很健朗，这是难得的福气。团队里的一位姓高的伯伯告诉我，当初他们一起在南京的农校毕业。不过，他特意比划着“八”的数字，对我说：“班上当年是五十个同学，如今到了三十多个，有八个是早已经走了的。”

老人们一般对生死看得通达些。我明白他说的“走了”的意思，也明白他那略带感伤的语调是带着某种回忆的怀念。

或许，按照健在的人的理解，走了的，是到别处去玩了吧？而活着的，能聚在一起，能一起来到瘦西湖，晒太阳，忆往事，合个影，真是比我更开心！

后来，我刚过五亭桥，遇到了两名老师带着一群二年级学生在合影。她们请我为孩子们照过相后，孩子们一起大声说：“谢谢叔叔！”

他们活泼泼的，像小溪流，像春天，像快乐的歌谣。他们按老师的要求排成两队，手拉手向着白塔走去。

此情此景，让我有些感慨。

在这如诗如画的地方，我见过的这两拨人：上了年纪的老同学与懵懂可爱的小同学。他们就像人生光景的两极。而我正值中年，就像一座桥一样连接着他们，连接着人生不同阶段的内涵与美好。

做一座桥真好！在水面上待很多年也相当于只待了一天。当少年变成老者，当历史变成云烟，它挺直的脊梁依旧可以托起朝霞或夕阳。

我想，既然不能像我羡慕的扬州人一样天天住在扬州城里，那就让我做一座桥吧！做一座瘦西湖上的桥！

扬州是一首情诗

不是烟花三月，不见春风十里，到扬州的那天，正逢九月十五，明月高悬，孤光自照。

夜幕之下，千灯照碧云，月色映楼台，亦真亦幻，古今莫辨。

东关街上古韵悠长，一条笔直的街道，齐齐整整地穿起各种扬州特色的店铺。石板路油亮，灯笼格外温暖，游客疏疏朗朗，不像南京夫子庙那样繁华与喧嚣，令人倍感亲切。

大运河的桨声灯影，隔着依依垂柳，悠远而迷离。岸边垂钓者耐心地等待着鱼儿从唐诗宋词里游来。小亭西侧，笛声婉转，一位鹤发的长者用古曲邀扬州翩翩起舞。

在唐代诗人徐凝看来，扬州可谓明月之城。“天下三分明月夜，二分无赖是扬州。”在他的思念里，家乡的月色格外动人。

我没想到，自己第一次到扬州居然恰逢月圆之夜，因此倍觉荣幸。

中秋之月，自有一层金黄的光晕，供人仰望。而九月的圆月，却清亮如冰雪，在游子心里更觉慰藉。

月亮像是一种防伪标志，有了它的存在，扬州才是真正的扬州。无论是站在城楼的灯笼下，还是坐在运河的柳荫下，目光都会被那轮明月吸引。

它用落寞衬托出灯光的璀璨。它用纯白点缀着夜空的高贵。它用静谧调和着大地的浮躁。

月亮又像一枚银质的钉子，钉牢悠远的天幕，只露出圆圆的钉帽，闪耀着光芒。于是，一幅幅图画便悬挂在天地之间，变成立轴的条幅。

立轴图景中有夜月古街，有运河画船，有长长柳堤，有微微波纹，还有那潮润温柔的气息扑面而来。

月亮还像一盏小小的聚光灯，它曾照过下令开凿运河的隋炀帝，照过他声势浩荡的船队，照过他威风凛凛的阵仗。曾经六下江南的乾隆帝也曾在这聚光灯下，面对千里逢迎喜不自胜。

而今，这聚光灯照在寻常百姓的身上，渺小如我，仿佛也成了主角。

对酒当歌，何须权势赫赫？人生快意，何用名利堆砌？

这世间有多少土地，像扬州一样无与伦比，假如不曾亲自到过，永远无法体会到内心的那份狂喜。

在古街上，有一家名为“千载香”的点心店，我怀着一份好奇买了一小盒玫瑰味的芡实糕。那酥脆甜软的糕点，确实弥漫着一股淡淡的玫瑰的香气。

这醉人的气息，甜甜蜜蜜，就像扬州在人心底留下的那种迷人的芬芳。

镇江夜游记

镇江古称京口，位于长江与京杭大运河交汇处，民国时期，曾是江苏省的省会。

说实话，正因为“老省会”这个身份，我在没到镇江之前便认为它很大气很繁华。当我看到它比自己想象中要寂寥得多，要落寞得多，心里有很大落差。在我到过的城市里，感觉最让人怜爱的就数它了。

这里有三座文化名山，类似于传说中的三座蓬莱仙岛，它们的实际海拔，与它们在人们心目中的海拔是很不一样的。水漫金山的故事，让金山寺家喻户晓。而“潮平两岸阔，风正一帆悬”以及“何处望神州？满眼风光北固楼”这些名句，让北固山也成为某种意义上的文化坐标。另外，在传说中，刘备迎娶孙权的妹妹的所在地——焦山也很有名。

这三座山我都无缘登临。可是，能望见它们亲切的身影，对我而言已经很满足了。

在西津渡古街上游客很少。它那依着山势逐层升高的石板路很有历史厚重感，既有山城的味道，还有一种在石拱门里穿越时空的感觉。这个很奇妙的地方，反倒因为人少变得更加完美。

那是我见过的最孤傲的古街，也像是最有傲骨的街道。走在其间，似乎满城风光都是为自己所铺陈，内心满是感动。街边的小山之上有楼阁，翼然凌空，可俯瞰全城。

想想看，不过百里之远，南京夫子庙熙熙攘攘，而此处却有如冷宫。真让人感叹为何造物主总喜欢厚此薄彼呢？当然，若是换一个角度来看，清静处，或许才是苍天厚爱处。这也是我喜欢西津渡超过夫子庙的原因吧！

走在镇江的春风广场，在长江边漫步也令人惊喜。

由于滚滚长江与大运河在这里交汇，这里辽阔的水面就像贝多芬雄浑而激昂的交响曲。在朦朦胧胧的月色中，江面一望无际就像入海口似的。在江畔行走，望着虚虚实实的水面，感觉世界一分为二，又合二为一，那么和谐而亲切。

在很多地方，我都曾见过长江的身影，却从没有见过这样美这样壮阔的长江。当地人把这长江之滨自豪地戏称为“外滩”。江边上有两处露天的点歌台。有音乐茶座式样的，还有手推车带电子屏式样的。有唱得极好的客人光顾，也有自得其乐的人边唱边舞。

在那个月圆之夜，就在那最美的“露天剧场”，对着无语东流的长江，人群中有一位来自远方的异乡人也忘我地放声歌唱起来。

尽管只在镇江待过一个晚上，但是，旅途的快乐从来不是以时间的长度来衡量的。镇江带给我的美好回忆并不逊色于别的城市。

徐霞客故居

徐霞客故居位于无锡所辖的江阴市霞客镇。

游圣的故里，对我而言自然是一片圣地。在秀美如画的江苏，这里不是热门的景点，不会出现游人如织的场面，但确实很美。

美而清净，便是脱俗了。

2013 年 7 月底，看过“天下第一村”华西村之后，回程时我特意到这里来看看。那是我人生中得偿所愿的最美好的事情之一。

徐霞客一生中并没有在科举功名中费什么心思。这与他的家教有关。

据说，他的祖父与唐伯虎曾参加过同一次科举考试。后来都因科考弊案的出现大受打击。所以徐家虽在江阴是大户人家，却从此无意于教育子弟在功名之路上进取。

不向人间与命争，徐霞客走的是与当时的读书人所不同的路。别人走阳光大道，他过他的独木桥。父母在，他每次远游都匆匆来去。后来子女大了，都成了家，他开始义无反顾地漫游神州。一路风雨兼程，从江苏到云南，每天再艰难都用心记日记。

除了遇到劫匪遗失的文稿以及借给朋友却不慎焚毁于大火的那部分，他留下的文字依旧洋洋洒洒，妙笔生花。可惜，他本人没看到游记出版，便已到天国仙游去了。

他的故居如今仿建得很用心，主要分为居室、纪念馆以及博览园三部分，秀气，也大气。

居室这边有一棵古老的罗汉松，据说，这是故居中四百年来风雨沧桑的唯一见证。当年，徐霞客的父亲从京城带回来一个盆景，种的便是此树，在母亲的启发下，徐霞客将它从盆景中解放出来，种在庭院里。

盆中之树，不过是案头玩物。纵有意趣，屈曲苟活而已。挪到庭院，扎根沃土，便能抗击风雨，终成大器。

人之立志，原本就该以此为鉴。徐霞客没有辜负母亲的厚爱，他用不懈的努力，铸就了不一样的人生精彩。

古树蒙恩，至今葱茏。树胜当年，故人何处?

在幽静秀美的园林般的纪念馆，我像是走进了《牡丹亭》中杜丽娘家的后花园。虽然游人不多，但当地那样用心打造，很有诚意，令人感动。在一处僻静的角落，有着徐霞客的墓地，我虔诚地拜过。

古人不可见，拜陵如拜人。心底一把泪，叩首在风前。

人生之路，再远再难，以先贤为镜，心里便敞亮多了。

记得在纪念馆的屏风背面，有一行金字，龙飞凤舞的草书，却那样熟悉。上面写着七个大字：“我很想学徐霞客！”署名也是金色的，写着：毛泽东。

我想起小时候最崇拜毛主席，没想到，在另一个偶像的故居能看到这样的一句话，像是看到了他未能完成的心愿。也许，正是从那天起，我开始明白了某种使命。

独爱沧浪亭

在沧浪亭的竹园，我看见这样一副对联：“未知明年在何处，不可一日无此君。”世上不缺爱竹之人，园主爱之尤甚。对联中的“君”，便是指竹子。

对联的下半句，我觉得若套用时髦的说法，可以这样翻译：余生很贵，请和喜欢的树在一起。

相对而言，使我惊异的，其实是它的上联：“未知明年在何处。”

这话说得好悲凉。人生的虚幻，命运的无常，似乎都包含在其中。

从五代时期以来，这座园子更换过无数的主人，其中最有名的便是宋代著名诗人苏舜钦。他的名句“晚泊孤舟古祠下，满川风雨看潮生”也广为人知。

北宋庆历四年（公元1044年），王安石变法期间，苏舜钦被削籍为民，那年他三十七岁。他退居苏州，花了四万贯钱（相当于白银四万两的价格）买下这座废园开始苦心营造。他的好友欧阳修写诗打趣他：

“清风明月本无价，可惜只卖四万钱。”

至今，园中沧浪亭上的名联，“清风明月本无价，近水遥山皆有情”。上联便源于欧诗，下联源自苏舜钦本人的一句诗，合在一起，居然天然妙对。

可惜，那种“满川风雨看潮生”的闲情逸致，并没有持续多久。公元 1048 年，41 岁的苏舜钦病逝。四万贯钱，他在园中住了四年，也是他在人间住的最后四年。

联系到他的命运浮沉，再想想那副对联中“未知明年在何处”，就会知道“未知”那个词，是否只是一句戏言。

除了园子的主人，在清代，园中还曾来过一对浪漫的客人。他们便是被林语堂先生称为“中国文学作品中最可爱的女人”的芸娘以及她的丈夫沈复。

我曾为自己取过一个笔名：慕沈。其中的“沈”字，既指沈从文，也是指沈复。可见沈复的《浮生六记》在我心中是那样地亲切。

有一年八月中秋，那时苏州城的人们还保留着“走月亮”的习俗，沈复同妻子芸娘，当时就住在沧浪亭边的三元坊附近。大约是给了门房一些好处，居然梦寐以求地来到沧浪亭中赏月。这一段故事在书中也叙述得别有情趣。

这园子不像倾城的牡丹，而像水中的莲花。园子虽不大，但适合静静地玩赏，与心中古人对话，每一步每一秒都令人怦然心动。

恰好园中各处的厅堂里布置了一个德化白瓷的瓷器展，展览的主题是《牡丹亭》的人物故事。汤显祖的《牡丹亭》原本就是戏剧金字塔顶端的明珠，而苏州又是昆曲发源与盛行之地，邂逅这样有意趣的展览真是一种福气。

更幸运的是，在沧浪亭门楼处遇到过来自山东的晓黛与昵昵，她们都是心中有古典情韵的人。分别后，还得知晓黛竟是出过好多部长篇小说的才女，并且她的琴棋书画也令人刮目相看。

与她们二人同坐在假山上的沧浪亭中，听风声习习，鸟鸣啾啾，待到园子快关门时才出去。

原本晴暖的秋日，可是就在我们在亭中默坐的片刻，突然不可思议地响起雨声。似乎还没等我们弄明白究竟是风声还是雨声时，雨突然停了。

那样来去匆匆的一阵雨，若下在别处，未必会记得住，可是，偏偏响在古亭之上，像古琴、古筝嗡嗡地一通乱响，像是园中之神对我们的到来表示独特的欢迎，甚至像是心中惦念的那些古人来呼应我们的那种怀念。

听昆曲

苏州有条古街叫平江路。这里水系发达，老苏州的韵味十足，除了沿街的商铺，随便走进一条悠长的小巷，就像走进苏州百姓的生活氛围，那种娴静温婉、安然自得的烟火气息让异乡人迷醉。

夜里，漫步在平江路的周边，看灯影中的绿柳，看一条条小河温柔地缠绕在身边，缠绕在心头，走过一座座院门深锁的园林，感觉自己便是那多情的墙外的行人，满城秋色在将自己的心印染成一匹无价的苏绣。

平江路上，有不少可以听苏州评弹的茶座。在某座古桥边，有一处可以听昆曲的。细看介绍，才发现此处很有特色。

这处茶座是表演者吕成芳一个人的专场，她在这里坚持了多年。她独创了“边讲边演”的形式，好评如潮，也因此名气越来越大。

茶座收八十八元，点上一杯茶，便可享受一两个小时的艺术盛宴。看了介绍，我便很好奇，就成了里面的一名观众。

我想，只为这一件事，我的耳朵会感激我一辈子。

吕成芳的表演以昆曲为主，还表演了评弹、苏州小调、民歌，演奏琵琶、古琴等乐器。

她是个很幽默的人，在介绍各种知识时，像说单口相声。虽然她已是退休教师，可是当她一开嗓，你就能立即感觉到，整个世界都在侧耳倾听。你会发现所谓的吴侬软语就像是世界上最美的语言，况且在昆曲以及民歌里，这种语言是在翩翩起舞的。

当琴声与歌声相和，你会发现天女散花不是传说，因为每一个音符，每一秒的歌声，都像天空的花瓣撒落在你的心坎。

原来最动人的苏州，不在园林中，不在水光里，不在灯火处，只在声音里。

这被评为世界非物质文化遗产的曲调，就像一把开启时光隧道的钥匙。前人所有美好的祝愿都藏在那曲调中。

那样的夜晚多么难忘。灵魂中所有的杂音都被过滤掉。平日里，在红尘奔波中已经木然的大脑，那时像是被仙气缭绕过，被仙风吹拂过，被仙乐抚慰过。一切都像被春雷与春雨唤醒的土地，处处可见勃勃的生机。

我的天性中，有一种对演出的迷恋。有时，做一个在台下鼓掌的人就是我的梦想。那舞台上的光芒，温暖明亮，大约正好可以驱除心灵的冬天，让人与世界和好如初，仿佛此前彼此之间从未疏远。

我一直觉得，自己看见的苏州与自己所听见的苏州，共同酿造了一壶叫作思念的酒。

离开风华绝代的苏州，的确是一件很残忍的事。不过，要是能听听昆曲再离去，这份残忍也变得唯美。

雨后黄昏明孝陵

南京城藏着许多秘密。同一天里，落在鸡鸣寺的雨，与落在明孝陵的雨，中间也似乎隔着千年的距离。

鸡鸣寺被誉为南朝“四百八十寺”之首，在南梁时期，梁武帝常到寺内讲经说法。他是中国古代最笃信佛教的帝王之一，曾四次舍身出家于同泰寺（鸡鸣寺的前身）。不过，真正将这座古寺赐名为“鸡鸣寺”的，却是明朝开国皇帝朱元璋。这是公元 1387 年的事。

11 年后，1398 年，朱元璋葬于钟山的明孝陵。这是我国规模最大的帝王陵之一。它的地宫至今保存完好。

当年为了修筑它，先后调用过军工十万，历时达二十五年。它依山为陵，郁郁葱葱的树木，与它的建筑以及石刻完美融合，尽管它规模宏大，却又像不着痕迹似的，若从空中俯瞰，最多会认为这是一处皇家园林而已。

从中山陵下来后，进入孝陵景区已是黄昏。绵绵的细雨颇有几分空灵的意境。

比起清东陵的开阔，这里更像重门紧闭的寺院。不过，这也难怪。由于它占地面积达一百七十万平方米，它的范围内，至少曾经是南朝时期七十座寺庙的地盘。

看来，朱元璋不仅生前与寺庙有缘，死后也与寺院有缘。他从小贫苦，为地主放过牛。16 岁时，出家当了和尚。25 岁参加起义军，反抗元朝统治。40 岁便当上皇帝。这几乎是古代帝王中最有趣的一份简历。

每隔十年或十五年，他的身份都会发生一次“巨变”，命运在他身上，表现得很有创意。

记得当年读《明史》时，在有关他的传记中，我印象最深的是这样一个片段。

朱元璋曾与他的臣僚谈论夺取天下的谋略。他说：“我遭遇战乱，起事于穷乡僻壤，本来只想保全自己。到渡江以后，看到群雄的所作所为，只是使百姓遭受灾难，其中以张士诚、陈友谅尤为突出。士诚可凭借财富，友谅可凭借强大，唯独我没有依靠，只是不喜杀人，提倡信义，厉行节俭，与各位同舟共济。”

他认为“陈友谅性格骄狂，张士诚器量窄小”，于是他根据对手的弱点，制定先后进攻的顺序，最终取得天下。若不是审时度势，他自认为“胜负很难说”。

这一幕场景，不由得让人联想到《史记》中刘邦当了皇帝以后，在酒宴上与大臣谈论自己得天下的体会的情景。刘邦当时说，自己比不过手下的张良、萧何、韩信。这些杰出的人才，能够用好他们，所以能取得天下。

刘邦战胜项羽，朱元璋战胜陈、张二人，且不说成王败寇，仅从他们能清醒地意识到自己取胜的原因这一点，也是值得佩服的。

明亡后，康熙、乾隆，为了平复人们反清的情绪，每次下江南，都会拜谒明孝陵。洪秀全占领南京时，也是如此。朱自清先生也将自己游览明孝陵的踪迹，记录在优美的文笔中。

而今，所有的一切都寂然无声。高耸的宝顶就像一座天然的从未被打扰的小山。巍巍的方城明楼，明艳而庄重。

在雨后的湿雾中，在黄昏的暮气中，夜色正从远方赶来。一代帝王，也不过是一个小小的标点，点在尘封的册页里。

寂静的中华门

去南京前，最向往的地方居然是它的城墙。它曾是古代城墙中最长的，曾与巴黎、北京的城墙共同构成“三甲”。

1366 年起，朱元璋采纳学者朱升的建议，高筑墙、广积粮、缓称王，花了 28 年的时间，征调百万民众修了三十五公里的城墙。

这城墙别具一格。它并非方方正正以中轴线对称那种类型，而是根据南京的地势地形因地制宜地调整墙体的走向。

假如把城墙看作一个人的话，也就是说，这个人并不是走正步直线前进，而是遇到一座山的时候，他就顺着山脚下溜达；要是碰到一条河呢？他干脆把这条河当作天然屏障，一路顺着河岸前行。

在充满灵气的南京，有这样潇洒自如的城墙伴随，真是别开生面。

六百多年过去了，由于战争等原因，高达 14 米至 26 米的明城墙已有十二公里左右永远消逝了。在尚存的二十三公里城墙中，中华门无疑是最引人瞩目的。

中华门位于南京城南面，原来叫聚宝门，有庞大的瓮城，里面有藏兵洞 27 座，可容纳士兵三千多人。

春末夏初，我来到中华门的时候，已临近黄昏。不过，城墙砖上的铭文依旧清晰可辨。

据说，这些城墙砖当年来自安徽、江苏、江西、湖南等五个省份。每一块砖，都有自己独特的“身份证”。“身份证”上有负责监督造砖的官员的职务与姓名，就连窑匠的名字也有。

想当年，那些窑匠并不想凭自己的技艺流芳后世，而官府让他们署名的本意主要是为了出现质量问题时可以问责。

我见到一块砖上写着几十个字，开头便是：“南康府提调官赵斌……”

南康府在江西，位于鄱阳湖西岸，主要在庐山下的星子县一带。赵斌这名字，放在今天也是很大众化的名字，因此，读起来真觉得亲切，竟不像有隔了六百多年的鸿沟。

中华门附近有曾在历史上赫赫有名的慈恩寺塔，那曾是当年世界上最高的琉璃塔。到了夜间，光焰百里可见，说是世界奇迹也不为过。如今重修的寺塔，一登上城墙便觉得近在眼前，当年的辉煌却只能想象。

夜色中，走在宽阔的城墙上，一直往东水关的方向走去。看夜色如潮水般涌来，看远远近近的灯火为自己暖暖地亮起来。墙体的垛口也亮着橙色的光芒，城楼上，还有些地方种着些塔松，像是披着铠甲的高大的卫士。所有在历史中消失的人们，都像捉迷藏似的，在一片寂静中隐去。

这城墙真高大啊！不知当年那些日本侵略者是怎样攻陷了它，又怎样制造了那样的惨案。世上真有什么是无坚不摧的吗？除非是一个不再任人欺辱的强大的国家。

走在空空荡荡的城墙上，像是踩着无数的名字，像是行走在水面之上。世上最安静的地方，总是在无声处有一番不为人知的荡气回肠。

总统府的历史隧道

南京总统府周一不开放，为此，我曾吃过一次闭门羹。第二次到南京时，我才有机会到此地参观。我最大的感受是以前把此处想得过于简单了。

这个占地约五万平方米的地方，至今已有六百多年的历史，我不过顾名思义地只了解它的末端而已。

明代初期，这里曾是王府。到了清代，这是两江总督署。两江总督，是清代九位最高级别的封疆大臣之一，是仅次于正一品的大官，管理着江南省（今江苏省、安徽省和上海市）、江西省的军民政务。

在清代两百多年的历史中，共有将近一百任两广总督在此为官。其中包括于成龙、林则徐、曾国藩、左宗棠、李鸿章等名臣。康熙、乾隆皇帝下江南时，也曾将此地作为行宫。

想当年，哪个平头百姓，能走进这里半步?

不过，洪秀全倒是一个例外。这个出生于广东、起义于广西的老百姓，最终率领太平军占领了应天府，冲进了两江总督署，在这里当起了太平天国的天王。

这是1853年3月的事情。从这一年的5月起，这里开始兴建壮丽辉煌、装饰精美的天王府。整个天王府规模浩大、气势恢宏，四面有内外两重黄墙，高二丈多，厚四尺，外重称为“太阳城”、内重称为“金龙城”。

那个号称要建立人间天国的人，一旦当上天王，差不多只想让自己过上天国似的生活，大概是因为曾几次三番在清代的科举制度中落选，他此时找到了最大的补偿方式。

11年后，1864年7月，在洪秀全死后，他的儿子继位一个多月后，曾国藩的弟弟曾国荃率领湘军攻陷此地，抢掠之后，一把火将天王府付之一炬。当时有人写诗感叹道:“十年壮丽天王府，化作荒庄野鸽飞。”太平天国的继任者被俘后被凌迟处死。

盛去衰来片时事。这轰轰烈烈的一切，不过是总统府的历史隧道中尘封多年的一幕。

后来，就在这同一个地方，曾氏兄弟先后担任过两江总督。

1912 年 1 月 1 日，孙中山先生在这里成立南京临时政府，宣告中华民国正式建国。临时政府存在的时间约 3 个月。

此处真正作为南京国民政府办公开始于 1927 年，由于历史原因，几经波折，除蒋介石外，汪精卫也曾在这里主政过。真正改称总统府是在 1948 年 5 月，而第二年 4 月，红旗插上总统府，南京解放。

有时，一处地方，若不是真正走进去很难相信会发生那么多事情。好热闹的一方舞台，你方唱罢我登场，而今，院子里，响起的多半是导游的讲解声与游客们带来的嘈杂。

走进总统府，就像走进一条历史隧道。那些或古典或洋气的建筑，默默无言，却能够让人们想象出很多画面。每个人都只能看到历史长河的一小段而已，但是，总有些地方，让我们感受到那条河流曾经怎样汹涌澎湃过！

念念不忘栖霞山

最初爱上南京，是从《桃花扇》开始的。

清代初期，为了创作这个剧本，孔尚任特地到南京待了两个多月。他花费了十多年时间，三易其稿终于完成。一经问世，上至帝王，下至百姓，都为之倾倒。这部名剧，也是南京的骄傲。

我曾抄写过《桃花扇》等四部中国古典名剧的所有唱词部分。作为忠实粉丝，对它的结局耿耿于怀。

《桃花扇》写的是南明王朝的事件。李香君以其对国家的忠贞，被后世誉为秦淮八艳之首。剧本通过她与侯方域的故事，“借离合之情，写兴亡之感”。

历史像是开了个小小的玩笑。当初，朱元璋在南京建立明朝。而崇祯皇帝在北京断送明朝之后，逃到南京的福王被拥立为皇帝，建立了小政权——南明。

在哪开始，也在哪结束，明代可谓与南京有不解之缘。

之所以对《桃花扇》的结局耿耿于怀，是因为当男女主人公历尽坎坷终于在栖霞山的道观重逢时，他们劫后重逢，喜极而泣，却被法师一声断喝：

“呵呸！两个痴虫，你看国在哪里，家在哪里，君在哪里，父在哪里，偏是这点花月情根，割他不断么？”

两个如梦初醒，各自在空门修行，了却残生。

有时，真没想到，一个不是大团圆的结局，会让心灵感到那般惆怅。

于是，一直想去栖霞山看看。终于在金秋十月，如愿而往，我内心十分激动。

山并不高，寺院却很古朴，有僧众在为某位香客诵经祈福，场面庄重。

山上有六朝时期遗留的大大小小的佛像，名千佛岩。据说，还有一座桃花亭，算是侯、李二人重逢之处，我刻意寻找，却始终没找到。

最意想不到的是，原来这里已是全国有名的看枫叶的好地方。山上的枫林虽不是红得最旺盛的时候，却处处可见红绿相间的叶子，在蓝天的映衬下格外好看。

据说，染红枫叶的，不是秋风，而是相思。看来，剧中的人物的原型，虽早已作古，可是他们在戏剧的舞台上依旧鲜活，他们那刻骨铭心的深情，让这座山的枫叶，撩拨了整个季节。

不到秋天，很难相信，一片片绿叶居然也是满腔热血。不到栖霞山，很难相信，一座看似平凡的小山居然也有那么多的诗意。

站在高处，俯瞰不远处的长江，清风爽朗，格外舒畅。

下山的时候，特意拾起两片红叶，并排放在木质的台阶上，看它们似乎手挽手地彼此相伴，内心格外温暖。

在我看来，那不是两片普通的树叶，一片是侯方域，一片是李香君。他们在书中没有团圆。可是，在这样一个美丽的秋天，我让他们再次相见，再次团圆。

风雅浙江

心上西湖

二十年前的那个夏天，我的西湖梦在见到它时被惊醒。

我是一个有鱼脾气的人，因为我生长在比江南更江南的潇湘。

我不想说我第一次看到的西湖水有多浑多脏。我只想说，要是我在那样的水里当一条鱼，我宁可不要嗅觉，宁可失去视力。

西湖的水，我的泪。这歌词真是绝妙。只因梦太美，才更容易一碰就碎。

一别八年，再至杭州，我漫步于白堤之上。

八年的光阴，犹如断桥的桥孔，圆满而空洞。杜甫诗曰：寺忆曾游处，桥怜再渡时。一个“怜”字，似乎说尽了旧地重游的心事。

寺也罢，桥也罢，在无情的岁月里显得自在而潇洒。唯有人，才会添几许物是人非的惆怅。

湖水的颜色并没有多大的改观。不过，让人惊讶的是，在断桥上看到的泾渭分明的景象。断桥一侧的大湖区域，浑黄一片，而另一侧的小湖中，确实算碧波荡漾。小湖之中，荷叶打伞遮阳，白荷花却不畏骄阳，开得很精神。这一点，足以为西湖加分。

之后，我又到过西湖边的几处古迹。仰慕先贤，凭吊古人，对着鉴照古今的湖水之镜，发怀古之幽情。最难忘的瞬间，倒是坐在湖边柳荫下发呆的时刻。柳影画地，清风徐徐，茫茫湖水泛起粼粼波光。

那时节，似乎有所了悟，有所释然。

2014 年 3 月底，我第三次来到西湖，眼前展现的画卷却令人沉醉。

长林远树，出没烟霏。小舟叶叶，纵横进退。风起水面，细生鳞甲。百鸟为音，花间争鸣。

此时，距离我初见西湖，已过去了十四年。

这回，我第一站去的是太子湾，距离苏堤不远。因为听人说公园里樱花如雪，且遍地都是郁金香。

果真，葱翠林间，湖溪相依。溪畔疏疏朗朗栽着许多樱花。晴光温润，照在绵绵密密的雪白花瓣上，抬头一看，蓝色天空绣满云絮，铺满馨香。

花影照水，溪水便流得格外酣畅。游人临溪呆立，若有所思，若有所得。

郁金香如天涯远客，早已按颜色整队集合完毕。它们梳理过大地的心情。大地容光焕发，美艳无比。

我不知从何时起，花中最爱郁金香。有时在花店，只需看到几枝郁金香开得热烈而喜庆、洋气如香槟酒杯模样，心便醉了。当西湖厚爱我，赐予我如此多的最美“酒杯”，我激动得无以言表。

或许，我一直欣赏它的独特与坚强。当别的花朵，开得谄媚，开得平平展展毫无悬念。唯有它不卑不亢，围成最美的天井，守护不染纤尘的心灵。当其他的花朵害怕雨打风吹，它却把风雨斟满，在自己的酒杯中细细品味。

告别太子湾，再次踏上苏堤，才感到“苏堤春晓”确实名不虚传。治理后的西湖，春水初生，色皆重碧。嫩柳扶风，桃红如染。真可谓梦中江南也！

我曾到过开封，最大的感慨是宋代二都，一南一北，都在水一方，与水结缘，气象虽比不得长安，但风雅浪漫，别具一格。难怪两宋时期，虽不算强大，但是依然创造出灿烂的文化，就像《千里江山图》一样明丽，就像《清明上河图》一样恢宏大气，就像宋词一样唯美典雅，就像宋代的瓷器一样简洁清新。这一切也许都是拜“水国”的灵气所赐吧。

游完苏堤，特意去了博库书城。它的外形很像书册的模样。里面各色的书籍，更是让我感觉到一种智慧生发出的融融春意。

我常常因为一家好书店而爱上一座城市，而博库书城也是让我眷恋杭城的一个重要原因。

至此，我的心已被西湖彻底征服。更何况，在夜幕之下，美轮美奂的水上演出还在等待我呢！

这一天，西湖用它最美的样子，偿还了对我十多年来的辜负。

我想起人们常常引用的一句话：人生若只如初见。每个人引用这句话时，都在感叹初见的美好，似乎后来所有的糟糕都有一种宿命的味道。

但是，除了西湖，没人告诉我，这种感叹即便不是错的，至少也是悲观的。事实上，初见的美好之所以是脆弱的，正是因为那种一见倾心的美好多半浅薄而虚幻。比起初见的浅浅溪流，后来的风雨历程，才是让情意如深沉江河乃至浩瀚大海的根本。

我与西湖，没有过美好的初见，就连再见也是那样平淡，可到最后，它用最春风得意的方式打开我深锁的心扉。

我只愿人生就像与西湖相遇一样：渐入佳境，永远比留恋过往要美妙得多。

雁荡山的遗憾

林清玄在某篇文章的结尾曾说过这样一段话："人家都说随缘，我相信，缘是随愿而生的。有愿才会有缘。没有愿望，就是有缘的人也会错身而过。"

这番话，让我想起我的雁荡山之旅。2014 年 3 月，我在温州，得知向往已久的雁荡山近在咫尺，特意挤出时间匆匆一游。

才出了雁荡山火车站，广场上的司机们纷纷过来打招呼。我们包了一辆九座的车出发。

司机见我们初来乍到，先将我们带到一条山谷。谷中绿荫蔽日，绝壁相峙，有一细碎飞瀑，垂坠雨帘，他说是梅雨瀑。又指着峭壁上的一段木质栈道说，电视剧《神雕侠侣》曾在此取景，命名为断肠崖，可惜不知什么原因栈道封闭了。

作为入山参观的第一个山谷，大家看得很细心。不过，并没有多大的看头。我心里纳闷，就用手机再次查阅了一下，发现被称为"雁荡三绝"的有大龙湫、灵岩、灵峰三处，便恳请他带我们去精华景区。

他带我们去的是灵岩，因为离这无名峡谷最近。

在《徐霞客游记》中关于灵岩有一段精彩描述，就开头两句所言，也是很贴切的："出谷五里，至灵岩寺。绝壁四合，摩天劈地，曲折而入，如另辟一寰界。"

在我看来，灵岩寺所在山谷，就像用绝壁围成的蒙古包，只不过穹顶是天空而已。

这里像是开阔的圆井。举目四望又都是气势恢宏的山崖，让人惊喜，似乎在世界的核心处又有一个微型的世界。平心而论，这里真是一处清修福地。

离古寺不远，有小龙湫瀑布。垂天一缕，雨雾倾注。水势很小，却颇有韵致。被碎玉般的水花润泽过的山石，如铁汉心中生发的无限柔情。

谷中还有在绝壁上采石斛的表演，也值得流连。

离开灵岩时，我们想去大龙湫瀑布，司机说，大约有一二十公里，况且水也不大。他说，我们若是坐傍晚的火车离开，就来不及去了。在我的要求下，他只好将就着带我们到灵峰景区门口看看。

我永远难以忘记，到灵峰景区时，面对那一片奇峰罗列的天地，那般不舍却不得不离开的心情。只因司机最初的忽悠，导致整天下来与两处绝美之地无缘。那份心痛，在别处从没体验到。

在火车站候车前，因为时间还较宽裕，就在车站附近的港湾漫步了一会儿，真切地感受到这座“海上名山”与空阔的水面有多么亲近。

在三山五岳中，除了中岳与北岳我没涉足，无从评判。在我看来，雁荡山本身是不负盛名的。我尤其喜欢它的游览路线格外平坦，丝毫没有登攀之苦，却能享受坐拥天下奇峰之乐，说它是最适合懒人游览的绝美名山也不为过。

可惜，一本好经被某些人念歪了。当我看到 2019 年 7 月底，文化与旅游部对几个景区服务的通报，雁荡山也名列其中时，更是为之惋惜。看来，我当初所遭遇到的事情，其实并不是极个别现象。

有些痛，是因为爱。一想到那座绝美的名山，就那样潦草地走过一回，我真希望自己有双翅膀，再次飞到它的身边。

令人眷恋的绍兴

陆游在《初夏怀故山》一诗中，曾这样描述过家乡绍兴：

镜湖四月正清和，白塔红桥小艇过。
梅雨晴时插秧鼓，蘋风生处采菱歌。

在他笔下，故园如诗如画，且有声有色、可闻可感。

在他六十二岁时还曾在自家的墙壁上，继续挥洒着对家乡的热爱，他这样写道：

稽山千载翠依然，著我山河一钓船。
瓜蔓水平芳草岸，鱼鳞云衬夕阳天。
出从父老观秧马，归伴儿童放纸鸢。
君看此翁闲适处，不应便谓世无仙。

字里行间，依旧是对家乡深情的眷恋。他在诗中感叹道："谁说世上没有神仙呢？你们看看我就知道了！"

其实，我们都知道陆游不是神仙。他若是神仙，为他抑郁而终的前妻唐婉就一定能死而复生，世间就不会留下那么凄婉缠绵的沈园了。

千载之后，会稽山青翠依然，镜湖清和如故。在盛夏的阳光里，我走在绍兴街头，过沈园而不入。当年是心疼那四十元的门票，而今更心疼沈园与我无缘。

“伤心桥下春波绿，曾是惊鸿照影来。”这是陆游晚年的断肠之句，加上他与唐婉的两首《钗头凤》，足以让一个生机盎然的园林默哀千年。而浅薄无知的我，当年只是淡然走过。

相比之下，我对鲁迅故居倒是看得格外仔细。偌大的院子，虽是经过修缮保护，但看上去仍觉得亲切得很。

导游说的一则信息，更是让这份亲切放大。她说：“鲁迅是写《爱莲说》的周敦颐的第五十一代子孙。这是有族谱可考证的。”这番话，我作为周敦颐的异代同乡，听来觉得很微妙。

生命的延续有时类似于蒲公英。鲁迅的先祖来自南蛮之地，为中华文化的传承作出过自己的贡献，让世人景仰于那份出淤泥而不染的高洁。而千年后，龙生龙的俗语似乎得到验证，出生于江浙之地的后裔，续写了新的传奇，占据着精神引领与文化反哺的高地，让闰土、孔乙己、阿 Q 成为家喻户晓的形象。

相对于三味书屋，我对百草园的印象更深。这是鲁迅童年的乐园，到了百草园，你才更能体会到什么是生花妙笔。

那么普通的一处小园子，谈不上开阔，更谈不上秀美或雅致。草倒是有几根，短短的一段泥墙也还像那么回事。可是，一般人做梦都想不到就这么点小园子，被鲁迅写得比帝王家的御花园还要生动，真是令人震惊。

我记得曾经读过一篇序文，有一个画家画松鼠画得特别传神，他说：“当我到了鲁迅故里，看到他把毫不起眼的百草园写得神乎其神，我很受启发。我也要将自己深爱的一切艺术地表现出来，为这个世界增添一份温暖与诗意。”

多年后，我在百草园时，感受与他不谋而合。

在鲁迅故居的门前有一条小河道。因为窄小，更像一条小水渠。水面上泊着乌篷船。我想，这种被周作人描述得别有一番风味的小船，或许就是陆游诗中的“小艇”吧，望着它们，令人想到紫陌红尘中某种烟蓑雨笠的生活，也会想到雨打船篷时发出的天籁。

对于这样的一个“名士之乡”，对于被木心先生誉为“有骨的江南”的绍兴，我匆匆的一日行程，似乎只是用步履在“追星”。

想当年，越王勾践被吴王夫差围困在会稽山上，差点饮剑自刎，后来质身为奴又卧薪尝胆。想当年，司马迁来到绍兴“下会稽，探禹穴”，在《史记》中书写大禹的风采。想当年，王羲之在兰亭雅会群贤，后来又写下有“天下第一行书”美誉的《兰亭序》。一代又一代的故事，在这片土地续写。

我想，作为绍兴人而言，有这样一个故乡无疑是值得骄傲的。而作为游客，它让人总觉得自己没有待够。这样的地方，待一个月不够，待一年不够，甚至待一生都是不够的。

丹心照江心

我更喜欢温州的古称——永嘉，感觉这两个字更配得上这个“山水含清晖”的地方。

如今的人们，更多的是知晓温州人的国际视野与商业头脑，对于它是中国山水诗的发源地这一点早已忽略。

早在南朝时期，谢灵运的“池塘生春草，园柳变鸣禽”等清新脱俗的妙句，就曾为此间的山水增辉。他的名篇《登池上楼》相传作于公元 422 年的初春。那时，他住在温州西北的积谷山东边。

在某个闲暇的日子里，他坐船登上永嘉江（瓯江）上的孤岛，排遣愁绪，想象昆仑仙境。他在《登江中孤屿》一诗中，对所见的景象作了热情洋溢的描述：

乱流趋正绝，孤屿媚中川。
云日相辉映，空水共澄鲜。
表灵物莫赏，蕴真谁为传。

在他看来，如今被称为江心屿的小岛美妙得说也说不清。

江心屿是何等地幸运，得到了这位山水诗鼻祖的讴歌。世人为江心屿留下了八百多首诗篇，其中还包括韩愈、陆游等人的作品，这个被誉为“瓯江蓬莱”的小岛，是名副其实的“诗之岛”。

1276 年的四月初八，一个逃亡于江浙之地的身影，也登上了这个小岛。

这一年距离南宋灭亡仅剩三年。元兵已经攻下南宋都城临安。他们威逼着南宋皇帝下诏书，必须派些请愿的使者北上到临安请降。他们还特别加了一个条件，必须把文天祥也带上。这是他们对曾经在元兵大营不辱使命的文天祥的“器重”吧！

那个经历了九死一生登上江心屿的身影正是文天祥。

他在无奈北上的途中从江苏镇江逃脱，先是到了江苏仪征，后来一路草行露宿，历经千难万险来到温州，在江心屿待了一个月，等待时机准备到福州与朝廷官兵一起复兴大宋。

他在《至温州》一诗中，这样描述自己的心情：

万里风霜鬓已丝，飘零回首壮心悲。
罗浮山下雪来未，扬子江心月照谁。
只谓虎头非贵相，不图羝乳有归期。

乘潮一到中川寺，暗读中兴第二碑。

文天祥的诗句，让人感觉这一孤岛就像风雨飘摇的南宋的一艘战舰。

从他在诗中的内心独白中，我们可以得知他的家人那时都寄居在惠州，他仓皇奔窜于扬子江中，没想到却能像汉代苏武一样逃出魔爪回到故国。他乐观面对未来，他希望家国振兴。

我想起古籍中记载的一个有关文天祥的小故事。元朝初期，在河北河间府的一个烧饼店，有人发现在一个小低阁上居然有四首文天祥亲笔写下的诗，他就想用一大笔钱买下来。谁知那店主人说:“这是我家的传家宝，给再多的钱也不能卖。当年，我们祖上是宋朝的子民，后来流落到此。这几首诗，是前些年文丞相经过我家小店为我写下的。真算是宝物了！”

店主还说:“赵家三百年天下，只有这一个官人，岂可轻易把与人邪？”

这就是文天祥在老百姓心中的分量。宋朝无疑算人才辈出的，可是那句“赵家三百年天下，只有这一个官人”真是令人觉得荡气回肠，感人肺腑。

2014 年 3 月末，我登上了江心屿，游走了小半圈，当来到岛上为文天祥设立的“宋文信国公祠”时，已是黄昏，未能入内，每每回想起来，总觉得有些遗憾。

江山留胜迹，丹心照江心。诗之岛，永远漂浮在时间之流上。有些诗之所以不能忘，是因为有些人值得记住。

漫游仙乐岛

仙乐岛在茫茫东海之上，俗称越剧岛，靠近舟山。我只在那待过一周，至今仍觉得余音绕梁。

岛上有湖，名为小洞庭，桃红柳绿，碧波万顷。有青山，最高峰是珍珠峰，峰顶处的白塔，名为珍珠塔。

蝶梦越剧博物馆位于小岛的中心，展示了百年越剧作为第二大国剧的一个个传奇。在博物馆附近的仙乐广场，建有仙乐台，是各个越剧流派争相竞演的唯美浪漫的舞台。

岛上设计了四个园区：梁祝园、红楼园、西厢园、百卉园。前三个园区，分别对应越剧的三大经典之作，而百卉园则推出精品新戏。

我最早看过的越剧电影是《梁祝》与《五女拜寿》，真正觉得沉醉却是从看过钱惠丽与王志萍主演的越剧电视剧《蝴蝶梦》开始的。

在岛上的七天里，我有幸欣赏了《孟丽君》《盘妻索妻》《西厢记》等一系列的佳作。没想到，还能看到王君安、李敏、茅威涛等越剧明星的身影。她们的神仙嗓音，真是让人觉得世上真有被天使吻过的声音。

以我对越剧粗浅的感受而言，《梁祝》与《红楼梦》都是大悲大喜之作，与袁雪芬、傅全香、王文娟等越剧大师的呕心沥血的奉献息息相关。其余的作品，如《碧玉簪》的《送凤冠》一段令人拍案叫绝，《追鱼》中乌龟精扮成包公与真包公一起断案，并且比包拯大人还英明，真是大快人心。《何文秀》中男女主角经历生离死别之后，在《算命》与《桑园访妻》中的欢喜与诙谐，令人振奋。《五女拜寿》中的大团圆结局与《珍珠塔》中的前后对比，让世态人情在薄情中深情，在炎凉中温馨。

王君安与李敏合演的《盘妻索妻》与《玉蜻蜓》令人百听不厌。《祥林嫂》一剧中，让人感觉到一篇短篇小说居然有那么多的想象空间与命运慨叹。《孟丽君》一剧，又让人觉得再多的困境也难不倒机智如神的女宰相。当《西厢记》唱出惜别之曲，当《红楼梦》中的贾宝玉开始“问紫鹃”，当楼台会的梁祝开始唱起“十相思”，当《陆游与唐婉》开始响起《钗头凤》的旋律，铁石心肠的人儿也会黯然神伤。越剧的魅力怎么可能言说得尽？

在那海风与海浪相恋的地方，有这样一个仙乐飘飘的仙乐岛，总让人在午夜梦回之时，感觉到春风的吹拂与阳光的美好。

而今，在千里之外的雨夜，我怀想着茫茫东海之上的仙乐岛，一时竟恍惚起来，不确定自己是否真的抵达过那片梦境。

春江千古情

（1）

几千年来，富春江畔一直是我的家园。她的浪花里藏着我的名字。我的目光里是她写给大地的诗。

（2）

那是东汉初年，我的同学刘秀当了皇帝。他将都城从长安迁到了洛阳。

他算是一个念旧的人，待我不薄，一直派人打听我的消息，还特意将我“请”到皇宫，专门为我安排了盛大的老同学聚会，让我千万别跟他客气。

我知道，他请我来主要想请我出山辅佐他。他早就跟我透了底："子陵兄，我们是什么交情啊！你一定得帮帮我，做我的辅议大臣吧！"

我没有当面拒绝他的好意。不过，我对功成名就没什么兴趣。几天后，我便悄然离开京城，守着我的富春江，吹吹风，钓钓鱼，游游泳，喝喝酒。人各有志，怎样都是一辈子。

我知道京城很多人都会议论："这个严子陵，真不识抬举！"且由着他们议论吧！这青山懂我，这绿水懂我，够了！

（3）

一转眼到了三国时期，富春江知道，我现在的名字叫作孙权。

我是喝着富春江的水长大的。曹操那家伙，仗着会几句歪诗，什么"对酒当歌，人生几何"，什么"烈士暮年，壮心不已"，专门玩一套"挟天子以令诸侯"的把戏，老想着吞并天下这样的美事。

他以为我们江东父老是那么好欺负的。只要我还有一口气在，这片富饶之地，就绝不能容忍奸贼的马蹄踏过。

他想拿下整个南方，得看我和刘备答不答应。他的人马再多，不得民心也是枉然。赤壁一战，他能捡回自己的老命也算侥幸。他曹操再牛，也叫他一辈子也忘不了谁是孙仲谋。

分分合合的世事，就像我从小看惯的富春江上飘浮的烟云。别的我不懂，我只知道，当上天赐予你一方百姓，就有责任将他们照顾好。强也罢，弱也罢，护佑好百姓，就是心存天下。

（4）

岁月如流，富春江依旧，时间一步一步地走到了南朝，具体来说，是梁代吧。富春江知道，我现在的名字是吴均，人们都称我是当代的大文豪。可我想为国家修一部史书的请求，皇上始终没有答应。我且乐得在富春江上逍遥。

那天，我又坐船从富阳到桐庐来回跑了一趟。风烟俱净，天山共色。山水像是温情的怀抱。我按捺不住自己激动的心情，马上给好友宋元思写了封满纸云烟的信。

我告诉他说："自富阳至桐庐一百许里，奇山异水，天下独绝。"我本人很满意其中的"水皆缥碧，千丈见底。游鱼细石，直视无碍""横柯上蔽，在昼犹昏；疏条交映，有时见日"等句子。

他没有写回信，而是一路风尘仆仆赶过来，希望亲自感受富春江的美。他说："吴兄，你的妙笔写出了这片山水的神韵，定会千古传诵啊！"说完，他便朗声背诵了一遍。

对我而言，是不是千古名篇无所谓，扁舟一叶，共醉山水，倒是千载难逢的乐事。

山水只待有心人，春风笑迎世间仙。在这晴朗的日子里，江水格外恬静而温情……

（5）

转眼就到了公元1347年的一天，人们常说江边住着一个怪老头，他们说，这个怪老头，常常在荒山乱石、丛木深筱中独坐。

他们说的怪老头就是我，我今年已经79岁了，认识我的人，知道我叫黄公望，他们有的还会敬称我为黄子久先生。

我不介意人家说我怪，说我呆。我喜欢在飞瀑流泉旁听激流喧响。我曾虚度半生，在五十岁时才拜师学画山水。我的恩师赵孟頫书法、绘画样样奇绝，他有着宋朝皇室血统，在咱们元朝也备受人们景仰。我一介草民能向他学艺，真是三生有幸。

每当我与山水相会，哪怕什么都不用说，我也能体会到一份至死不渝的守望。

如今，从我在南楼铺开画纸开始描绘这片山水已过去八年了，我的《富春山居图》还有待完成。我从没想过，我最初萌生的一个小愿望实现起来居然这样艰难。但是，我不后悔。

爱一片山水就像爱一个人一样，要尽自己所能为之增辉。

（6）

我出生的时候，封建王朝即将走到尽头。父亲为我取名叫郁文，他不知道，我后来的名字叫郁达夫。他在我三岁那年便去世了。

小时候，我的理想跟现在不一样，既不是写小说，也不是抗日。那时，大人们问我："你长大后，要做什么？"我说："我要打柴！"

这一点，恐怕是受阿千的影响。阿千家很穷，人口也多。可是他见识广，常常哼唱着曲子经过我家门前。他是我心目中的小英雄。

我的梦竟成了泡影。奶奶在家乡被日寇占领后，拒绝为他们煮饭做菜，最后躲到山洞里竟被活活饿死。阿千在他长大后的某一天也因为醉酒在河里淹死了。

有一次，我回家乡时，倒是看到了家里以前的女佣翠花一家子。那时，她成了家，有了孩子。她看到我，先是笑着，笑着笑着就哭了。

我十四岁那年，同徐志摩一起考入了杭州府中学堂。后来我和哥哥一起到了日本留学。作为弱国小民的悲哀是深深烙印在心头的。七七事变以后，侵略者在中国越来越猖獗。宁静的富春江，早已没有宁静的气象。我习惯了做个异乡人。

曾经哺育我长大的江水，曾经深爱过的土地与爱人，我带着内心的伤痕远远地离开你们。当我在异国他乡为了那必然来到的胜利而奋斗，请记着，在游子的心里，富春江永远是最美的。

芳菲湖南

带我来湖南的女人

她姓蒋，生于五十年代末，父母都是农民。她有两个哥哥，三个弟弟。作为家里唯一的女儿，她享受的唯一特权是不许读书。

她长得好看，做起事来，像头牛。像这样的大家庭，是需要牛的。

除了偶尔赶集，她很少离开巴掌大的村庄。出嫁时例外。她嫁到十里之外的一个小村庄，嫁给了一个大她六七岁的男人。

她男人教书，她务农，这种组合，那时称为“半边户”。“半边户”家庭的女人比别的女人更辛苦。

还好，在这个世界上，所有看起来可怕的事物中，她最不怕的恰恰就是辛苦。

她的故事，从她成为母亲开始变得复杂。一个女人，往往从做母亲开始变得强大。一般而言，世上有多少母亲，就有多少菩萨。

我作为她的大儿子，没少要她操心。我从小多灾多难，她除了忙里忙外，还得肩负救苦救难的重担。

她的小儿子，真是她的掌上明珠。她对小儿子的偏爱，是很自然的。他样貌好，额头阔亮，眼睛水汪汪。他才学会走路，就会在她扫地时，抢着去帮她拿撮斗装垃圾。贴心的小天使，她的小心肝，她的太阳。

明明是个人，有时却像雪花会融化掉。某个夏天，她生命里最绝望的夏天，她的小儿子才一岁多，却像雪花一样化掉了。

老天爷掏走她的心的时候，没跟她打过一声招呼。

后来，她只记得，在她的小宝贝被淹死的那天早上，她听见过很多喜鹊在喳喳叫。喜鹊不报喜，也许是在提醒她注意有祸事降临。从那以后，她害怕世上所有的喜鹊。

有人告诉她，在广西桂林的某县某镇，有一个神婆，是个能人，什么事都能算得准，什么噩运都能排解。

有一天，她和村里的几个人一起去广西了。路不远也不近，但她特别晕车。别的人坐车直接到神婆所在的镇上，她只坐了不到二十公里，便吐得乾坤颠倒。剩下的几十公里路程，她就那样一步一步地走下去。

死了心的人，最固执。她就用她的固执，到一个人生地不熟的地方，去问问她的命。

其实，她的命有什么好问的？问问苦瓜，苦瓜知道。问问黄连，黄连也知道。唯独是她自己，偏偏不知道么？

这个把我从遥远的星空接到湖南居住的女人，我叫了她三十多年妈妈，可还是不了解她。就是这样一个连自己都保护不好的人，一直在保护我长大。

八十年代，村里点的还是煤油灯。火苗扑扑闪闪，像要说话，也像笑着的花。人坐在灯前，即便安然不动，墙上的人影却很活，或跑或跳，像无声的皮影戏。

我从小就爱看墙上的影子。我喜欢影子的夸张。小小的我，影子可以挡住半面墙，头印在天花板上，身体随墙面的曲折，被铺开成折尺状，像看电影一样有趣。

当我写作业，有时影子陪我，有时妈妈陪我。她没空专门守着我写字，常常是在我附近干活。有时，她的目光落在我身上，像阳光落在小羔羊的身上。

那时，切猪菜用的是小木桩。她把红薯藤或者甜菜叶，麻利地切碎。刀口与木桩，发出潮湿的闷响，那是我从小听惯的伴奏。我在这伴奏声中，横竖撇捺，加减乘除。

她最初会考我算数。每当我很快算出来，她就满面春风。

她的笑容是我的奖状。这奖状，我一张一张贴在心里。

她能盘问我的，也只有加加减减了。可是，在她的“音乐伴奏”下，在她的询问声里，在灯影舞蹈的夜色里，我觉得学习是多么快乐！

她不会讲什么大道理。走路的时候，她若被路上的石头绊住，或被刺条挂住衣服，她一定会停下来，耐心地把石头或刺条弄到路边，以免再绊倒人、再刺到人。她做这些事情的时候，不会跟我讲什么善良不善良，甚至并不知道我在那么用心地看。

她总是很忙，可种田只能糊口，她开始学做小生意。她拖过冰棒卖，钱一分一分地攒。

她自行车的铃声里，藏着我的新书包，藏着我的新衣裳，藏着油盐酱醋的日子。

九十年代中期，她跟着我父亲从村子里住到了学校里。家里的田地照样种着。同时，还逐年承包着学校的猪场或商店。养猪的时候，其实是猪管着人，它的吃吃喝喝，就是母亲的日日夜夜。商店稍微清闲一点。一把一把的零钱，抹去了她一年又一年的光阴。

有一年，学校盖新教学楼，她做了建筑工地的一名小工。小工负责挑砖头，我见过她一担一担地挑着上楼。那栋楼一层一层地盖好了，数不清有多少砖是她挑上去的。她的勤劳总能得到他人的称赞。有时，她会很开心地向我们转述别人对她的夸奖，像小孩一样。

她常常很得意地对我们说："我说我没读过书，别人都不信。"她的虚荣心，很容易满足。

是啊！没读书的人，却为读书人盖过楼呢！她确实应该骄傲。何况，在她的人生中，可骄傲的事情那么少。

尽管天天在一起，我还是没有留意到她是从什么时候变老的。直到某一天，她走过来对我说："桶装水快没了，你去换一桶回来。"

离家十多米远的地方，就是换水的店铺。这是她第一次请我去打水回来。她神情毕恭毕敬，像是因为要麻烦自己的儿子而不好意思。

大概是从那天起，我才意识到，母亲真的变老了。

她平时麻烦我的事情很少。有时，她落枕了，脖子疼，才会对我说："我这几天脖子酸疼，你帮我揉揉颈椎吧！"

好像我是推拿师似的。我从不拒绝她的这一请求。她每次坐得笔直，高大的儿子在她身后替她敲敲肩，揉揉脖子，她觉得很幸福。似乎这就是多年操劳的回馈。

她总为此夸我，好像这是我的丰功伟绩。

日子长了，也有怄气的时候，我叫她，她也不应。可是，她还是会暗中关心我，只是派遣我爸来传话罢了。

住到县里来后，她总是将自己在城郊种的蔬菜拿到市场去卖。卖菜的地方，每次离开时，会放一两块砖。第二天，天蒙蒙亮，就得去占位置。而晚上，她会细细地择菜到很晚。她总是觉得把菜择得越细致，越漂亮，才能卖个好价钱，才能卖得快一些。

于是，她常常坐在灯下，戴着老花镜，把一把把韭菜或者葱子放在面前，将一片片黄叶择去。有时，择着择着就睡着了，几阵鼾声之后，又突然醒来，继续做手里的活。

偶尔，我也去市场挑着担子帮她卖菜。虽然次数不多，但她总觉得像是委屈了我似的。另一方面，她又会为此深受感动。

有一次，父亲到乡下去了。她打电话问我中午是否回家，让我去接她。我到了市场，她把剩下的蔬菜放在我的车里，自己挑着空担子步行回家。她说："今天剩下这么多菜没卖，一路挑回去，不好意思。"

我从没想过，没卖完的蔬菜较多时，她会像没考及格的小学生一样羞涩。

她有风湿，有时寒风中还得穿着筒靴在溪水中洗菜。我们劝她天气恶劣就别去卖菜了。她却说："你们不知道，天气越冷，菜越好卖。"

我们总说不过她。

冷还是其次，最大的问题还是缺觉。由于常常睡不饱，一家人坐在一起吃饭的时候，她会吃着吃着，手里拿着碗筷，头一偏就睡着了。

同样的事情，在她的生日时也发生过。我们在蛋糕上点燃蜡烛，为她戴上寿星的"王冠"，等着她许愿。她做好我们教的手势，闭上双眼，接着，坐着睡着了。

我们愣了一会儿。叫醒她，让她许愿。她回过神来，才意识到，这时候，她是主角。

我小时候她常对我说：“你要努力，争取丢开这把锄头。”她深知我不是做农活的材料，似乎只要我丢开了锄头，就能走上一条康庄大道。

她可能不知道，这世上所有的康庄大道与陪着他们慢慢变老相比，都显得十分渺小。

在永州发呆

千百年来，永州做得最成功的一件事，就是深深地藏匿起自己。它藏匿起孤高秀美的山，藏匿起柔肠百转的水，藏匿起沁人心脾的美，只为一个名叫柳宗元的失意人敞开过心扉。

这是一片被静音过的土地。

小船划过水面的天空。青山在镜中朦胧。风，总爱惬意地躺在青山绿水间的吊床之上轻轻晃动。

也许，所有的诗意都是源自临水而居。

在这潇水与湘江交汇之地，日子是升起在河畔的炊烟，日子是水与云的相恋，日子是天空飞过的那只孤雁，顾影而不自怜。

这是一片不足为外人知晓的土地。

它的怀抱里，有着性格迥异的“四大名山”。九嶷山奇峰罗列，孤傲神秘，它呵护着舜帝永恒的睡意，也呵护着后世子孙的浓浓敬意。阳明山摇曳多姿，潇洒飘逸。百里云锦杜鹃，千里雾凇奇景，飞瀑流泉，相映成趣，它仿佛是南国最逍遥的世外高人。韭菜岭披云踏雾，俯瞰三省，它是众多户外活动者心仪的圣地，也是清纯脱俗、淳朴自然的仙境。舜皇山鼎足天际，悠远空灵，它是独享田园之乐的隐士，东篱对酒，怡然自得。

而所有的这一切，除了值得置身其中，好好发一回呆，又何足为外人道也？

四百多年前，游圣徐霞客乘舟南下，途经潇水，望着两岸山谷原野，曾遐想过，若能在这里买宅归田，也是人间乐事。他将这番艳羡倾注于笔下，至今令人感叹。

而我，从他笔下的那一行文字化身为人，生长在他注目过的河畔，却有负于那支生花妙笔，甚是惭愧。

某个晴朗的春日，当我走进零陵古城旁的萍洲书院，顿时被那漂浮在水面上的千年书院所打动，在这“潇湘夜雨”最佳欣赏地，那一缕缕透过桂花树枝投射下来的阳光，让我不由地驻足。我去过不少遥远的所在，没想到最撩人心弦的书院近在咫尺，却蹉跎多年未曾涉足其间。

那时，我才朦朦胧胧地意识到，作为一名呆子，在最适合发呆的地方，认认真真地发呆，也算是一种莫大的荣幸。

韶山与凤凰

去韶山与凤凰古城，是在到过岳麓书院、岳阳楼之后。这四处地方与绝美的张家界，在我看来，是每一位初到湖南的游客最值得一去的所在。

对每一个省份而言，最令人难忘的除了那些山山水水，便是生活在那片土地上的人。

有两位湖南人是这片土地的骄傲，也是众多湖湘儿女的杰出代表。他们都曾告别养育自己的湖湘大地，最后生活在北京。其中一位用思想缔造了一个共和国，另一位用文字诠释了最动人的湘西世界。

他们便是毛泽东、沈从文。人们将对他们的崇敬与怀念，深深地融入对他们的故土的热爱之中。

还记得儿时，几乎家家户户正对大门的墙上都贴着毛主席的画像。少年时代，印象最深的课外读物是《毛泽东求学的故事》。当电视剧里播放少年毛泽东的成长历程时，母亲特意准许我陪她一起看。作为母亲，她觉得自己的孩子能向她所崇敬的伟人学到点什么是很可贵的。

因此，我来到韶山的最大感触是亲切。这里的山山岭岭，都像是在梦中曾到过似的。一到此地，内心会情不自禁被一颗伟大的心灵所震撼所吸引。

除了大气的毛泽东广场，除了让人目不暇接的纪念馆的陈列物品，我印象最深的是，排队参观故居之后，感觉自己还没看够，又自觉地到队伍后面，重新将故居参观了一遍。

这世上有太多的地方让人有人去楼空的感伤，而当我们走进偶像的故居时，却完全不是这样。人虽远去，但一切仿佛历历在目，心灵深处多了一束光。

房子只是房子，曾经生活在其中的人，却真真切切地改变了这个世界。这不仅是一个人的力量，只是，在这个人身上，集中地看到了整个民族的合力。

这样的地方，是不会辜负每一个走进这里的人的。

在另一个炎热的夏天，我实现了到凤凰古城的夙愿。朋友们倾向于去古城周边的苗寨与南方长城。而我的心像磐石一样，只打算在古城里转悠。

要知道，我的心是在沈从文的文字中浸润过的。只要在他待过的地方走一走就很知足了。何况，除了人稍微多一点，凤凰的夜色与白昼都那么美。

我路过沈从文故居的门前，在门口的书店买了他写的《长河》，盖上故居书店的印章，算是了却了一桩心愿。

那种心情是很复杂的。我曾抄写过两次《边城》，曾看过据此改编的电影，还曾听着这本小说的朗读版本滚下泪来。我从不刻意去想，写书的人已经过世了。他的文字活着，他就活着。

去过故居之后，我坐着小船去看他的墓地。那墓地在河边的一处石台上，那样简洁、自然、唯美，是我读过的一个灿烂的生命的最朴素的句号。

那条美丽的沱江，我逆流漫步在沿岸。在稍微清幽一些的地方，我像是当地人似的，也纵情在那清凉的沱江河水中畅游了一番。

一个在沱江水中游过泳的人，看到的凤凰终究是不一样的凤凰。那河水，曾经慰藉过一个沈家的少年，而今，也同样慰藉着另一颗心。

三醉岳阳人不识

岳阳楼边有个三醉亭，是为了纪念神仙吕洞宾。在吕洞宾还没被世人看作神仙的时候，他叫吕岩，生于唐朝末期，在《全唐诗》中，收录了他两百多首诗歌。

“三醉岳阳人不识，朗吟飞过洞庭湖。”也算是他的名句了。据说，他喝醉时，就喜欢无聊地在洞庭湖上飞来飞去。

他是八仙中名气最大的一个。他的成名与岳阳有很深的渊源。其实呢，我也到过岳阳三次，或许因为不喝酒的原因，至今也没什么名气，也从没在八百里洞庭上空飞过。

我一直觉得，岳阳是见证我的梦想的地方，也是我常常想念的一座城市。

第一次去岳阳，是在 2006 年夏天。那时，我每个月工资七百多，却自费参加了在那里举办的一次学习，为期半个月，缴费一千五。

那时，为了俭省，我住在民族学院的宿舍里，炎夏之际，酷热难当，却并不觉得困苦。那是由一群四川人组织的活动，请来不少领域的专家。班上的同学来自五湖四海，自费的就我一人。

最令我难忘的是历史学家吴思给我们上课的情形。在他的讲述中，我为他的博学与睿智以及犀利的观点所折服。

有一日，班上自由活动，大家自愿报名去岳阳楼与君山一游。因为囊中羞涩，我没去，选择去书店看书。心想，将来总会有机会去的。

第二年十一月，果真机会来了。我在重庆学习时认识的一位数学界的名师从北京到岳阳来上观摩课，邀请我去参加活动。这次，到岳阳的第一天，我便独自去了趟岳阳楼。

浑黄的湖水并不像想象中的辽阔。登上楼台，远望了一回，心情很惆怅。几天后，当朋友在主办方的陪同下去登岳阳楼时，请我同去。我第二次登临时心情很不一样，感觉到一种荣幸，一份感恩。

我第三次到岳阳是在 2017 年 11 月参加省里组织的一次培训。

在那匆忙的一周中，七十多名学员共同经历了一份艰辛与成长。在班级组织的晚会中，那些被时光隐藏的笑脸，深深地刻在彼此心里。我印象最深的一个节目是大家用本地的方言朗诵《再别康桥》，由于登台的 14 个人恰恰来自湖南 14 个不同的市州，那几分钟的时光让我听到了来自三湘大地各处的乡音，陌生又亲切，让人捧腹又令人感动。

分别前，作为宣传委员的我与室友连夜制作的视频在第二天播放时被大家誉为“年度大片”。大家沉浸在离愁别绪中流下热泪。

洞庭天下水，岳阳天下楼。其实，岳阳城一直是停歇在湖畔的一叶扁舟。乘舟入烟波，江湖悠悠，岁月悠悠。

坐看张家界

朋友小于登过黄山后，要我推荐别的山。我说：“在我看来，黄山是最美的，唯一能媲美黄山的，只有张家界了。”

因为这句话，他立马安排了一周的湖南之行，其中三天给了张家界。作为移居杭州的河北人，这是他第一次到湖南，叮嘱我具体谈谈对张家界的印象。

我其实挺羡慕他。这两座山的距离，对我来说是六年的光阴。对他而言只是从月初到月底之间的距离。

去张家界，是八年前的事了。山上住了一晚，山下待了两夜。景区太大，眼睛很享福，脚有点可怜。虽是索道上下，也得马不停蹄地走。

那些喜欢把景区的照片过度美化的人是可恨的，他们直接造成了美景在照片上与在游人眼中的落差。很多时候，看照片时怦然心动，到实地一看，素颜的山水白开水一样寡淡无味。

但张家界不是这样。去之前，我没有太多的向往，只觉得到了凤凰，再顺便去看看比较划算。一去才知道，人们夸它是“中国山水画的原本”，赞它“奇峰三千，秀水八百”，都是有道理的。我甚至在很长一段时间里都觉得今后再没有什么山能那样打动自已了。

请了个向导，再加上大大小小四个人，两天下来，我们走遍了武陵源、天子山、杨家界、袁家界、金鞭溪，后来她们实在走累了，先回住处。我独自一人还登临过黄狮寨。

按照所有的山都曾在海底的理解，当年的这片海底世界，真是太神奇了。难怪海里的鱼，都比江河湖泊里的鱼要美得多，它们的远祖游过的地方很多都美似天堂。

这一座座奇形怪状如刀削斧劈似的峰峦，当年，就像一根根升向海面的石头海带。在张家界的千沟万壑里，空气中似乎都是水的影子，看不见飞鸟，却仿佛能看见峰峦间游着一条条五彩的鱼。

沧海桑田，人站在鱼儿游过的地方指点江山。将来，又是什么会站在人走过的地方？

名扬四海的御笔峰，从高处看，有盆景般的观感，倒是袁家界的天生桥，令人望而心惊，生出许多感叹。金鞭岩指天傲立，也颇负盛名，实际上，张家界有太多无名的山峰也不逊色于它。

回想起来，整个行程，略显平淡的是金鞭溪，其余各处，除了感觉赏心悦目之外，更觉得大气磅礴、叹为观止。尤其是云雾弥漫时，恍若仙境。

行程中，由于栈道多在危崖之上，即便驻足停留，也无处安坐。倒是在黄狮寨的山顶上，山崖旷阔，对着云烟，好好坐了一会儿。那时，才觉得，走着的人如风景之奴，站着的人如风景之客，只有坐着的人，才类似于风景中的王者。

坐着坐着，将自己雕刻成一枚印章，藏在云山深处。不怨不哀，不声不响，云起云灭有如地老天荒。

湖湘大地的香格里拉

某次在戏剧大师汤显祖的故里江西抚州，一位当地的朋友问我："你们永州是不是在那什么梆州的旁边？"我愣了一会儿，才明白他所谓的"梆州"，其实是指郴州。

也难怪外地人会读错，"郴"字确实有些难认。何况比起湖南其他的市州，郴州谈不上很有名。

虽然宋代词人秦少游在郴州写的那首《踏莎行·郴州旅舍》中"郴江幸自绕郴山，为谁流下潇湘去"也算一个名句，但毕竟称不上家喻户晓。一般只有本省的人知晓郴州除了是湖南的南大门，还被称为粤港澳的后花园。

在我看来，若论风景，郴州就像湖湘大地的香格里拉。只不过她是那样无私与慷慨，即便美丽如高椅岭那样的所在，也不收一分钱门票。

在我攀爬过的山岭中，最让我心惊胆战的有两座，一是云雾缭绕的黄山天都峰，另一座便是高椅岭。

它位于郴州城北十多公里处的路边，山环水抱，有着独特的水上丹霞地貌奇观。

山脊虎踞龙盘，光溜溜的褐色岩石上，时不时点缀着青翠的发髻。这样光怪陆离的巨型山体，居然还这样爱打扮自己，真是不可思议。

或大或小的沟壑间，倾注着宝石一样蓝莹莹的潭水。它们远望如宁静的河湾。温柔的水系与阳刚的山体构成了和谐的太极构图法，又那样灵动。

山呢？很少有山像这样不正经的。明明是一只只怪兽，却被魔法定格为一座座山。明明是一座座山，却还是那样口渴，喜欢将头埋在水里痛饮。

遇到高耸处，并不横断天际，与云齐平，却有危崖独立、绵延起伏的气魄。当你看到一只只山羊在山脊上健步行走时，你会感觉到它们在创造奇迹。

我参加过蹦极，内心虽恐惧，却不曾绝望过。可当我帮同行的驴友去拿衣物，不得不独自面对那悬崖峭壁时，只要望一眼那深渊，就能感到生命有多么宝贵与脆弱。平生第一次，坐在台阶上，手脚并用地，一步步地坐着“走”下来。

这样一片神奇的山岭，将来即便被称为湖南最美的“无名山”，我也丝毫不会奇怪。

与高椅岭相得益彰的是郴州的东江湖。雾漫小东江的奇景，让每一个置身其中的人由衷感叹。很遗憾，我没有亲见。我希望有些地方，一直停留在我的憧憬中。我从朋友们热情洋溢地赞美中，感知它的变幻与清纯。我用去过的日月潭的纯净明朗来填充我对它的想象。

还记得在郴州的大学校园里培训的一段时光。清晨，在山林的鸟鸣中醒来，在山间的云雾间醒来。

那时，我喜欢在操场上跑步与闲逛，喜欢在空闲时构思描绘大地山川的篇章。我很惊讶自己能在那样的运动状态以后，迅速地静下心来进入写作状态。那是生命中写得最畅快与忘我的时期。

那一片好山水，还藏着许多有待探索的秘密，那片土地上的人，还在诗情画意中奔走、劳作。

世上最美的地方

我的家乡在湘南的山区，在潇水的怀抱里。对我而言，这就是世上最美的地方，也是我的灵感的源泉。

有时，我默默坐在河畔，或者，静坐在某座安谧的小桥上有意无意地望着水流过来的方向。

用目光拥抱一条流向自己的小河，那是一种特殊的温暖。与之相应的，用目光送别一条流向远方的河流，多多少少有些苍凉。

多少年来，我总是这样正对温暖，背对苍凉。

我习惯了凝望着河水发呆，是因为故乡处处都有小河的身影。

河水里水草丰茂，鱼虾成群。河面上则有更多东西。雨，在河面打造王冠；风，在河面揉搓树荫；云，在河面练习倒立；星星，在河面用心下棋。

绿树喜欢河面，用它不停地自拍；霞光心疼河面，慷慨地赐给它爱情。

阳光会穿透河面，抵达小鱼的心事；月光会在河面铺开，像是为了完成一首诗。

有时，在小鸟婉转的歌声里，暗恋河面的那只红蜻蜓，会偷偷点击屏幕给它发信息。

蛙声阵阵响起，小河正在做梦。落叶翩翩飘舞，小河也会心痛。

在蝉声最饱满的时候，人们投入它的怀抱，它喜欢这份热闹。在雪花最妖娆的时候，它哈着热气，独享那份宁静与寂寥。

岁月悄悄流逝，河水缓缓流淌，它告别一个个村落，告别一丘丘稻田，也告别坐在河畔发呆的我。

有时，我会问它：“你要去哪儿？”

它对我说：“我要去世界上最美的地方。”

我沉默了。我知道它是哄我开心。

我早已知道，我不再像从前，认为远方分外美丽。它也知道，我心中最美的地方，便是脚下这片土地。

绝色陕西

华山的绝招

为了对付我，华山使出最狠的一招。而我被蒙在鼓里，完全不知晓。

2018 年农历八月二十四，到西安的第二天早上，我坐高铁赶到华阴，再从玉泉院开始攀登华山。我由于囊中羞涩，无缘索道，只得奋力蹑险，直凌绝顶。后来，我又在茫茫夜色中急行下山，总共徒步九个半小时，一日之间，踏遍奇峰，纵横云端。

原本，我在登过衡山、泰山之后，认为五岳都是名气很大、风景一般的山，可我没想到，剧情正在反转。

在山脚下时，见天色不太明朗，山谷间雾气弥漫，我心想：我连那么美的黄山都爬过了，这华山不过是小巫见大巫，适合练练腿罢了，心里怀有一股不屑一顾的傲慢。

最初，穿林过溪，四下茫茫，唯觉泉声活泛，松色欲染。途中，在千尺幢、百尺峡等险处，攀着铁链而上，匍匐前行，仍觉得没想象中那样险峻。到达北峰后，雾气重锁，对面难辨，令人感叹山神古怪，虽近在咫尺，却不见真容。

渐行渐高，过苍龙岭后，仙掌岩赫然在目，白石磊落，壁立千仞，兀立于云外。先前蒙蔽双目的雾霭，此时已悔过自新，全都幻化成一片云海。

风起天际，云海奔突，似乎苍天降下旨意，每朵白云都是钦差，可以肆意涂抹千山万壑。

云气舒卷，宛转自若，看似彬彬有礼，实则咄咄逼人。众山势如破竹，节节败退，为云所困，为云所遮，在云中浮沉。

低处的山峰，好像在海底练习憋气；高处的山峰，则在海面如仙岛耸立。

我见过无数的山，却从没见过华山这样的山峰。

它们若即若离，莹白似雪。它们擎天傲立、扎根谷底。猿猴为之胆寒，飞鸟为之惊心。

要说雄伟，它们横亘云天、隔绝日月。要说俏丽，细看山崖上五彩斑斓的树林，就会惊叹不已。

我第一次看到那么多紫色的树木，在绿松与红枫间处处闪耀；我第一次看到那些山峰围成半圆，像莲花的花瓣半开半合；我第一次看到远处突起的石峰像长城上的烽火台一样相望相依；我第一次看到那些雄鹰在奋飞时那样自豪，仿佛云海的潮汐是源于它们双翼的魔力。

我在目瞪口呆之时，我在飘然若仙之际，突然明白，为了打动我的心，为了征服我，华山已使出了它的绝招。我输得心服口服。

走进时光隧道

得知我要到陕西，朋友曾叮嘱我说：“秦始皇兵马俑你可以不去看，但是陕西博物馆你一定要去。”

在她看来，陕西博物馆比“世界第八大奇迹”更值得一看。爬完华山后，第二天一早我便来到博物馆参观。

她建议我在博物馆至少待半天。实际上，我在里面逛了一整天。

关于里面的藏品，我没有馆内的讲解员解说得生动，也并不打算复述她们的话。

我曾读过一篇文章，文中对这座博物馆的十八件镇馆之宝作了详细介绍，我都曾细心寻访过那些宝物。馆内的义务讲解员态度热情，知识渊博，令人钦佩。

我原本是冲着里面的兵马俑去的。可是，对于十三朝古都的西安城来说，里面的藏品可谓浩如烟海。例如，在西安近郊的何家村发现的一个大缸里，就藏着唐代的无数珍宝，大唐气象从那一件件的珍品里便可见一斑。

从远古到近代，这片土地孕育了辉煌灿烂的文化。走在一件件宝物之间，就是走进一条实实在在的时光隧道。

朝代的更替，国运的兴衰，既模糊又清晰。一个拐弯就是一次兴亡。历史的天空仿佛时刻笼罩在头顶，风云变幻，荡气回肠。

想想古人创造的奇迹，我们会油然而生一种民族的自信。再想想当初拥有这些宝物的人，何尝不是帝王将相，可如今又在何方？

历史早已翻篇，而今，这是我们的时代。这个时代属于每一双望着这些宝物的眼睛，属于每一颗奔涌着热血的心脏。当然，在我们打量着这些宝物的同时，它们也在用目光打量着我们，它们也在想：这些人将用什么样的方式来书写属于他们的历史？

在这博物馆待的一天时间里，我深深地体会到“给我一天，还你千年”的理念并非一句空口号。

我想起我以前在博物馆的经历，对比之下，更觉得这趟旅程的独特魅力。

北京的首都博物馆藏品是顶尖的，可是那些来自全国各地的文物就像一场联欢会，也像是移植到一起的花木。上海博物馆的艺术类藏品特别丰富，虽然也有很多青铜器，可相对于历史长河而言，上海太年轻了。只有在陕西这样一个处处生长着唐诗的省份集结着这么多“土生土长”的文物，看了那才叫痛快。

从陕西博物馆走出来时，我心中的狂妄消逝了很多。在历史长河中个人不过是一滴水。随便一块砖一片瓦都有可能比我们“活得”更久远。

同时，我心中又多了一份深沉的自豪感，我虽不是西安人，也不是陕西人，可是从大处说，整个神州大地，也不过是我们共同的故乡而已。这里面所有的珍宝，都是我们共同的财富。既是物质的财富，也是精神的财富。或许，只有不断地穿行于一条条时光隧道中，我们才会更深刻地理解那三个哲学问题：我是谁？我从何处来？我要到何处去？

无字的史书

在我看来，城墙是一座古城的王冠。

这些年，我到过不少有城墙的地方，如襄阳、荆州、平遥、南京等，每次都喜欢在城墙上游走，每次的感受都不一样。

如果说在封建时代，城墙带给人们的是一种安全感。而今，我迷恋的是它所带来的一种很强悍的时空感。

中国四大古都里，北京与洛阳的城墙，早已荡然无存。所幸南京与西安的城墙还在。尤其以西安城墙保存最为完好。

这种完好的背后，其实满是岁月的伤口。

且不说汉唐时期，就从明朝朱元璋将长安改为西安，并重建西安城墙开始，六百多年来，这城楼也是多次从虎口脱险。

抗日战争时，为了躲避空袭，西安市民曾在这长达十三公里的城墙上开凿了两千多个防空洞。

这是多么伟大的城墙啊！它用自己的两千多个伤口庇护着这片土地上的子民。假如世上真有救苦救难的千手观音，那它当之无愧。

不用细数它所逃脱的浩劫，就像不用细数父亲的皱纹母亲的白发。

活着就是奇迹。对于幸存的每一座城墙，也是同样的道理。

不管经历了多少风雨，不管经历了怎样的创伤，它都默默地承受着这一切。一块一块的砖，铺成巨龙的脊梁，守护着唐诗里最高贵的那个地名——长安。

历史是健忘的。司马迁深深知道这一点。在遭受宫刑之后，他苟且偷生。就在这座城池的某个角落，他点燃自己的心当烛火，用热血书写几乎被遗忘的细节。

人生应该是站着的。李白深深知道这一点。他仰天长啸，仗剑而来，就在这座城池里他踌躇满志，却不料只是天子的闲臣，甚至只是茶余饭后的消遣。从望长安到别长安，谁能说清他内心的沧桑。决不能“摧眉折腰事权贵”，他的内心一定也有一道坚不可摧的城墙。

一切仿佛都只是发生在昨天。昨天，张骞是从哪座城门走向西域的风雪中的？昨天，牧羊的苏武是从哪座城门回来的？昨天，为贵妃娘娘送荔枝的骏马奔驰在哪一条街道？昨天，唐玄宗又是从哪条街道惊慌逃向剑门的夜雨中的？

满城的灯光，早已抹掉了答案。夜色降临时，西安温柔地幻化成当年的长安。一座座城楼光艳夺目，红红的灯笼在等待着盛世的乐章再次奏响。

而城墙依旧沉默着。沉默是它的品格。这是一本无字的史书，值得一读再读。

莫对关山嗟往事

“仿佛曾相识，今来隔几世？”

在与兵马俑对视时，我心里不由得想起唐代张乔的这句诗。

这沉睡了两千多年的千军万马，终于被岁月之吻唤醒。他们从一堆堆碎片中挣扎着站起来，揉了揉眼睛，开始想家。

他们想念家中的老人，想念妻儿的笑脸，想念故乡的一草一木。

他们整装待发，静静地立着或跪着，似乎在等待着谁的指挥。

那个能够指挥他们的人，曾经战无不胜且最终一统天下。他曾是人间最得意的人。他认定自己的丰功伟业早已超过三皇五帝。他相信手中的权力能传之于万世，却无论如何也不肯相信自己会死。

他要和死神作战。这千军万马都像是他的棋子。

“车辚辚，马萧萧，行人弓箭各在腰。耶娘妻子走相送，尘埃不见咸阳桥”，这是一千年后杜甫描绘的三秦子弟出征图。兵车隆隆，战马嘶鸣，生离死别，哭声震野。虽描绘是唐代的战争之痛，却仿佛为这八千陶俑的方阵作了另一种诠释。

身着戎装，照样有儿女情长；出生入死，背后是多少牵挂。

他们从来没有想到，作为最威武的炮灰，他们竟然从阴间回到了人间。他们比所有望着他们的眼睛活得更久远。

每一个辉煌而短暂的王朝，都像是一本令人感觉沉重的教科书。只传了两代而灭亡的朝代，秦朝并不是唯一的一个。家国兴衰，向来不是由某一个人的意志而决定的，即便是千古一帝也无法左右。

根据司马迁《史记》中的记载，在秦始皇执政的第三十二个年头，术士曾对他说："灭秦者胡也！"他当时的做法是派大将蒙恬带领三十万人去攻打所谓的"胡人"。恰恰他最没想到的是，他的儿子胡亥才是为秦帝国的灭亡助攻之"胡"。

尽管这句偈语很有可能是人们的杜撰，却也十分有趣。

后人更多的是为始皇的长子公子扶苏未能接替皇位而扼腕长叹。可是，不断在求长生不老的秦始皇，何曾认真考虑过接班人的问题呢？他临终的一纸遗书，在赵高与李斯的操控之下，更像是一个历史深处的沉痛的笑话。

历史有时幽默得可怕。骊山下，那个做过万世之梦的人，还在继续做梦吧？而为他效力的千军万马，却早已挣脱束缚集结完毕。他们穿过历史的风烟，甩开千年的孤寂，迎着每一缕清风，站成惊心动魄的奇迹。

天下黄河壶口收

黄河流着流着，突然害羞了。

她大概是为自己的浑浊不堪而羞愧吧！她恨不得找一条地缝钻进去。

当她流经黄土高原，终于如愿以偿。她找到了这样一条地缝，她毫不犹豫地纵身一跃。这地缝在秦晋大峡谷的河川上，被称为“十里龙槽”，而她跃下石崖的地方则称为“壶口”。

滔滔河水，携沙裹泥，滚滚东流，虎虎生威。然而对于壶口而言，也不过像大把大把的零花钱，既来之，则吞之。

来得生龙活虎，吞得理直气壮。来得义无反顾，吞得潇洒大度。

是深渊，就在深渊里历练。

是火坑，就在火坑里重生。

这是每一滴水的信念。它们跳成生命的感叹号，它们发出胜利的呼啸。漫天的水雾，挥洒着五千年的豪情。巨大的轰鸣，宣告着神龙的觉醒。

黄河依旧在咆哮，不过，这咆哮声不再是因为屈辱，也不再是因为愤怒。这咆哮声中，有阳光的温度，有血液的热度，有炎黄子孙的气度。

乱石崩云，惊涛裂岸，江山如画，任它风雷激昂。

吞吐乾坤，洋洋大观，永不止步，尽显今朝气象。

河水到了此处，总算大彻大悟。她不再害羞，因为她懂得：与其羡慕别人的清澈，不如活出自己的风格。世界五彩斑斓，每一种色彩，都能成为人间绝色。

诗意河南

牡丹之外的洛阳

若问古今兴废事，请君只看洛阳城。

这是司马光的诗句。作为编撰过《资治通鉴》这本巨著的北宋名臣，他对洛阳城的理解与感悟一定比常人更深。

事实上，洛阳城的兴盛在唐代达到顶峰之后，在此后的一千多年里，不再如日中天，不再光芒万丈。相对于郑州而言，它的繁华也是甘拜下风。

兴亡不可问，自古水东流，真可谓:“伊洛山川今如古，人事几番兴废。”

我到洛阳那天，已是2012年中秋。除北京外，它是我到过的第二个古都。它的朴素低调让我很意外。

或许是我来的季节不对。古人曾说:“洛阳自古多才子，唯爱春风烂漫游。”又说:“牡丹花发酒增价，夜半游人犹未归。”我应乘春风而来，在花下沉醉，看遍楼台月明，看尽国色天香。

而今，属于我的只是牡丹之外的洛阳。在丹桂飘香时，在秋日艳阳下，它楚楚动人，格外惹人怜爱。

我在丽景门外买了些牡丹的种子，怀揣着它们就像怀揣着一份春天的请柬。

王城公园的乐舞表演，仅用古琴与编钟作配乐。舞者窈窕婀娜，衣饰古朴，迎风蹁跹，演绎着周王朝的神韵，像鲜活的《诗经》情境。帝乡的音律，真令人思绪恍惚。

走进“天子驾六”博物馆，这里也是一个让人感觉时光很神奇的地方。它的发掘像是一个传奇。原本只是为了兴建工程，不料却发现了周朝天子的陵宫。博物馆中的土坑里，殉葬的马儿呈现出六匹一组的最高仪仗规模。这为学术界有关“天子驾四”还是“天子驾六”的争论找到了终极答案。

那些排列整齐的马的肋骨，像明亮的弯刀，寒光抹去多少往事。

据说，在陵宫之上还有不少普通人的百年归宿。有一条小狗的遗骸也赫然可见。根据推断，当初小狗可能只是失足掉入墓室，却被无情的填埋者一击致命成了陪葬品。

前世的马，后世的犬，同列于土坑中展示给今人欣赏。人们常用“犬马之劳”代表为谁效力，这里的“犬马”虽早已效力于死神，但依然让时光惊心动魄。

相对于此地，龙门香山琵琶峰顶的白居易的墓丘，在葱翠的山岭间显得格外清幽。白居易晚年寓居此地，自号香山居士，他筹资修缮香山寺，与好友元稹、刘禹锡等人在此把酒论诗，品茗对弈，风雅无限。

秋声乱枫树，弦歌不可闻。他的那些脍炙人口的杰作，让每一个到白园中来瞻仰先贤足迹的人都百感交集。

白园附近便是天下闻名的龙门石窟。伊河款款东流，倒映着无数的雕像。其中最引人注目的便是奉先寺窟的卢舍那大佛。它是中国石刻艺术的典范之作。

它的造像规模令人惊叹，通高超过17米，头高4米，耳长1.9米。整座佛像容貌仪态据说是根据女皇武则天的模样设计的。它始终带着神秘的微笑凝望着人世的变换。在那么多残损的佛像之间，它保存得如此完好，也算是一种奇迹。

中秋之夜，寄居于龙门小镇的客舍中。圆月点在天心，彩灯笼罩山崖，岸边绿柳生风，河面细浪粼粼。洛神虽不可见，嫦娥似乎就在眼前。洛阳秋日的美好在异乡人的心里同样无与伦比。

几年之后，我工工整整地将杨炫之《洛阳伽蓝记》抄录了一遍，书中从寺院兴衰的角度，记录了洛阳曾有过的悲壮与繁盛。书中摇曳多姿的文字以及层出不穷的逸闻趣事，比我亲身经历的一切让我印象更深。

在郑州

有人说，有些地名走过之后就会变成人名。我赞同这种有趣的说法。我心目中的郑州，便与一位朋友息息相关。

他叫石兴业，南阳人，在郑州打拼，以影视创作为业。

2017年3月，我在首都博物馆参观时与他相识。没想到，一年之后，同样是在阳春三月我在郑州再次见到他。

在我到郑州培训的几天时间里，他抽空尽地主之谊。他开车过来接我，正好我想去找一个位于郑州开发区的很有品位的书店。

在车上，一路攀谈一路看着城市在慢慢延展。我这才发现郑州这个最年轻的省会城市竟然那么大。难怪河南人口位居全国第一。

那是他也并不熟悉的一个书店，问过几次路，绕了一段弯路才到达。

我一向将书店当作城市的心脏，那个书店在各种免税商品店的包围中，却布置得很别致，令人流连忘返。我买了本阿城的小说作为纪念方才离开。

之后，他带我来到郑州的中心——“天地之中”广场，特地找了家网红的煮鱼店。

灯火辉煌，鱼香四溢，鲜嫩美味，里面加了不少苜蓿粉。文火慢炖，尘世喧嚣也静寂下来。

因为开车，他喝饮料我喝酒。由于年龄相仿，共同话题自然也多。听他分享城市生活的点点滴滴，听他感慨自由职业的不易，我们的人生道路虽不同，可大多能感同身受。

好友相聚，哪怕聊起生活中那些不那么轻松的事，都是开心快乐的。

一片城，就像一片海。然而，只要在这片海域有一个朋友，就像漂泊中遇到一座岛屿。

饭后，我们一起来到被人们戏称为“大玉米”的建筑下，绕着湖边步行了一圈。他说，由于忙碌他也很少到这边来，这湖边他也只是曾走过一半。

我说：“那你得感谢我，托我的福，你才有机会绕着这走完一圈。”

他笑着连连说是。

这广场大气圆润，夜色中灯火如星云，迷蒙璀璨。

我从没见过那么多疏密错落的高楼围成一个极大的圆，这圆中有河流有绿化带，而在圆心位置则是古典圆塔似的摩天楼。灯光变幻，多彩多姿。这是我见过的最有设计感的广场，令人感到乾坤无边。

我原本感叹郑州这座古城几乎没有古都的痕迹，没想到这融合了圆圆满满的设计理念的地方，让我看到了这个城市独特的风格。

河南拥有中原得天独厚的便利，而在历史上却也是光辉与苦难并存的。

在我四海为家的日子里，能遇到像他这样的知己也是人生之幸。

我常常想起同样出生于河南大地的诗圣杜甫的《赠卫八处士》，里面叙述的悲欢与情谊让我深深感动。

“人生不相见，动如参与商。今夕复何夕，共此灯烛光。……明日隔山岳，世事两茫茫。”

世间离合聚散，都是很普通的事。人生交集，都像是命运的安排。只有那些温暖且感动过我们的人，才会深深地留在记忆里。

由于我买的是随后第三天早上七点的机票，他本来因为周五车牌限号不能出行，分开时却执意说：“到时联系我，我清晨五点来接你，送你去机场，能赶得到。”我自然不肯多给他添麻烦，可还是为他的诚意深深感动。

分别时，在某学院门口的公交站台旁停下车来。我下车，他送下来，微笑着握握手，点头说：“再见！下次再来郑州，这次因为忙碌，都没带你去好好逛逛。”

我想，有时人们之所以善待我们，并非因为沾亲带故，也不是因为亏欠我们什么，而是因为他们天性中的那份善良，这善良总归是要发光的。

沐浴在这光芒中，我们内心会充满前行的力量。

热心的向导

我对于宋朝的神往很大程度上是因为东坡先生曾在那个朝代待过。奇怪的是我对于北宋的都城开封却并不怎么神往。2018 年 3 月，我在郑州，看在离郑州几十分钟车程的份上，我总算去了一趟。

我本想赶去看清明上河园的演出，可是城际公交太慢了，没赶上。

就在这客车上，我认识了一位姓荆的阿姨。她面容有些憔悴，但满脸慈祥。

她是开封人，自幼生长在宋代龙庭前的御街边，对这古都了如指掌。

我的座位在她的后排，每当我提问她都耐心解答，答不上来的就问问身边的朋友。到最后，她担心我在开封会迷路似的，决定亲自带我游走。她说，刚好孙子孙女今天不在家，所以才有空闲。为此她还是打电话向家人请了假。

开封城的夜景美轮美奂，浑然一体，几乎是我走过的古都里夜景最美的。

我没想过，这古都虽孤独，却是水汪汪的，不愧为中原水都。清明上河园虽没能进去，可是整座城池类似于更大规模的清明上河园。东一汪西一汪的湖水倒映着古香古色的亭台楼阁，处处灯火，处处“水火相融”。我想，即便真在大宋也未必有这样美好的景观。

一路穿行，我仿佛同时看到了荆阿姨的人生历程。她是最热心的向导，从她身上可以看出河南人重情重义的一面。

她家的房子从御街搬迁后，在城墙脚下分配了一套别墅似的住房，可是当我们来到一处古典庭院时她还是忍不住兴奋地说："我一辈子的梦想就是能住在这样的院子里。"

看着她孩子气的憧憬，我怎能嘲笑她的梦呢？

途经断桥时，她遥指龙庭与天波府，回忆起这个湖以前的样子，还边说边比划着。

我明白，我眼前所看不见的一些事物，在她心里一切都在。

在龙庭大门对着的御街附近，她特意指着樊楼讲起有关宋徽宗与李师师的传说。她小时候的住宅，虽不在主街，却在主街的背后，离樊楼的空间距离，也不过几十米。

这一点，她为之自豪。

我在她家的旧址处站过片刻，像是对她的人生风雨的致敬。

后来路过书苑街到鼓楼街，她指着路边的某处角落说："这是城里最好的幼儿园，我孙女就在这里面读书。"

那语气倒不是为了炫耀，而是对孩子的温柔与慈爱。

她说话耿直，记得在鼓楼街时我简单地点了些东西吃，她说了一句："这里的东西都没有家里煮的好吃。"不巧，被老板听见了，指责她道："家里煮的好吃怎么跑到外面来吃？"

她不见得有很高的文化，但走过每条街时，她心中似乎有一街的故事要满溢出来。

她并不很擅长表达，比如她看到古街很美时，总会说："你看，这楼和我小时候看到的是一样的。多漂亮！就像潘金莲住过的那种楼房似的。"她似乎忘了，在人们看来潘金莲相当于贬义词，而她却用来赞美古街古楼的漂亮。

匆忙之间，我得坐火车赶回郑州了。在鼓楼与她辞别。看她牵挂的神色，像是母亲挥别自己的孩子。

鼓楼的广播里，放着豫剧《穆桂英挂帅》：“辕门外三声炮如同雷震，天波府里走来了我保国臣……”音韵铿锵，明快而感人。

我坐上的士，她不停地挥着手，岁月将我们隔开在夜色中。

这情景很淡，却恰恰不能忘。

云台山记

焦作的云台山算不上赫赫有名，却兼具张家界与九寨沟的神韵，几乎是最让我喜出望外的一座山。

这里将山的雄伟与水的柔美结合得恰到好处，更难以想象的是这样的山水居然是出现在中原腹地。

在景区入口，远眺整片山峦，那万丈雄关似的断崖横塞天地，飞鸟难越，峡谷深邃，隐匿其间。门板似的山崖，时而豁口大缺，如猛兽朝天嘶吼，时而尖峰突起，如孤剑出鞘。此等景象，瞬间便令人感悟到中原人的豪情与大气的根源在哪里。

行走在潭瀑峡与泉瀑峡，峭壁迎面与目光相撞，瀑流飞泻与滑石相激。清风爽朗，水声高昂，天上雁列云荡，谷中翠减红添，秋色犹嫩，韶光未老，奇景良辰，令人神骨俱净。

小寨沟更是令人惊叹。山川壮美，在水中加倍。镜照之力，巧夺天工。镜面之上，千峰竞秀，树影重叠；镜面之下，虽虚犹真，苍崖倒立，绿意更甚。此间碧潭如月，绿藻盈波，细鱼几尾，来去如电，秒聚秒散，空游其间，令人惊叹。

山谷尽头便是天瀑，山顶属山西，山谷属河南。纤纤瀑水，扬雾扬烟，上端在云里，水柱明晰，中段在崖间，化作薄雾，如梦轻巧，随风作形，下端洒在龙潭，跳珠跃玉，点点分明。水瘦如柴，风韵犹存。想想天瀑壮观时，又该是何等气象啊！

然而，云台山之美又何止这般。这是一座极有层次的山，等你辗转而下，来到最美的红石峡时，你才懂得当一座山向你剖肝捧胆、推心置腹时会有多美。

清流一脉，奔突于幽壑；红石如霞，堆砌于涧底。天生桥横波一跨，清溪一脉，起承转合之间形态各异的瀑流一一呈现。或涓涓自流于青苔之上，或轰轰闹闹直扑而下。若是皓月千里，直照谷间，瀑雪浓淡，山鸟低唤。仙境不过如此。难怪有人称云台山为藏在唐诗宋词里的山。

红石峡的尽头，便是子房湖，感受过山崖逼仄的人们在此处可领略驾着汽船飞跃于浪涛之上的那份畅快，夹湖而立的雄奇大山也会为之喝彩。

云台山的顶峰茱萸峰得名于王维的名句："遥知兄弟登高处，遍插茱萸少一人。"据说，这座山不仅与王维颇有渊源，还是竹林七贤的清修之地。可惜因为行程匆忙我未能登顶，不免留下"茱萸峰上少一人"的遗憾。

这美丽的遗憾也将像唐诗宋词一样深藏于这座仙山中。

峥嵘河北

向导老向

一大早，老向便驱车从达官营到宣武门附近接我。三月下旬的北京，春天的气息还是很含蓄。一些院墙里，梅花还没退休，玉兰花、杏花就跃跃欲试，准备实习了。

我打算安排一天去清东陵与明十三陵。老向深知路程不近。还是希望能尽力为我安排好。按我的意思，先去远的。所幸上高速前路上不堵。

一路聊了些家长里短。他是 68 岁考的驾照。之前带老伴自驾去了甘肃、陕西，万里跋涉，他一人开车。真可谓老当益壮。

我曾经专门写过老向的南极之旅，事实上，他除了北冰洋没去，足迹也算遍布全球。在车上，我问他：旅行的意义是什么？他的答案第一个是“旅行是为了更新固有的观念”。我虽不解，但印象深刻。

车出了北京，到了天津地界，最后再驶入河北。一两百公里，开了两三个小时，我不曾想过路程会那么远。我还一直以为清东陵也是北京的景点。

多云天气，山川沉寂，像刚睡醒还想赖床似的。北方的初春，总是有些尴尬吧，春不春冬不冬的，令人怜惜。

到了景区，老向买了门票，他执意尽地主之谊。他也只是第二回来这。第一次是几十年前的事了。他充当司机向导兼出纳，俨然我是贵宾。我内心十分感激。

想起第一次遇到他，是在2011年的秋天，也是在河北，那次是爬金山岭长城时，他得知我来自遥远的湖南，很开心地对我说:“我们是老乡啊！我也是湖南人，平江的，如今在北京生活几十年了。”那时，他教过我一些摄影的技巧，也为我拍了几张照片发给我。

我此次也是第二次见到他。我平生到过的河北的两大景点，都有他的出现。忘年之缘，同乡之谊，教诲之恩，值得一记。

想起在浪迹天涯、风雨兼程的路上，有知遇之恩或指引帮助的朋友以及陌生人不可胜数，我心头就像流淌着一条温暖的小溪。

古丘空锁龙凤影

“形胜地，兴亡处。览遗踪，胜读史书言语。”古人这样认为，确实很有道理。

千年往事，几度东风？盛衰荣辱，一声长叹。

烟云寂寥的清东陵，正是这样一个令人惆怅的地方。

作为景区，此处已向中外游客开放将近四十年了。这里是我国现存规模最宏大、体系最完整、布局最得体的帝王陵墓建筑群。

由于距离北京一百多公里，这里向来不如明十三陵游客多。然而，正如北宋王安石所言:“世之奇伟、瑰怪、非常之观，常在于险远，而人之所罕至焉。”

对于这片清静之地，我所知甚少。此前只知道它是世界文化遗产，同时还依稀记得国民党第十二军军长孙某曾盗过里边的乾隆、慈禧墓。

或许，我该感谢我的无知，它让我产生了更多的震撼。

在268年的清王朝历程中，这里的两百多座宫殿、牌楼共历时247年才建成。如此浩大的工程，不过是为了安放十五座陵园中的五位帝王（顺治、康熙、乾隆、咸丰、同治）、十五位皇后（孝庄皇后、慈禧太后等）以及一些妃嫔。

择福地而大兴土木，除了彰显皇家气派，或许是为了江山永固。而实际上，真正想庇佑子孙，岂是一块风水宝地就能解决问题的?

当年，清代入关后的第一位皇帝顺治亲自相中这片蕴含诗情画意的土地，美其名曰:“王气葱郁。”身临其境的人们，无论是否懂得风水，都难免会敬佩他的眼光。

这里平川万顷，阔野膏润，绿树笼烟，四季如绣。再加上重峦叠翠，四望如屏，可谓风景如画。

昌瑞山稳居正北，主峰如金字塔状，两侧山脊对称似张开的双臂，像是耸立于天地间的等腰三角形。这是造化之神奇。而人工的巧妙则体现在宽广大气的神道作为中轴线，长达十多公里，正对昌瑞山主峰，如同巨型伞柄撑开一把保护伞。伞下排列如雁阵的则是15座陵园。它们依附在山脚下，如小鸡依附于母鸡的羽翼。

松柏葱茏，掩映着粉墙朱瓦，乍看如故宫的翻版。各色建筑，富丽华贵，像开屏的孔雀，多彩炫目。巍峨的方城明楼遮掩着巨大的宝顶（坟丘），仿佛这里只是他们的别墅，而不是阴郁的陵园。

整个景区气势不凡并且显得格外辽阔。我借力于景区的车辆转悠了一天，也只到了康熙景陵、乾隆裕陵、香妃陵园、慈禧定东陵四处而已。

三月的阳光那般明艳，步入乾隆地宫时，依然有一种潜入海底的恐慌。尽管这九券四门、进深达 54 米的地宫，各色雕刻令人惊叹，却依然如海底的沉船，处处渗透着阴郁与沧桑。这位曾六下江南、作过四万多首烂诗的天子，何曾想过有一天会尸骨无存，地宫大开，仅供游客窥望?

慈禧的地宫不如乾隆的气派，她却善于在地面建筑上做文章。隆恩殿里金光照眼，名木横陈。根据她的懿旨，殿外的浮雕特意设计成凤在龙上，野心勃勃，明目张胆。她有着相当于武则天的权势，却无武则天的作为，她成功地将清王朝的列车翻到太平洋去。

康熙地宫并未对外开放，倒也落得清静。宫殿规整，暖色耀眼，仿佛他在闭关清修。事实上，除顺治的孝陵之外，其余的 14 座陵园在民国时期早已被盗空。几百年的兴衰浮沉，早已沧海桑田，云烟过眼。这一切，不过像陪伴了乾隆爷几十年的和珅在狱中题写的那一句“百年原是梦”罢了。

当年不可一世的人物，所谓“天子一怒，则伏尸百万，流血千里”。如今，站在后人的角度，一个王朝不过如同大海上的纸船一般渺小。在一片汪洋之中，当年的帝王也不过是其中的水滴而已。

相比之下，整个东陵最美且最富于生机的倒是景区入口处的龙门湖了。

盈盈碧波之上，青山横卧。粼粼细浪之间，长堤环绕。迷蒙处，水天一色。柔光里，弱柳生风。万千风韵，胜似江南。

岁月换新篇，万物有喜色。虽念天地悠悠，不必怅然涕下矣！

金山岭随想

云涛吞吐，边塞霜清。不见戈戟，再无狼烟。纵横天际的长城等待着我，在每一个清晨或黄昏。

为了响应长城的呼唤，2011 年初秋，我搭乘北京西直门外的客车，怀着攀登野长城的夙愿，奔向河北承德市滦平县的金山岭。

到达金山岭长城脚下时，正碰上一对新人在景区标志处合影。他们从远处赶来，特意在此地举行婚宴，好让长城见证他们的爱情。

在孟姜女哭长城的故事里，生离死别的悲欢早已成了遥远的云烟。而今，长城摇身一变居然成为“证婚人”，真有意思。

穿过第一个入口处的台楼，气势磅礴的明代长城赫然在目，令人震惊。

资料记载，金山岭长城始建于明洪武元年（公元 1368 年），为大将徐达主持修建。在隆庆元年（公元 1567 年）由抗倭名将蓟镇总兵官戚继光在徐达所建长城的基础上负责续建、改建。它全长 10.5 公里，西起著名的关口古北口，东至高耸入云的望京楼，沿线设有关隘 5 处，敌楼 67 座，烽燧 3 座。因其视野开阔，敌楼密集，景观奇特，建筑艺术精美，军事防御体系健全而著称于世，素有“万里长城，金山独秀”之美誉。

整段长城按照戚继光提出的“因地形，用险制塞”的原则，依山设险、凭水置塞，起伏跌宕于奇峰峻岭之间，高下相间，突兀参差，雄城起伏似钢墙铁壁，敌楼林立如甲兵护卫。当年为了修筑这段长城，动用了从山东、宁夏、河北、北京、江西等各地调来的各路军、各兵种，并有统一的标准、明确的分工、严格的质量检查，这才有了这样堪称奇迹的浩大工程。

在这雄伟肃穆的长城上，我仿佛看到了自己的前世。

这地方，我第一次来，可是，我像生生世世守护过它一样眷恋着它。

我想，我应该曾是长城上的小卒，被派到此地来凿石砌砖。

烈日下，我弓着腰在这里流汗；风雨里，我在烽火台上站岗。月亮升起来时，我听着对面台楼传来的笛声，思念着故乡的温柔；大雪纷飞时节，我在被窝里捂住自己的咳嗽；在被冻醒的早晨，我梦见母亲在灶火里煨着香喷喷的红薯，梦见孩子的笑脸像风筝一样在天空中飘远。

我曾一次次在这锁链似的长城上，眺望家乡的方向，眼睁睁地看着头顶的青丝染上了白霜，而我健壮的臂膀也老成枯黄的枝干。最后，在某次烽火升起时，在刀光剑影中，我背靠着墙体倒下，眼中夕阳如血，来不及道别。

几百年过去，我又托生于世，换了名姓，换了面容，故地重游。雄关依旧傲骨铮铮，只是再也看不见当年的将士们。

“鬼气苍黄棘叶红，昔时人血此时风。相怜极目无疆地，曾落将军一阵中。”唐代诗僧贯休描绘的古战场，仿佛能道出长城的悲壮。

红尘纷争，生灵涂炭，本是山峦奇秀处，白骨相撑抛荒谷。所幸，时至今日，万里壁垒无用处，只供游人空怀古。真好！百姓望太平、百姓享太平。这是几千年来长城的心愿吧！

走在城墙上，走过了精巧规整的一段，渐渐走向破败荒凉的一段，人们用“将破就破”的原则来维护这里的原貌，让我能清晰地辨别岁月的侵蚀，我仿佛来到了金字塔，又仿佛看到了古希腊的神庙以及古罗马的斗兽场，时空早已虚化，唯一没有虚化的是内心的膜拜。

古老是一种力量，古老也是一种底气。峥嵘岁月，虽已远去，可是总有些遗迹让它们无比清晰。

在当年的墙台上，如今已青草离离，野花寂寂。在暮色中，在晨霭里，轻烟笼罩着层层叠叠的山。层层叠叠的故事，随着脚步声在山岭间、在天地间回响。

沉醉山西

平遥与丽江

在到达这两处名扬中外的古城之前，我以为我和大多数人一样会更喜欢丽江。因为我内心除了有对小桥流水的依恋，还有对徐霞客与木府之间的情谊的羡慕。

可是，等真正到过后，我才发现和我预想的不一样。

我喜欢丽江随处可见的繁花，喜欢它周边的雪山与湖泊。可丽江古城太像丽江“新城”了。我很难从那一座座看上去新崭崭的木屋中嗅到古老的气息。相反，我对平遥期望不高，可是它却处处让我感到惊艳。

丽江让人喜欢的更多地在于某些细节。平遥则是整体风格都让我很喜欢。

在平遥不仅让人看到晋商会做生意的一面，更能看到中原人会生活的一面。无论是完好的城墙、县衙、票号、镖局，还是低调内敛的店铺，总让人想到岁月安详美好。

丽江的铺面似乎有一股咄咄逼人的味道，平遥同样有各色店铺，基本上是很佛系的感觉。这里的游客数量远不如丽江，但旅游体验绝不逊色于各地的名胜。

相对而言，平遥更像是一个过日子的地方。它不仅有深邃的历史感，还有浓浓的尘世情调。

丽江的粉丝估计更年轻一些，而人到中年或者老年，可能会日渐偏爱平遥。

我个人觉得，丽江像一杯花茶，盛在玻璃杯中，清香扑鼻，悦目赏心。平遥像是绿茶，需要用紫砂壶细品，茶色清透，润泽心田，更难得的是回甘绵长。

丽江有一份少数民族的优雅，平遥有一份扛鼎的气概与力量；丽江有一份天空的飘逸，平遥有一份大地的厚重。

丽江历史上曾多次遭遇过火灾，就像涅槃重生的凤凰。而平遥也是命运多舛。它始建于西周宣王时期，在明清时期达到鼎盛。当年全国总共有 50 多家票号（相当于银行），其中有 22 家开在平遥。城中的明清街是十九世纪亚洲的“华尔街”，是赫赫有名的中国金融中心。据说，连慈禧太后与光绪皇帝都曾向城中的晋商借银两。

后来，平遥古城得以保存却是因为它的衰落。当时，全国一些富裕的地方都纷纷拆除旧城改建新城时，它却无力旧貌换新颜。最后在同济大学阮仪三教授的呼吁下才救了古城一命，才免受推土机霸气的碾轧。

因此，它更像是九死一生的猛虎，它既是一座奇迹之城，也是华夏大地的绝美之城。

曾经读过这样一个故事，在一场拍卖会上，拍卖者拿出一对玉瓶，说它们是世间仅存的某一时期的珍品，都是无价之宝。可是，就在他说话间，他却故意摔碎了其中一只玉瓶。在大家惊愕不已时，他淡定地说：“现在剩下的这只玉瓶就是世间唯一的了，请在座的各位开个价吧？”

当初读这个故事时，虽不相信实有其事，但读到摔瓶一节，我也像台下的人一样惊讶。当我来到平遥时，却不由得想起这个故事来。

历史就像那位无情的拍卖家。他像摔瓶一样，用时间的大锤砸碎了无数的古城，难道只为成全平遥的独一无二？难道只是为了说出那句台词：“各位看客，现在你们开个价吧！”

醒着做梦的小伙计

民宿老板骑着电驴到城门外接我。当年，陆游细雨骑驴入剑门，而今我也骑驴入平遥。夜色中，城门门洞的风有些特别。我知道，那是因为平遥已经等了我两千七百年。

来到住处，只见方方整整的院子，两层青砖瓦房，中空的天井部分，垂挂着红灯笼，垂挂着喜庆的风。

房间分两种，一种是掌柜住的，一种是伙计住的。

“你住掌柜房，还是住伙计房？”老板问。

我看了看房间，挺满意的，就选了便宜的伙计房。当然，我的满意主要因为里面有土炕啊！我开心得就像上辈子住过土炕似的。

放下行李，连掌柜房是什么样子都懒得去看，就在城隍庙附近的小店里找了碗面，香喷喷地吃起来。

“小伙计”要开始逛街了。闲杂人等统统回避。果然，街巷空寂，满大街的灯笼东一盏西一盏在石板路上照出一片亮影。

店铺里充满暖意融融且古香古色的灯光，街面上除了我，却只有风。

好感动。那么多灯亮着，那么多店开着，那么多街道纵横着，都像是为我一个人而演出。我的心里满是掌声。

1997 年 12 月 6 日，联合国教科文组织世界遗产委员会将这座古城列入《世界遗产名录》，对它的评价是：“平遥古城是中国汉民族城市在明清时期的杰出范例，平遥古城保留了其所有特征，而且在中国历史的发展中为人们展示了一幅非同寻常的文化、社会、经济发展的完整画卷。”

这些虽属于官方语言，但确实是名副其实的。

尤其是在夜里，突然闯进这画卷中，感觉自己从出生那一刻起，一直在寻找这样一个地方，费尽千辛万苦终于找到了。

那么多严肃的屋檐下，绵延着数不清的明清风格的中原建筑。有时，即便是在一个小小的包子铺，热腾腾的水蒸气向街面升起，被红灯笼与白炽灯染成一片绿色的云雾，油画般的质感，仙境般地撩人。

我想，将来若有空，至少要在这样的环境生活一个月或无数个月，才对得起自己对它的情有独钟。

东弯西绕，我已走出今生，此刻，是轮回中哪一世，已不再重要。重要的是我爱我的城，我在我的城。

我的怀古之心在街面上也投射出一片朦胧的灯影。

到了本该最热闹的金井市楼，人影依旧阑珊，却听见一阵歌声。原来就在平遥古城的标志性建筑金井市楼的脚下，有一小“咖吧”，店名是“被遗忘的角落”，店如其名，真像是被人遗忘似的。里面除了老板与两位民谣歌手，没有别的客人。

我推门而入，被当作贵客。聊了一阵，两位歌手说起自己的故事，将好听的歌曲赠予听歌的我。

一碟爆米花，无须配酒，配上那么动人的歌声足以将我灌醉。我曾经最羡慕带着自己的歌声走遍天涯的人。如今，坐在台下，面对自己最想演的角色，真是无限感慨。

人们常常叹息时光无法倒流。可是，在平遥的夜色里，这种叹息纯属多余。时光已经倒流回最好的位置，最美的样子。

即便醒着，也宛若梦中。

看不见的朋友

终究，我还是来迟了一步。古城里，古人都散场了。登场的都是些现代人了。

我先去了几个镖局。武器、练武场、镖车，都依然存在。可我的朋友没在那里，他叫李大，是一个镖师。

他每次出一趟远门，回来喝酒时，酒量就大增。酒席上，他爱讲路上遇到的惊险刺激的事。他说："押镖，就是押自己的命。命好，能回来和弟兄们喝酒。命丑，骨头不知丢在哪个山丘。"

他醉了才会说起某一双忘不了的眼睛或某一片难忘的月光。他常常好像故意醉了似的。

我在镖局拿起一个狼牙棒瞎舞了一回。没看见他，我就离开了。

我接着又去了几家票号。我有个朋友在著名的日升昌票号当伙计，绰号胡二。他最羡慕的就是他们胡经理。

我去看了看他们股东给经理设计的院子，也像我朋友一样羡慕起来。

平遥是一座票号城。票号文化影响深远。日升昌有"汇通天下"的美誉。光绪三十二年（公元 1906 年），在日升昌所属的 35 个分号中，仅其中的 14 个分号的统计，全年汇出汇入的款项就达到 3222 万两。

别看我朋友只是个小伙计，穿着打扮有模有样。其实依我看，他是在刻意模仿他们胡经理的做派，我们高兴时，常叫他财神老弟。嘲弄他时，就叫他胡二，意思是第二个胡经理。他并不生气。

一般我们高兴时，是指他主动做东请客时。世人常贬低酒肉朋友，他却常说，吃饭能增进人们的感情，何乐不为？我们最欣赏他这一点。他有时也会有些扬扬得意，说："你知道我们日升昌为什么生意兴隆么？主要是讲信誉。这是大家知道的。依我看，名字起得好也很关键，日升昌，太阳一出就昌盛，所以我们的生意至少要火到太阳爆炸。"

我到过几家票号都没看到他的人影，也许当天休假，他去城楼上练太极去了。

我只好去县衙去找张县令，他也是我朋友。偶尔不忙的时候我们会一起下下棋喝喝茶，他常说，明朝的开国军师刘伯温就是平遥人，就因为喜欢下棋和喝茶才那么有智谋。

有时，他亲自主审案子的时候，我也会在场。他敲惊堂木时很有力度，让我感觉他像钦差或巡抚。他有官威，但对朋友却不讲官架子。

常听他说起亲民堂前的一副对联，他说，他是以这副对联为准则为官的。我虽半信半疑，但确实很喜欢这对子：

"吃百姓之饭穿百姓之衣莫道百姓可欺自己也是百姓；

得一官不荣失一官不辱勿说一官无用地方全靠一官。"

我想，要是为官的多以此自省，自然也不至于差到哪里去。

偌大的县衙里，找来找去，也没看到他在忙什么。兴许是下到乡间去体察民情了吧。

我到城隍庙与城墙上转了转，我的几个唱戏的朋友以及在城楼上执勤的朋友也都不在那边。

我特意赶到城外的双林寺与镇国寺，我的朋友是民间的木匠兼画师杨五。那些栩栩如生、令人叹为观止的彩塑杰作，有的就是出自他的匠心设计。他是我最佩服的人，名气虽不大，却能耐了得，我想，那些传世之作最终能从时间的魔掌中逃脱，具有永恒的艺术魅力。

终究，我还是来迟了一步。在某一刹那，我突然醒悟，我的朋友们再也无法回到我站立的地方。

他们留下了整座古城赠送给我，也赠送给每一个走进古城的人。

我看不见他们。我相信他们能看见我。他们都已作古，而我依旧活着，幸福而惆怅地活着。

尝醋记

一年之后，我去壶口瀑布时，从陕西眺望过黄河对岸的山西大地。而平遥带给我的，几乎是我个人全部的山西记忆。

我曾想过，至少再去去云岗石窟、五台山、太行山，才好意思说自己到过山西。可是，毕竟缘薄福浅，我竟没有停留的时间与理由。

记得当初在平遥古城时，在摩的司机的盛情推荐下，我曾到过一家酿酒坊。里面的陈年佳酿，都装在古香古色的陶瓷大缸中。我略微尝了尝，那种酒香，那份刚中带柔的清冽口感，格外令我难忘。

不过，比起美酒，最让我意想不到的是那些醋。

我的向导说："在平遥，基本上只要会酿酒的作坊都会酿醋。"

说完，他还执意让我尝尝醋的味道。

我心想，不就是醋么？有什么好尝的？

我的家乡也产醋。产醋的村子在潇水河的浮桥之南，便称为水南。水南醋属于白醋。看上去跟白开水或白酒一样，基本上只有一股纯粹的酸味。

我没想到，山西的醋简直不像醋，尝到嘴里，首先有一股香味扑鼻而来。醋中像是含着很有内容的东西，那应该是五谷杂粮的某种沉淀，那滋味让舌头感觉受到一份宠爱或尊重。

原来醋也这么好喝！我真算开了“味界”。

因此，每当我想到山西还有那么多地方没去过时，我的心底其实是有一股浓浓的醋意的。不过，我想，即便是醋意，也应该是那种香甜的、丝滑爽口的醋意吧！

幸运内蒙古

抵达梦境

火车其实也是一条河。

此刻，这条从长春流向呼伦贝尔的河流已流淌了二十多个小时。

大地呈现在火车的两岸，随着火车的流淌大地也在流淌，一浪高过一浪，一浪刷新一浪。一片片草地在金色的阳光下互相追逐。画面中时常有牛羊闯入。

五月初，草原的色泽是多么梦幻啊！

乍看之下，草已是绿的了。可是，再仔细一看，你就会疑惑起来。那绿色的光芒并不纯粹，倒像是地上冒出来的一层朦胧的绿色绒毛。还有不少冬天的枯草舍不得退休，这就为绿毯上融合了一种鹅黄的色调。

枯草本是生命衰败的象征，此刻，它们置身于春天的草芽之间，在嫩叶细碎的摩擦声中，仿佛自己重新焕发了青春。

江南早已是初夏时节，这里却依然是早春的娇嫩模样。

大地好像还在和春风商量，商量着怎样让衰草让让路，让给青青的草，让给五色的花，让出一个繁花似锦的呼伦贝尔。

这种商量是一场浪漫的等待。何必着急呢？草原终将被涂抹成绿色的水彩画。到那时，多少疲惫而沮丧的心灵也将被辽阔无边的草原熨平。

这一路来，我曾听到不少内蒙古人惋惜地对我说：“现在不是草原最美的时候。”

我知道，他们所谓的最美，是草原大绿大红的时候。

他们并不知道，我恰恰喜欢这蕴含着无限潜力的初春的草原。游人太多的话，风景不再清澈。恰恰是草色若有若无，更胜过烟柳满皇都。

呼伦贝尔总算到了。蓝得没有一丝杂质的天空下，火车站那宫殿风格的建筑演绎着蒙古包穹庐的圣洁，那便是我即将靠岸的港湾。

我终于抵达最美的梦境之中了。

额尔古纳的阳光

在不同时辰，阳光有着不同的脾气。

清晨的阳光，像母亲悄悄忙碌，为我们准备好可口的饭菜；正午的阳光像铁匠烧红炉子，把人当铁打；黄昏的阳光像朋友倾诉心事，又挥手道别。

此刻，额尔古纳的阳光正照耀在我的脸上，虽临近晌午，阳光却相当稚嫩。我呢，正优哉游哉地游走在这座小城的湿地公园的山坡上。

额尔古纳是一座十分艳丽的小城，街道耿直，建筑很欧式，因为离俄罗斯不远。街面的店铺里，有时传来蒙古民歌《诺恩吉雅》的歌声，如泣如诉，感人至深。

根据当地人的推荐，我来到这湿地公园的山坡上，俯瞰着整座静谧的城市。鳞次栉比的房顶，绚丽多彩的色泽，在晴光妩媚的天幕下分外妖娆。

与小城一山之隔，便是根河湿地。原野茫茫衔接着天际的山丘，一条瓦蓝瓦蓝的河流任性地如巨龙般甩动着身子。河畔，丛林斑斓，芳草羞涩，枯草嚣张，大地似乎还不太听从春姑娘的使唤。

山坡上，还有一两处成堆的积雪，如受伤的白鲸。

阳光却是格外地温柔，像金色的天使。

有那么片刻，我隐隐约约地感觉到这或许是我遇见过的最好的阳光吧。

就像在沐浴时我们能选择最舒适的水温。此刻，我对上天为我调好的阳光的温度相当满意。

好风如水，好的阳光就像蒙古长调，能激起内心的无限柔情。

偌大的公园里，我只遇到过六个游客的身影，分别来自湖南、浙江、广东三个南方的省份。或许，北方的可爱，南方人更懂。

这片天地，如此孤寂又如此豁达，如此明朗又如此宁静。我就像山坡上盛开的野花，只想在阳光下继续做我的梦。

在澄澈的空气中，阳光清纯活泼，随风荡漾。它们在蓝色的河面上拨动琴弦，它们在白桦树的脸上抹上防晒霜，它们也在我的心中轻声歌唱。

从呼伦贝尔市区到额尔古纳的客车为我呈现了两个多小时的流动的草原，就像没有配乐的风景大片。而待在湿地公园的这个上午，阳光已将最美的音符都无声地演绎在我的心间。

日落时分

日落之时，是天空与大地恋爱之时。

它们的爱恋缠绵悱恻，荡气回肠。天空用自己的光芒拥抱着大地，大地的脸颊笼罩着幸福光芒。

世间的喧嚣，在这样的时刻会变得静寂，会被这份地老天荒的深情所感染。

我曾看过家乡的日落。最美是小河上空霞光满天，河面上涌动着看得见却摸不着的种种色彩。这时，跃入水中，就像扯碎万匹锦缎，溅起的每一朵水花里，都印着夕阳的飞吻。

我曾在台湾高雄西子湾看过海上的日落，茫茫水天，上下绯红，夕阳灼灼，余晖脉脉含情，远处的巨轮出没于霞国，唯有屹立的灯塔，企图挽留太阳当灯芯，继续照彻夜间的波涛。

我曾在飞机上看过日落，落日如弹丸，云海铺陈如手掌。机翼横掠，落日齐飞，令人惊诧。

可是，这一切的一切，与在黑山头边境看到的日落相比，还是逊色不少。

五月初的下午，我几乎是黑山头梁西村唯一的游客，偌大的草原似乎只为我一人铺开。那时，我其实并不知道，在元代，黑山头曾是成吉思汗的大弟的宫殿所在地。

草海无涯，天空如此阔达。

轻云微抹，夕照柔媚羞怯。

万物同辉，牛羊静立，界河低绕，小丘将大地的曲线演绎得如此抒情。

国有界，光无别。地面上的中国草与俄罗斯草都讲述着同一种语言。地面上的中国树与俄罗斯树，都将手臂伸向天空的方向，比肩而立。

这里的一切，都在告诉我同样一句话，天空没有边境，大地彼此相融，天空与大地的孩子们，也应该互敬互爱如一家。

古往今来，多少人为旭日初升而振奋，为如血残阳而悲泣。所谓“夕阳西下，断肠人在天涯”。

实际上，人自断肠，与夕阳何干？

在每一个真正懂得夕阳的人眼里，落日比旭日更励志。

旭日如襁褓之中的婴儿，粉嫩可爱。只有夕阳才是真正成熟的大力士。他的勇力与不屈，他的执着与信仰都是可歌可泣的。

来到草原，似乎就是为了看一场天空与大地的爱情电影。其中，最感人的片段，正是在日落时分。

小插曲

吃饭吃出一场风波，或者说吃饭吃出一段小插曲，我没想到。

还在黑山头口岸看日落时，司机兼向导小赵接到电话，说他妈妈叫我们回去吃饭了。

他母亲姓李，我叫她李阿姨，是我在梁西村认识的第一个女主人。

那时，我正盲目地在村中瞎转悠。路过她家门口，在为女儿看店的李阿姨问我：

“喝牛奶吗？现挤现煮的牛奶。”

我本想回答说：“不，不需要。我才来这不久，只想先逛逛。”

可是，看着她阳光下慈祥的笑容，还有那类似我母亲的年纪，这话说不出口。

我便问她牛奶多少钱，她说只要十元。

我们就这样相识了。

我常常想，世界是属于主动的人的。她主动打一声招呼，我从喝牛奶、买零食到认识他们全家人，再到租她儿子的车游逛，一直到在她家吃晚餐，这一系列的事才得以发生。

她为我打开了一个小小的世界。

她丈夫是俄罗斯族，牛高马大，洋气的五官，花白的短须，地道的普通话，还有个很接地气的名字。

李阿姨是在山东长大的。她有个姑姑嫁到这边，十几岁时她同奶奶来到这里。后来，她也嫁在这片天空下，偶尔才回一趟山东老家。得知我祖籍山东青州，她像家乡来了乡亲一样热忱待我。

赵叔打开栅栏的门，牛马羊都像为我讲童话似的，可爱极了。

他亲手挤的奶，李阿姨煮过滤过，热气腾腾地为我端来。我加上点糖，鲜香扑鼻，心里甜甜的、暖暖的。

李阿姨看着我喝，像看着自己很久没回家的孩子，目光和煦，慈爱无边。听着我的夸赞，看着我的馋相。她的目光亮了，像受了老师表扬的小学生。

她的儿女都已成家立业，儿子比我略小几岁，是中朝边境的退役军人，在他乡谋生，最近回家准备在院里盖几个蒙古包，为游客准备些游乐项目。女儿也在村里开着小超市。

他们今天都去额尔古纳购买盖蒙古包的材料了。

李阿姨说，等她儿子回来，我可坐他的车去骑骑马，看看边境。

他们都是很友善的人，价钱也迁就着我。我们出发游逛前，我对李阿姨说：“我能不能在你家吃晚饭呢？”我表示到时略表心意。

她也很爽快地答应了。

晚餐有草原风味，有烙饼，无米饭。几样下酒菜也颇用心。

还有一位村里的老人，也在家中一同饮酒。他好酒却不胜酒力，恰恰类似于陶渊明所谓的“好读书，却不求甚解”，十分有趣。

风波是因为桌上的一盘猪肚引起的。

小赵进屋坐下，见了猪肚，说：“这是专门给妹妹买的，怎么也拿来煮了？”

北方人多耿直，有啥说啥，不避外客。

两位老人都没怎么搭理他的介意，只是劝我多吃，不要拘束。

大约是要去忙碌，也许真有些气恼，小赵吃了几口，便摔门而去。关门的声音有些响，大约因为风大。

赵叔一边劝酒，边对我说：“不要理会，这个家是我说了算。”

这话暖暖的。

这样坐在他家的小屋里，对于举目无亲的我来说，真有一种回家的感觉。

这餐饭，虽有些尴尬，却更多的是温暖。

小赵或许并非仅仅针对我，而是真切地关爱他的妹妹。这令我感动。

而老两口，对我的疼爱也是显而易见的。

或许，他们的代沟在于在小赵眼里我是游客；在赵叔与李阿姨看来，我是稀客。别看一字之差，暖心的程度却是有差别的。

他们的关爱，就像纯净的草原，就像额尔古纳的河水。

夜色中，辞别时，我握着赵叔温暖的大手，与李阿姨轻轻地拥抱了一下。

李阿姨似乎有拭泪的动作。我的眼睛里也满含泪光。

草原上可敬的母亲与相隔天涯躬身劳作的我的母亲，又有什么差别呢？这一别，何日再见，都是未知的，只有各自珍重。

记得李阿姨在拿着奶瓶喂着小羊时问过我每个月多少工资。

我回答说："很少，三千多一点。"

她说："挺不错的。我卖牛奶卖一个冬天，也才三千多呢！"

我佩服她的算法。

我知道，在这苦寒之地，冬天是漫长的。我还知道，在她与很多草原人心里都住着一个春天。

草原之夜

西方有这样一句谚语：把幸运的人丢到河里，他都能口衔宝物而归。

在内蒙古，我就是那个幸运的人。旺季时，好几百大洋的房间，五月里，只要几十元便能住到。老板一家以开超市为主，也有少量的客房。他的家在村口有岔路、有小广场的地方。

我放好行囊，便出门看夜空闪烁的星星。

草原之夜，无聊的好时光，正不知如何打发，听见斜对面的饭店里传来澎湃而动感的音乐，还有欢声笑语。我便不由得被吸引过去。

走进去一看，明亮的灯光下宽敞的客厅里有不少人在跳着交谊舞。他们都是些普通村民，也可以说是牧民，平均年龄可能比我还大十岁。在神州大地流行广场舞时，这些看似粗犷的牧民却跳起时髦新潮的交谊舞，让我感觉很新鲜。

进门便是客，相识三分亲。

我这个陌生人很快在他们热情似火的舞蹈氛围中变得不再陌生。

大家打开啤酒，亲切地邀我一起举着瓶子开喝。

原来这里的十多个人大多是女主人的亲戚。他们纷纷向我作自我介绍。除了说自己与某某是什么亲戚，也说自己是哪个民族。满族、俄罗斯族、蒙古族，都有。我作为唯一的汉族代表，感觉自己倒成了少数民族。

几位大姐不仅舞跳得好，唱起歌来声音也像百灵鸟似的。我看墙上挂着“巴斯克节”的字样，便询问她们，她们告诉我说，这是俄罗斯族一年中最隆重、最热闹的节日，“巴斯克节”即复活节，大约在每年的 4 月末，节期为一星期。在 2010 年 5 月 18 日，额尔古纳市申报的“俄罗斯族巴斯克节”被列入我国民俗项目类别的非物质文化遗产。

几位男士，尤其是一喝酒就脸红的王大哥，跳得活跃而俏皮。我酒量不好，可这是喝得最痛快的酒。我不会跳舞，可一旦加入他们的队伍，就跳得不亦乐乎。我从没想过，一个人与大家一道疯疯闹闹地手舞足蹈是那么快乐。

我这样一个突然闯入的“流浪汉”与大家一起“民族大联欢”，真是感觉无比幸福。

你若问我舞蹈的定义，或许，我只能告诉你，舞蹈就是快乐，快乐就是舞蹈。

我记得舞会的中途，我被房东叫回去处理点琐事。当我返回饭店时，全场用热情的掌声欢迎着我的到来。

我这样一个平凡无奇的人受到那样发自内心的鼓掌，感觉到一种从未有过的心情。

我与他们非亲非故，也并不为此增加任何开销，只是偶然的缘分让我们相聚在一起，大家便如此厚待我，真是难忘。

众人拾柴火焰高。每个人都乐意把内心的喜悦释放出来。于是，快乐便如同熊熊燃烧的篝火，照得大家心里亮堂堂的。

夜深了。大家离开饭店时，一位大姐清唱着《红莓花儿开》，歌声在夜色中弥散开来。大家与我亲切地握手，互道晚安。

他们都是草原上旅游行业的经营者，最忙碌的季节还早着呢！他们像十多个老师一样，只教我这样一个学生。他们用淳朴与善良呵护着我在异乡的惆怅，我将永远铭记这样一个夜晚。

记得赵叔在用三轮电动车送那醉酒的老汉，也特意送我到旅店时说：“别看现在白天太阳挺大的。每天天亮时，地面照样会结一层霜。”

第二天一早，当阳光为我送别时，我发现地面并没有一丝寒霜！

浮光掠影

这是真正踏上内蒙古的土地的第三天，我不得不承认这一天过得相当粗糙。

从早上七点离开黑山头镇到夜里九点到达包头市，我赶了三千公里的路程，纵横大半个内蒙古，并且在呼和浩特逛过它的三大景点：博物馆、大昭寺、伊斯兰风情街。

若不是亲身经历，我几乎很难想象一天中可以做那么多的事情。

要表述这一天的奔波，无疑显得冗长而拖沓。我只罗列这一天使用过的交通工具你就明白了：客车、飞机、公交、的士、高铁、摩托等，除了没坐轮船与火箭，其他的在这一天里几乎都体验过了。

知道的说我是游客，不知道的，还以为我是交通工具测试员呢！

托淡季的福，从海拉尔到呼和浩特的机票，才两百多。比起旺季上千元的票价，这价格太感人了。

仿佛在梦里翱翔于天际，站在上帝的视角俯瞰内蒙古的大地，原本感觉这样很有诗意。可是，那大片大片的沙漠不由得灼伤了我的眼睛。

黄沙万里，大漠茫茫，天空没有一丝云彩。这一切，入眼痛心。钱锺书在《围城》中写道：对于面目丑陋的人，细看，是一种惩罚。在飞行过程中，最爱凝视窗外的我，不由得常常收敛起自己的目光。我怕我的注视，对于这风沙统治的大地是一种侮辱。

我不由得想念起无数骏马、无数草芽的呼伦贝尔来了。

只有快到呼和浩特时，天空才悬浮着几朵单薄的白云。飞机从薄云边掠过，梦幻似的。那一刻，我才觉得有云的天空竟是那样可爱。

正是由于俯瞰过无边的瀚海，我踏上呼和浩特的土地顿时感觉这城市竟像是一个奇迹。那些人，那些树，那些楼，多普通的城市场景，在我心中却感觉无比地亲近。那些飘逸的、看不懂的蒙古文字，都像在翩翩起舞似的迎接着我。

大昭寺的肃穆与博物馆的霸气也令人感慨。看到小巧的战国时期的匈奴王冠，令人遐想联翩。见到信徒在向禅师求教人生困惑，令人感慨满怀。这座草原的心脏之城，虽是浮光掠影，却已是万千风情。

由于时间关系，离得不远的昭君的青冢，没有去拜谒。千年前，令人肠断的塞外，而今与内地的繁华相差无几。斯人若在，不知作何感想？楚地的弱女子，汉家的小棋子，自愿也罢，无奈也罢，千秋之下也只剩夕阳照圆的那一圈芳草了。唯有那令人动容的家国情怀，才是历久弥新的千古佳话。

有鹿之地

内蒙古的城市，大多很漂亮，有一种不鸣则已一鸣惊人的风范。包头也是如此。

虽说是全国闻名的工业城市，却有着世上最大的城中草原。这草原如一轮圆月，为这座阳刚之城添了几许诗意。

早听人说，包头原名包克图，蒙古语中是“有鹿的地方”，可见这片土地在天真烂漫的童年时代，一定是水草丰美、繁花铺锦的地方。

原本，我的行程安排中并没有这座城池。

能来这儿，都是靠张女士的成全。她是大学教授，比我略大几岁，戴着眼镜，严谨斯文，知性优雅。作为内蒙古人，她对家乡充满热爱，得知我开启内蒙古之行，她热心地替我出谋划策，希望我能更多地了解蒙古高原。

我们是在 2017 年国庆假期认识的。在从敦煌到嘉峪关的客车上，我的位置刚好在她与她儿子旁边。那时，她带着五岁的儿子要去西昌航天城看看。

而今，为了尽东道之谊，她开车带我到城中草原游览，我离开包头时，也是她叫的士直接将我送到鄂尔多斯的响沙湾。

尽管如此无微不至，她还是生怕怠慢了我。比如，我们原本要在城中草原的大蒙古包里用餐，可是那天不巧，刚好一对新人举办婚礼将那里包场了。我由于行程匆忙，没吃午饭便赶往响沙湾，这原本是她的盛情，她却觉得像亏欠着我一样。

那天正是周六，天气晴和，城中草原豪迈大气，春天的气息扑面而来。

在一个小湖边的林地间，我遇到了一群小鹿。

暖阳照着它们那绣着斑纹的金黄的花衣裳。它们在草地上相互追逐、相互打闹，甚至动气争斗。它们在树荫下，在积水处舞蹈与游戏。所有游客，都可以零距离地接触到它们。

它们大大咧咧、自由奔放地穿梭在人们的目光间。还有什么比看到这些梅花鹿更能激发人们对自由的向往呢？

我相信，所有的鹿都有翅膀，它们之所以隐去双翼是因为眷恋人间。它们忘了自己是精灵，它们原谅人类的自私与无情，陪着人们共同生活在这个世界上。

有鹿的地方，真像是仙境啊！

事实上，就在此前不久，我在台湾南部的一个鹿苑里看过梅花鹿。

在那并不开阔的场地间，黄土疙瘩上有几株看上去像要虚脱的树。里面的鹿，有种坐卧不宁的感觉，时不时有游客用芒草或胡萝卜诱惑着它们，它们像是丧失了游戏的天性，看上去令人同情。

没想到在包头能看到这么多怡然自得的精灵，真开心！

一个美好的世界，不应只顾及人类的幸福，万物平等，都有权利被赋予一种有尊严的生活。这些潇洒的小鹿，似乎是这座城市最美的符号与语言。原来这座铁骨铮铮的城市，内心也藏着无限柔情。

大地的心跳

第一次听见大地的心跳，是在响沙湾。它位于鄂尔多斯的库布齐沙漠的东端。

响沙湾曾经是会唱歌的沙漠。据说，全世界只有一百处沙漠能发出类似飞机起降时轰鸣般的声响。响沙湾是其中一处。通常，是在人们从沙漠的坡顶向下滑动时，这种情形才会发生。

随着旅游的发展，游客的增多，各种配套设施的日益完善，响沙湾已成了哑沙湾。当地人在介绍响沙湾的得名时，往往会加上一声叹息。那神情似乎在缅怀一种令人神往的天籁。

风沙默默无语，游客脚步匆匆。木栈道压弯了沙漠的脊梁，行走在沙漠里的小火车替代了沙漠的歌声。

有各类项目让游客尽兴，人们早已不在意是否错过了大自然最深沉的声音。

即便没有那些项目，五月的阳光如温水般清清爽爽地泼洒下来，金沙成山，沙山成海，漫无边际，暖暖地涌起凝固的波浪，看上一眼，万念皆空，唯有陶醉。

尽管我只买了八十元的门票，并没有买那种两百多或四百多的套票。可是，我却经历了一次无比奇妙的旅程，让我感觉是整个内蒙古大地对自己的格外恩宠。

当然，这份幸运不只是属于我，还属于我的朋友们。

我是在爬上一处沙山时，认识了来自包头的金大哥以及他的三位亲友，我们五人一同在山顶上漫步与留影，十分惬意。后来也是免费坐他们的顺风车去达旗客车站赶往鄂尔多斯的。

在我们从那沙山上往回走时，盲目地又攀爬了一两道沙梁。

到了一处七八十米高的沙山顶部，大家都手舞足蹈地滑沙而下。

我才滑下十多米远，就听见他们几位兴奋莫名地在宣告着什么。

“啊！这沙子在响。”

“哎，真的！感觉整个大地在移动。”

“你听，嗡嗡嗡地。”

“啊！我也感觉到了！太神奇了！”

这最后一句是我的尖叫。

我们内心好像有无数的巨浪在翻滚，在澎湃，大家都带着发现金矿的喜气，恨不得向全世界宣告我们的发现。原来，这不仅仅是传说。

我们都像瞬间变成顽童似的，一口气从坡底手脚并用地爬上去，再听号令，一起从上跃下，像坐着滑板冲锋陷阵的勇士，又像跨着骏马征服世界的英雄。

我们再次感受到大地的震动，我们耳边再次响起那低沉而清晰的声音。

那是怎样的一种声音啊！在大地深处，似乎埋藏着千万个空瓮，每个空瓮里都有空气的嘶吼；在历史深处，似乎蒙古大军的十万铁骑正在草原上行军，那战无不胜的足音在沙漠之下回响；在天空深处，似乎有一架直升机轻盈飘逸唱起如歌的行板。那声音低沉却铿锵有力，不断刷新着我们的惊叹与想象。

我们的灵魂像是经历了一次雪崩。我们像是一群“聋子”，在某个奇迹的时刻突然恢复了听觉。那声音就那样拓宽了我们幸福的边界。那一刻，那声音仿佛为我们的耳朵开了光，让我们意识到，我们之前的听觉系统似乎是一片荒芜。

这是大地母亲的心跳声。

奇妙的缘分

相隔八百多年，我与成吉思汗竟然有一种奇妙的缘分。这是我做梦都没想到的。

此事说来话长，我且长话短说。

5 月 6 日，农历三月二十一，十余万名中外民众从四面八方云集鄂尔多斯的伊金霍洛旗，参加了在成吉思汗陵举行的祭祀大典。我是参与其中的十万分之一。

我原本对这一活动一无所知。可是这盛况空前、荡气回肠的仪式，居然与我的行程完全吻合，真是不可思议。

也许冥冥之中自有天意。我感谢上苍的眷顾。

汉语中有“巧妙”一词，“巧”在前“妙”在后，因为“巧”所以“妙”。

我在内蒙古的第一站是呼伦贝尔草原，后来才知道，这里不仅是蒙古族的发祥地，不仅是成吉思汗的远祖的家园，也是他的母亲诃额伦生长的土地，还是他的皇后孛儿帖生长的地方。

我误打误撞去过的额尔古纳黑山头镇，是他的胞弟哈萨尔的古城所在地。

我不清楚自己为何千里纵横埋头赶路。当我聚集在祭祀现场时，我仿佛全明白了。那几乎可以看作天骄圣地的呼唤。

更神奇的是，我本来已经决定不到成吉思汗陵的。尽管这是我来内蒙古前所神往的两大目的地之一。可我得知这个类似成吉思汗衣冠冢的地方，门票竟然高达一百八十元时，我毅然决定放弃了。

我对自己说：心诚最重要。反正我已在蒙古高原溜达了大半圈，况且我对他的崇敬永远不会改变。

这个自幼丧父的蒙古汉子，凭借十万铁骑，开创了一个面积达三千多万平方公里的帝国。像这样的伟人，就像是一个民族的灵魂。

5 月 5 日黄昏，我带着复杂的心情，坐在去鄂尔多斯的客车上，与身边的人打听起成吉思汗陵的情况，打算将来脑补一下画面。不料，坐在我后面隔着好几排座位的一个年轻人高声说：“明天是成吉思汗的祭祀大典，不要一分钱门票。”

于是，我连夜赶到地广人稀、美丽的小城伊金霍洛旗歇息，只为等待这激动人心的仪式。

在那样一个阳光灿烂的日子，看着这个粗犷豪迈、能歌善舞的民族，看着来自内蒙古各地的身着节日盛装的蒙古族人站在自己面前，听着他们的虔诚的吟诵与祈祷，真像是有生以来最开心的一天。

参加完祭祀大典的我，接着便中转陕西，去往宁夏。

在宁夏西夏王陵的博物馆，我更惊讶地看到，这个存在了将近两百年的王国，遭遇灭国之祸的直接原因是成吉思汗是在西征西夏时逝世的。

我这才发现，我前前后后的旅程几乎像是一次为一代天骄的招魂之旅。我途经了他的成长、迎亲之地，途经了他的辉煌之地，也途经了他的大限来临之处。当然，更让我感动的是，我见证了为他守墓的达尔扈特人以及蒙古子民对他永恒的怀念。

这就是“千古一蚁”的我与“千古一帝”的他一种神奇的缘分。

一些内蒙古的朋友在看了我在祭典现场的照片之后，对我说：“你真是太幸运了！我们在内蒙古生活了几十年都没参加过这样的活动。你居然碰巧赶上了。真羡慕你。”

我赞同这份羡慕。我也羡慕自己。

春祭大典

会有歌舞表演么？在赶往成吉思汗祭祀大典现场时，我脑海中还在想着这个问题。

在内蒙古大地看一场歌舞表演，这几乎成了我心中的执念。我觉得，没听过马头琴，没看过蒙古舞，等于没来过内蒙古。这种歌舞情结，是在什么时候潜藏于心的呢？我不知道。

到了成吉思汗陵，我才知道自己想错了。整个仪式那样庄严、隆重、神圣，令人觉得歌舞是肤浅的，只有这样沉稳、严谨的祭祀才是最合适不过的。

这仪式称为“查干苏鲁克大典”，也称“鲜奶祭”，因为在现场要祭洒九十九匹白母马的鲜奶。而“查干苏鲁克”在蒙古语中就是“白色的畜群”。据说，早在 1211 年，成吉思汗本人就在克鲁伦河畔举行过查干苏鲁克大典。后来，忽必烈下旨在成吉思汗陵举行四时祭祀，“春祭”，即查干苏鲁克大典，无疑是最隆重的。而今，这一盛事已绵延了七百多年。

蒙古族是崇拜天空、崇敬祖先的民族。祭祀文化早已成为草原文化的重要组成部分。我作为在人群中踮着脚尖张望的游客，要想描绘出这恢宏的场面，是心有余而力不足的。

我只想说说自己最难忘的一些瞬间。

穿着红色盛装的蒙古族女子在典雅古朴的音乐声中列队敬献蓝色哈达的一幕我错过了。我只见在长长的一列供桌上，摆放着全羊等许多的祭品。两旁青衣卫士，头戴帽饰，威武站着。靠近三个蒙古包似的陵宫的位置是飘扬的旗帜以及白衣的乐手，他们负责击鼓与吹响号角。

我被拥挤的人群挤成“视觉障碍”，可是我的听觉系统却格外地澎湃。

鼓声，号角，把历史唤醒。这是一场主角缺席的戏。可是，那位早已离开的主角，却活在每个人的心底。如果说，古人是今人看不见的根系。那么，一代伟人，是我们共同的心。团结不是一句空话，它必须有所维系。有时，这种维系源于一个伟大的名字便足矣。

我生活在和平的阳光下，这样豪迈的鼓声，这样霸气的号角，几乎是我的耳朵所接收不到的“超声波”，此刻，我却听到了。声音为我打开了一扇大门，声音为我流淌着一条江河，声音为我点燃血液，让灵魂为之沸腾。

很久以后，我才了解到，在现场我曾听过的那两段长长的吟诵，可能是《伊金桑》与《苏勒德桑》。而当时在我听来更像是一段天书。

那陌生的蒙古语，响起在那如此多喉咙里，声音如流水潺潺，绵绵不绝。那吟诵平平稳稳，无须抑扬顿挫，看似不经意却蕴含着无尽的虔诚。

我听不懂，可我相信天空能听懂，大地能听懂，甚至小草都能听懂。

这么多人的吟咏早已超越语言，汇成一个英雄的民族的和声。这鲜活的和声，足以蔑视潦草的历史典籍，让人们更清晰地看到一个曾经辉煌的王朝的背影。

除了这种种“开阔耳界”的声音之外，最令我热泪盈眶的是看着那么多白马同时走过陵宫的面前。

马，注定是草原大地最动人的语言。对我而言，活在马背上的民族，是需要仰望的。这么多圣洁的白马，像白云涌动，像神驹奔走，那气场顿时强悍无比。这是无声的歌，这是无形的舞。见证过的人，都会倍觉幸福。

马群散去，台下的一处神坛上，两匹神马似乎在代替逝去的伟人接受人们的顶礼膜拜。两位牵马的人用金色的缰绳在跪拜的人的头顶为之祈福。

我拜过两回。一为感谢这片大地带给我奇妙、幸运的旅程；一为祝福这片大地上生活着的善良的人们……

灵秀贵州

转折之城

2005 年 5 月初，我从家乡湖南道县到达遵义，用了一天半时间，而在 1934 年 11 月 26 日，中央红军在道县停留五天之后开始进入广西，他们从我的家乡到达遵义所花费的行军时间是四十多天。

从 1934 年 11 月 27 日到 12 月 1 日，五天之间，五万多红军在湘江战役中牺牲。我乘坐的客车经过的桂林兴安县界首镇，当年便是红军抢渡湘江的渡口之一。

客车轻轻松松地从红军桥上开过。当年却有那么多人再也无法过河。“断肠明志”的红 34 师师长陈树湘在道县牺牲时年仅 29 岁。

在革命家陈云同志所写的《随军西行见闻录》中，曾对长征途中的情形作过生动的描绘。

在他的记录中，红军不分晴雨终日行军。湘南百姓沿途烧茶送水招待红军。行军时每过一村一镇男女老幼立于路旁，观者如堵。

“红军来了，我们穷人才有一口饭吃。”这是沿途招募的一个伙夫的心声。这其实也是很多穷苦人的心声。

在过老山界时，他写道："实在太疲倦了，不管地上是湿的是干的，大家横七竖八地倒在地上把被单往身上一盖就睡。人生中再没有比这个时候这个地方睡得舒服的，不到两分钟已经鼻息呼呼地进入睡乡了。"

"睡得舒服"四个字，细想下来真是令人感慨万千。

当部队进入贵州后，他看到贵州居民的贫苦状态超出了他的想象："作庄稼的（农民）冬穿单衣，且无完整者，每人有一件已补缝过千百次的家常衣。小孩则隆冬还是一丝不挂。当我等行军经过时，立于路旁之小孩正在发抖。而居民唯一御冬之法，便是烤火。"

这些文字像镜头一样，让人穿越回那个年代。

从 1934 年 10 月 10 日中央红军开始长征到占领遵义城的 1935 年 1 月初，长征基本上处于失利阶段。

红军不仅面对敌人的围追堵截，就连要去向何方，也成为一个棘手的问题。

原本最初的目的地是湘西。渡过湘江后，听从毛主席的建议才决定向国民党势力相对薄弱的贵州、四川等地行进。

遵义城是黔北的要冲。这也是红军长征以来取得的第一个较大的城市。当地的百姓非但不逃，而且成群结队悬旗欢迎红军。

在 1935 年 1 月 15 日到 17 日，遵义会议在一栋中西合璧的两层砖木结构的建筑里展开。这成为党和军队历史上一个生死攸关的转折点。

原本，毛主席在 1932 年 10 月举行的宁都会议之后就被解除了军事指挥权。在遵义会议上，他被增补为中共中央政治局常委，重新回到了中央领导的岗位上。此次会议形成的决议以及此后的举措，直接改变了当代中国的历史进程，改变了党和军队的命运。

1980年8月，邓小平在会见意大利记者法拉奇时说：“在1935年我们历史上著名的长征中召开的遵义会议上，确立了毛泽东同志在党和军队中的领导地位，中国共产党才真正形成了一个成形的领导，以前的领导都是很不稳定的，而且也是很不成熟的。”

回望着这一段历史，回想着家乡以及周边土地上留下的忠魂，在遵义会议召开后的第七十个年头我在城中漫步或参观时，更多的是感受到一种力量。

这种力量激励着我在神州大地上谱写新的征程。我用脚步在新时代开启另一种意义上的“长征”。这何尝不是受到长征精神的熏陶与感召呢？

经历过惨败的队伍突出重围，最终走向胜利。如今的安定与昌盛，对于向往过这种生活却永远停留在草木山石之间的那些勇士，是最好的告慰。

黔灵山的精灵

人到贵州，则为贵客。贵阳呢？则是迎接贵客的一轮太阳。这是一座暖心之城。

贵阳的公园，水景看观山湖，山景则黔灵山最为著名。

“黔”是贵州的简称，也是古称。早在战国时期，贵州的大部分土地属于楚国的黔中地。秦朝统一后曾在此设立黔中郡。

据说，黔灵山的得名源自弘福寺的一位高僧的夸赞，他认为整个黔中的灵气集于此山。

时至今日，我认为山中最有灵气的是它所庇护的那些动物。

即便是初来乍到，我仍觉得这座山似曾相识。福州的鼓山，长沙的岳麓山，香港的太平山，都有些与之神似的特点。至少，山顶的风与俯瞰满城繁华的心情，都是分外轻盈的。而黔灵山的独特在于它是一千多只猕猴的乐园。

这些猕猴最喜欢待的地方大约是弘福寺附近。

它们的顽皮总让人想起童年的自己。它们有时相互追逐，有时独自呆立。它们往往像温情的一家子，互相挠痒或梳理毛发，在享受阳光的同时享受天伦之乐。

它们最多能活三十年左右，而它们的眼睛自始至终是那样澄澈。它们无须争名逐利，无须在意福禄寿禧。它们喜欢在时光里深深浅浅地待着。

它们直面风雨直面寒暑，在生离死别之间快乐地打盹、认真地出神、亲切地守望。

我想，上天之所以赐予它们的寿命更吝啬，或许因为它们比人类更像神仙。

与游客相比，它们才是山林的主人。

同时，它们也是黔灵山的精灵。它们像是一面面魔镜。它们的好奇与天真就像我们自身的好奇与天真。

动物们往往是大自然的代言人。它们的善恶有一种原始的神秘的成分。它们让我更惦念这片山林。

我第一次见到大熊猫也是在黔灵山。山里的动物园中最受欢迎的地方便是熊猫馆。

馆内的两只熊猫，我只见过昵称为海浜的那只。它颠覆了我对熊猫的印象。我原本以为熊猫是很老实的动物，没想过它那么活泼。

它有七岁了，个子高大，黑白套装略微有点脏。

它爱爬树。我第一次见到那圆滚滚、胖乎乎的动物居然像猴子一样敏捷。它坐在高高的树杈上时，就像要开直升机的勇士。它向下挥动手臂，似乎在叫人们赶快登机准备撤离。

从树上下来，它又开始施展它的拳脚功夫，对着悬挂的轮胎主动开始进攻。有时不慎摔倒，它就顺势而为，就地打滚。那副憨态，那种萌相，令人忍俊不禁。

当它利索地开始啃竹子时，这才与我想象中的样子开始重合。而所有的一切，在我崇拜的目光中，始终像一幕幕喜剧。

国宝不愧为国宝，更不愧为活宝，它为大家带来的是无尽的快乐。

很难想象，没有它们的黔灵山是什么样子的。至少，我爱黔灵山，多半是因为它们。

水帘洞记

公元 1638 年农历四月二十三，风尘仆仆的徐霞客到达黄果树瀑布。瀑布的壮观令他震撼，他留下一段五百字左右的文字令此地蜚声天下。

不过，这段文字里有“可望而不可即”六个字，就像他的一声叹息。那时，他没有想到，如今的人们可以幸运地在水帘洞中自由穿行，弥补他的遗憾。

我便是幸运者之一。

走进水帘洞，就像走进了一片仙宫。

水雾缭绕在四周，瀑流声若洪钟。瀑布虽“虚心”，可是它的轰鸣却十分骄傲。

大家从瀑布西侧鱼贯而入，最初的一段与一般山洞无异，虽略显狭窄，却无须屈身缩颈，只是感觉像是被罩入钟鼎之内，且有顽童不停地鸣钟，似乎耳膜如盾才能抗击那份喧嚣。

不多远，岩壁豁然开朗，像是镶着一面空窗。飞流如银帘奔下，若天马行空，又如飞龙腾跃。洞中悬滴如雨，崖壁上的青苔散发着淡淡的腥气。水晶帘外，蓝天高远，阳光充满笑意。

人们像获得新生，也像变成了原始人，在走过瀑布雨的同时，习惯配上一两声吼叫来充当瀑布的和声。无论男女老幼，都喜不自胜，像拥有了无边的法力，与瀑布成为“心腹之交”。

自西向东，水帘洞时明时暗，巧妙过渡，它时而像一把保护伞，时而像一条即将沉没的潜艇。瀑流山崩海啸，人们闲庭漫步；瀑流飞珠溅玉，人们目不暇接。

这狭长的水帘洞，带给人们一种用瀑布蒙住眼睛捉迷藏的乐趣。当人们与外界若即若离，直面造物的神奇，当人们将烦恼抛入九霄，投身于自然的温柔，他们将终生铭记这片山水的宠爱。

在这同一片水幕之中，我不知道有多少人的心情像我一样，既有狂喜，也有突如其来的忧伤。

传说中，哪吒能赖在母亲的肚子里待上整整三年，我真想学会这种本领，能赖在瀑布的肚子里待上三年。我真希望那一阵一阵的水雾像不老的泉水，让我重新回到少年时光，将所有荒废过的日子重新打磨重新锻造。

我想起曾经读过的一篇文章，它有一个令人深思的标题。这标题最能代表我在此地的思绪：

如果我能重新开始一生……

朝圣四川

闪着泪光的眼睛

没到过眉山，就等于没到过四川。我心想。

这是我第二次踏上四川的土地的最大动力。

每个人心中都有自己的圣地，眉山三苏祠也是我心中的圣地。这主要是源于对苏东坡的崇敬。

在去眉山的城际高铁上，一位七十多岁的老人没有座位。我把座位让给她。小事一桩，老人却很感动。

她是眉山人，她说的四川话与我家乡的方言很相似，我觉得很亲切。

因为心存感激，她开始和我分享她的心事。

“小伙子，谢谢你！我去成都看望我兄弟。他得了重病。唉！恐怕这次是治不好了。”

老人浑浊的目光突然变得发亮，泪光闪在眼眶，还没等滚成泪珠，她便用老树皮似的手将泪水抹去。

尽管悲痛，她仍然克制自己不在人前掉泪。

那一刻，我想起苏东坡，他也有一个弟弟苏辙，兄弟俩好得像一个人似的。那份兄弟情谊，旷世难寻。公元 1079 年，苏东坡因“乌台诗案”以为自己必死无疑，他在狱中写给弟弟的诀别诗中，有这样的句子：“是处青山可埋骨，他年夜雨独伤神。与君世世为兄弟，更结来生未了因。”诗中的真挚情谊令人动容。

我在火车上遇到的这位老人，尽管她可能目不识丁，我还是从她身上看到了东坡先生的影子。

世上的泪水不分贵贱。千古伟人与无名之辈都可能拥有同样的心碎。

雨中过汶川

四川的风景未必是最美的，却是最令我感动的。

我曾在 2005 年就规划过二十天左右的四川行的路线，却在 2018 年 4 月 4 日夜里才第一次踏上四川的土地。

十三年，对于历史只是一瞬，对于一个人却几乎贯穿他的整个青春。

4 月 5 日一大早，我便坐上了从成都到松潘的客车。我的第一个目的地是黄龙五彩池。

这天正是清明节。在这个日子，阳世与阴间似乎只隔开一扇门的距离。

这样的日子，最适合下雨。雨真的下起来了，风中带着寒意。这雨，似乎很平常，却又很切合主题。

在车上补了个囫囵觉，醒来时客车正经过汶川。雨雾中的新县城婉约秀气。

十年了，活着的人们的隐痛或许已经结痂。但那场突如其来的灾难，却是这片大地上永恒的创伤。

在这样一个日子，客车途经汶川与茂县，令人不由得缅怀起所有遇难的同胞。

寒雨飘瓦，多少人的心里也同样是湿漉漉的。

提起地震的话题，坐在我附近的一位姓齐的大哥说话了。他家住成都，在松潘工作，高个子，声音低沉，表情坚毅。他常往返于两地之间。

在我的询问下，他谈起了地震当天的一段经历：

“5 月 12 日那天，我和几位领导开着小车去成都开会。当时，我们的车在松潘与茂县之间行驶。突然，眼前的一切将我们吓住了。

“你看，这两边的峡谷夹着这条岷江，就像即将合拢的手掌一样。而在那时，道路突然出现裂缝，大地似乎在摇荡，山上的石头疯了似的到处乱滚，好像世界即将崩溃。

“那时，我们进退两难。路上的车都停了下来。大家都只能往河滩上跑，心里都想着：无论如何，至少不能被这些乱石给砸死。

“就那点河滩，也不过是刀背那么宽，可是聚集了不少人。有什么办法呢？老天爷一发脾气，人就成了蚂蚁，丝毫不讲道理。当时，一起避险的还有受灾的某县的副县长，他们的车也滞留在这里了。

“那时，我们心里几乎只剩下一个念头：恐怕今天会死在这里了。”

他还说起在地震的间隙他们及时赶回松潘县的细节，我脑海里一直回荡着他说的那句话：“恐怕今天会死在这里了！”

这是怎样的一种绝望呢？在灾难来临的时刻多少人脑海里蹦出过这样的念头。

我曾看过电视中满目疮痍的画面，也曾在电视上听过不少生还者的故事，可是，在十年后的这个清明亲耳听到身边的人谈起这段往事，我还是感到十分震惊。

很多年前，出生于四川的郭沫若先生曾歌颂过凤凰涅槃重生的故事。而今，我目睹了这片土地新生的气象。

惆怅与哀思之余，更多的是感受到一种力量。天府之国，自古富足。灾难之后，也绝不会被击垮。因为所有经历过或未曾经历过地震的同胞，都为之祈祷与祝福过。

当噩梦醒来，太阳将甩开大海点亮每一片云彩。

五彩池游记

好没面子。在黄龙五彩池，我是被保安请出景区的。就那样被“驱逐出境”，对我而言是第一次。

从松潘打车赶到黄龙已是下午两点。所幸游客少，虽卖的是旺季门票可人气并不旺。

地震后的九寨沟自从 3 月 8 日开始售票之后人气倒是挺旺的。每天只售两千张票，一般在半个月前就会被抢空。我没买上九寨沟的票。这让我相信，人和景区也是很讲缘分的，缘分没到，过门不能入。

被九寨沟拒绝，确实有些不开心，幸亏五彩池是最好的安慰。

索道上行，青山耸峙，环拱如围。远山黯郁，日色惨淡，云霓晦暗似有雪光。俯瞰万松迎风，林隙中露出皑皑白雪。雪团很厚，却东零西落，有溃败气象。纯净的寒风袭来，脸像洗过一样冰爽。

走过巨松的阵列，看青苔与白雪势均力敌，各不相让，胶着地纷纷占领山岗。

木栈道的一端是一片开阔坡地，其中池壑交错，细树葱茏掩映。此处临近雪峰，寒气所袭，不见一枝绿芽。池中水薄，清却无色，有的甚至于干涸。原本是来看“西施”的，却遇着“东施”，我难免感到失望。

后来，我发现绕过不远处的黄龙寺，背后才是真正的五彩池。莹彻如晶，焕彩叠翠。龙脊围玉盘，彩池铺天镜。秀树绕碧泉，雪峰入水云。

就这样，美若仙境的五彩池，在我一惊一乍之后闪亮登场。

自从一见到它，我就挪不开目光，像中了魔咒一样。这是幸福的魔咒。

雪峰原本是我惊叹的，可是与五彩池相比黯然失色。纯净原本是我早已习惯的，可是这片纯净的光芒顿时让我的心豁亮起来。

我久久徘徊，天色暗下来，雪花飘舞下来，游客如浮云飘来又散去。我依旧不忍离开。

我向来是“给点雪花就灿烂”的。当细细腻腻的雪花从高高的雪山洒落下来，那么温柔又那么殷勤。那些瞬间，我终于找到了最快乐的自己。

原来，最快乐的我一直躲在这片天地间，我终于与他相逢。

在我最快乐的时候，这山这水都宠着我，我体会到：大自然的安慰等同于母爱的光辉。

直到三位藏族的保安来清场，我才在他们的护送下依依不舍地离开。

在下山的路上，看着众多原本绝美的景致由于枯水期而腼腆含羞。我深知，这一天绝非黄龙最美的日子。可是，这有什么关系呢？

世间万物，因为珍惜才美丽。

蜀山纪行

爬峨眉山的方法有很多，我用的是最省力的一种。

五月初的下午，我从报国寺直接坐巴士到雷洞坪的旅店入住。这里距离登金顶的索道很近。

山下是阴天，山中雾漫如雨。安顿下来，已是黄昏，古松参天，寒风阵阵。

后来，我在店里遇到了几位住客，他们都是身披雨衣、拄着竹杖一路攀登上来的。他们大都攀爬了十多个小时。

我看过他们沿途拍的照片，古刹名寺庄严规整，在雨中寥落，在鸟鸣中沉思。溪涧澄澈，时纵时横，有石桥的地方，像是为仙人铺设。处处宛如世外净土，可惜我不曾亲历。

第二天上午，金顶已成雾顶。浓雾弥漫，咫尺莫辨。

迷雾中，拜佛朝圣的人越来越多。在迷雾中拜佛，为了驱散心中的迷雾。这场景有趣。

我被裹在山顶的严寒中，早已忘了山下温暖的五月天气。雾不散开，我不下山。我心想。

精诚所至，雾散天霁。纵目四望，群山竞秀，白云奔涌，总算没辜负自己的苦心守候。

下山时，看到原本为云雾遮盖的峡谷与山岩都一一呈现出来，心中颇有些留恋。

除了峨眉山，四川广安的剑门蜀道也给我留下了美好的印象。

那是在清明小长假期间去的，密密麻麻全是人。然而，山从人面起，绝壁千丈，群峰连绵，气势不凡。

山道凌空，仅容一人通行，大家依次行进，手扶铁链目视下方，令人魂飞。

这里确实有类似华山的艰险，让人感觉李白的“蜀道难，难于上青天”是有根据的。遥想当年车马劳顿，穿行于此处山间夹缝中难免会有登天之想。

这里的剑门关就在两座大山的隘口处，傲视川蜀大地，气势非凡。

三国时期，诸葛亮派大将姜维镇守此地。这里如同蜀国的咽喉，也是门户。在我看来，与剑门关相关的故事里最动人的是洪昇的《长生殿》里唐玄宗“夜雨闻铃”的篇章。

一代红颜委泥尘之后，唐玄宗在剑门关听到风雨中檐角的铃铛，断肠泪下。那一句句唱词悲戚辛酸，令人泪下。

再强悍的雄关又如何？在柔情面前，也荡气回肠。情关与雄关谁更险，谁又能说清？

异代同心

四川有很多不可替代的景点，李白故里、杜甫草堂、眉山三苏祠都算。

四月初与五月初，两次入蜀，我先后到过这三处。

李白、杜甫与苏轼，他们中随便哪一个都值得膜拜一生。当你可以在同一个省感受他们曾经生活过的气息，这种感觉哪怕走遍神州大地也是独一无二的。

前不见古人，后不见来者。虽然念天地悠悠，确实值得大哭一场，但是从乐观的角度想，前人不可见说得有些片面。

很多我们所崇敬的前人，不可见的只是他们的躯壳，他们所留下的光辉灿烂的文化，其实是可见的。对于后人，这就是一种福分，哪里需要哭呢！

写这三处名人故里的文章汗牛充栋，我只说说我印象最深的事。

“才华九州横”，这牌匾是李白故里的。诗仙加酒仙，骚客与狂客，李白是最当得起这五个字的。

我一看见这五个字就觉得眼热。历经二十年寒暑，我终于做到了“步履九州横”，可是，这与“才华九州横”有着多大的差距啊！

在杜甫草堂，除了园林般的美景，我印象最深的是一副对联：

锦水春风公占却，草堂人日我归来。

对联是清代大书法家何绍基写的。他是我家乡的骄傲。

“人日”是指正月初七。在唐代，著名诗人高适任蜀州刺史时，曾在公元761年的人日赋诗给杜甫。咸丰四年(公元1854年)，时任四川学政的何绍基专门选择在人日拜谒杜甫草堂，留下这副脍炙人口的楹联。后来，很多文人墨客都效仿他。于是，在人日这天在草堂雅集几乎成了一种传统。

看到这个异代的老乡为世人崇敬的诗圣故宅增色，我感觉十分自豪。

当然，我最爱的还是眉山三苏祠。东坡先生是中国最受大众欢迎的文人。

眉山的阳光暖融融的。三苏祠的游客并不多，大概是四川的热门景点太多了，很少有人和我争这片圣地。

这里与我到过的徐霞客故里一样，都是清新而幽静。

在三苏祠的腹地，我看到一块小小的石刻，上面写着：八七版《红楼梦》黛玉葬花的取景地。

真是不可思议！一个是豁达豪放的东坡先生，一个是小说中弱不禁风的林妹妹，居然还有这样的缘分？

参观完这三处名人旧地之后，我最大的感受是，真正的伟人会有一种神秘的磁场，让我们感觉到人人都有成为圣贤的可能。

春意辽宁

开启东北的春天

“你一定要去旅顺！”

这是阿佳与阿宁她们在餐桌上给出的第一条建议。我们是在赛里木湖畔认识的，此时在她们的家乡大连重逢。

“旅顺有什么好玩的么？”那时，我还不知道旅顺这个熟悉的名字居然是大连的一个区。

阿佳说：“旅顺离这近，那边有一些很有特色的建筑。”她指着餐厅墙上的装饰画说，“你看，这上面拍的浮雕纹饰，都是从旅顺那边的建筑上拍下来的。”

“那边还可以看到黄海与渤海的分界线，还有一个俄罗斯风格的火车站，有百年多的历史了，《闯关东》剧组在那取过景。虽然小，但是我很喜欢。”

阿佳话音刚落，阿宁补充道：“你现在去还可以到203高地看樱花。”

她们开始分析樱花到底开了没，开得正旺还是快凋谢了。

我想起前几天在台湾阿里山看到的樱花树，大多数已经凋零，并不抱太多希望。可是既然她们顶级推荐，我还是想去看看。

要知道，当地人才是最好的导游。

何况，她们都是为我的旅途在操心，我很感动。

于是，第二天一早，我便坐地铁来到旅顺，来到她们所说的那些地方。除了没看黄海与渤海分界线，其他都感受过了。

如阿佳所言，火车站挺有意思的。我也极喜欢，军港的军舰巍然耸立，海鸥翩飞，远处的山峦连绵成屏障，只留下几个豁口，确实是令人振奋与畅快的所在。

但是，我最难忘的旅顺印象，还是203高地的万亩樱花以及山顶上1904年到1905年之间日俄战争所遗留的炮台。

203景区的大门口，横着一条电子标语：开启东北的春天。

这标语写得豪情满怀，相当动人，让人印象极深。

想起在我的家乡，正月几乎就有桃花领跑春天的脚步，再看看这里到了四月底才开始姹紫嫣红，顿时感觉春姑娘要踏遍神州大地也确实很不容易，感觉自己每一步都在按响春天的门铃，每一步都在接近一场春天的盛会，每一步都在为东北的春天剪彩。

千树红霞，万枝霜雪，在春风中摇曳。当它们准备好了时，我正好从远方赶来了。

我想，这就叫缘分。

灿若锦霞伤最深

从表面上看，203高地的樱花园不过是一个普通的面积较大的樱花园罢了。

鲜花对于北国原本就类似于奇迹。何况在晴朗的春日流连在缤纷绚丽的花海，遇见一棵棵开花的树，就像遇见生命中最美好的年华令人心醉。因此，此地游客络绎不绝。

“花开疑乍富，花落似初贫。”唐朝诗人韦庄的这句诗，比喻十分新奇。

世人对树比对待同类势利些。当树还是“暴发户”时，大家蜂拥而至。而当花瓣落光，似乎一贫如洗，哪里还看得见人影？

我走进203景区时，也未能免俗，望着一树树高低错落、春意盎然的樱花，也不由得两眼放光。

那时的我，对于“203”这样以数字命名的景区，很是不解。感觉这片山林原有的名字已被取消，像犯人似的只剩下编号。

直到顺着一树树紫色的丁香花登到山顶，来到日俄战争时留下的炮台，才意识到这个看似编号的名字背后是一段屈辱的历史。

在1904年到1905年间，日本与俄国为了争夺旅顺，先后像烙煎饼一样，将这片土地翻来覆去地折腾。其间，有多次惨烈的战斗，在这个海拔只有203米的山头上展开。最后，日本虽获得胜利，但双方都付出了极大的代价。先后有六万多的日军以及四万多的俄军葬身于此地。

这场战争，只有日俄双方么？不，绝不是这样的。

人家在中国的土地上肆意妄为，那时，谁把中国放在眼里？当一个国家弱成一匹病马，人家想骑就骑想打就打，在这样的国家，老百姓的苦难就可想而知了！

还好，经过几代人的浴血奋斗，睡狮已醒，噩梦早已烟消云散。

而今，在灿若锦霞的花海中流连的人们，有多少人真正正视与思索过这段历史呢？

鲜花的背后，是累累伤痕。

也许，所有的树都懂得大地母亲的隐痛，所以，她们才会拼命地开好每一朵花，才会竭尽全力地涂抹每一丝色彩。她们用世间最美的微笑，来安慰大地母亲那双含泪的眼睛。

广场之缘

大连是亚洲的“广场之都”，她有一百多个广场。

我最初抵达的是大连星海广场。

海风轻拂，夜色朦胧，广场大得几乎令人迷路。静立潮头，看暗潮起伏，灯影如虹。除了开阔的草坪，丰富的游乐设施，广场靠近海边的位置还有一处很有意思的设计，那是一方巨大的卷轴，两端上翘。人们在那有坡度的卷轴上行走，就像变成了一个个会走路的篆体文字。

第二天傍晚，路过大连历史最悠久的中山广场，坐在绿荫掩映的大理石围栏上，黄昏的斜阳从远处穿过林立的高楼涂抹我的脸。看看圆形的广场包围着自己，像冬天围着一件棉衣，温暖舒适。四周有很多古朴的欧式建筑，也围了一圈，像在玩丢手绢的游戏。

正在这时，走过来三个提着行李箱的人向我问路，是一位阿姨带着儿子儿媳。

我告诉他们我也是第一次到大连的游客。

“哦，你来自哪里？”阿姨问我。

“湖南，你们呢？”

“我们来自上海。在沈阳待了几天，才下火车。我们订的酒店在广场附近。”

“哦，沈阳啊！那里好玩么？”

“我们只去了沈阳故宫与大帅府。其实，我们主要是去探亲的。我有个失散多年的舅舅在沈阳，几十年没见面了。去年打探到消息，所以特地过去看看。”

他们三位倒也不急着离开，阿姨便抽空和我讲起了事情的来龙去脉。

讲到动情处，特别是重逢时的情形，阿姨满含着泪水。

我没想过，在这样一个陌生的地方在短暂的邂逅中，能有人那么真诚地为我讲述自己的故事。这让我非常感动。

在这个圆形的广场，听一个历经波折却最终圆满的故事。真为他们感到开心。那位在沈阳的老人在生命的黄昏再见到远方的亲人，该是多么幸福啊！

中山广场距离我在大连最喜欢的东港广场不远，原本我到东港是为了看音乐喷泉的。谁知却等五月一日才正式开喷。

我记得曾听阿佳介绍过这个喷泉。

她说："这喷泉还有个专门的公众号，每次发布的内容都很简单。要么是'今天喷'，要么是'今天不喷'，甚至还有时只写'今天心情不爽，不喷了！'。可就是这样懒的公众号，却仍然有很多人关注呢！"

喷泉是看不成了。不过，值得庆幸的是，这靠着海湾的广场虽有高贵奢华的一面，却又宁静似渔村，简直是到了大连后最大的惊喜。

无边无际的大海平展如书页。一艘艘白色的船只紧紧相连。金色的灯光在幽蓝的海面似甜蜜的梦幻。唯有类似飞碟状的会展中心不断变幻着色泽，或红或黄，或绿或蓝，像外星人有意发射的友好信号。

远处，威尼斯水城那带有异国情调的建筑，在绚丽的灯光下勾画出清晰的轮廓。一轮金黄的圆月升起在海天之间，像是为这绝美的图画点上一枚印章。

我想，假如心灵需要栖息，这里便是最美的港湾。

鬼斧神工金石滩

关于去不去金石滩的问题，我和阿佳的意见产生了分歧。

那是在第一天到大连的晚上，她们在黑石礁附近宴请我时发生的。

她们问我："来大连你最想去哪儿？"

我说："我曾看过某杂志评选的《中国最美的十大海滩》，大连有个金石滩入选，我想去看看。"

我以为这理由够充分了，没想到阿佳一听到"金石滩"三个字就摇摇头。她说：

"我建议你一定不要去金石滩。去了你会失望的。所谓的黄金海岸，海水也就那样，也不太宽，没什么看头！我家乡就是金石滩那边的，我对那熟得很！"

阿宁也在一旁附和着："阿佳她家乡离那很近的。"

她们的反对并没有打消我的念头。在大连的最后一天，我向着金石滩出发了。

去这样一个被某位当地人评价很一般的景点，我心里很忐忑。景区有很多人工的娱乐项目，我直奔金石滩地质公园。

后来，我在这个地质公园拍了几张照片发给她们。阿佳一看便折服了："真美啊！这真是金石滩么？我没到过地质公园，改天我一定去看看。看来你来对了！"

尽管我在祖国的沿海去过不少的地方，可我依然觉得金石滩是相当独特的所在。

亚龙湾美在它澄澈如梦的海水，北海美在它柔软晶莹的细沙。若说最有海枯石烂之感的地方，在台湾是野柳，在大陆就数金石滩了。

我从没见过这样恶作剧的石头，它们的颜色很夸张，红一道黄一道，很浪漫。它们的形象很随意。有的像鲲鹏渡海，有的像虾兵蟹将，有的完全就是一座螺旋形的小山直插海里，与海岸边的岩崖保持着最美的距离。

通往各个景致的道路也兼具奇、秀、险的特点，有的是绵延在山巅靠海处，有的是从沙滩边的孔窍中俯身弯腰而过。大自然的鬼斧神工在这里得以充分体现。

这里的海水颜色是深浅不一的暗绿。一些小渔船出没于烟波中，像是海中的石头做的一个个美梦。

海风吹拂，白浪如薄纱，熨平沙滩的皱纹，像孩子为母亲一次次地擦洗着脸颊。岸边奇松林立，松涛浪涛相和而歌，像是在唱二重唱一般。

我感谢自己的坚持，它让我懂得：相信奇迹，是创造奇迹的开始。

没有告别的告别

我的辽宁之行，最明显的遗憾莫过于没到过沈阳。其实，按照两位大连的朋友宽慰我的说法：“沈阳也没啥好玩的。要说故宫么？北京的都看过了，沈阳的故宫就不用看了。”

我知道她们是为了宽我的心，我只是从缘分的角度，常常为之感到唏嘘。

我至少有三次路过沈阳，前两次是我来回黑龙江它是必经之地，后一次是从大连坐高铁去延吉也经过此地。

就在去延吉的高铁上，我问过一位从沈阳上车的邻座女孩：“沈阳是怎样的一座城市？”她说：“也就那样吧，和很多北方城市差不多。”这话等于没说。

我想起我与沈阳似乎最接近的一次，我把一路从家乡到北京再到沈阳的火车票都买好了。可是，因为某位亲戚的仙逝，不得不取消计划，所有的票全退了。我与沈阳的缘分也就那样被退掉。

我曾辗转多地，很想再返回沈阳去看看，最终没能实现。

火车离开辽宁时，载着我奔向中朝边境的延边，后来又载着我奔向内蒙古、宁夏。我一直在岁月中颠簸，那些没有告别的告别在耳边像风一样呼啸而过。

幽远甘肃

沙漠里的童年

我的童年只有一天。所以，我得好好把握时间。

他们说，这里是鸣沙山。没错，这是我的鸣沙山。他们说，这里是月牙泉。没错，月牙泉也是我的。

我悄悄地告诉你一个秘密，这秘密是我脚下这些黄沙告诉我的，他们说，谁要是处于童年，谁就是这个世界的国王。

我有好多朋友，他们从五湖四海赶来，他们和我一样，双脚踏上沙漠，年龄就变小。

我和他们一起爬上高高的沙丘，再和他们一起溜下沙坡。

当黄沙抓住我们的脚，我们就哈哈大笑。我们将黄沙扬起，让风带它们飞行。

有时，细沙里面会冒出一条条迈着八只细腿的小爬虫，它们无所顾忌地爬来爬去。我担心它们会向我发起进攻，逼我撤出领地。

我的担心有些多余。它们完全没把我放在眼里。

我喜欢沙山的弧线，那是风最得意的作品，风有时会在沙坡上吹出一道道波纹，并且告诉我那是海。我喜欢看那波纹，我同意它的说法。

你看，只顾着和你们说话，我刚刚砌好的城堡，也被风吹跑了。

我很早就知道，这里的风是最厉害的，它除了不能把雨带来，什么都可以吹跑。

你看，太阳斜了。风吹斜的。

太阳斗不过风，所以，你看，它的圆脸羞得通红。它红红地掉下去。整个沙漠都蒙上了一层橘红的光芒。这是我童年发的光，和太阳发的光是一样的。

最后，我用目光把太阳种进这片沙漠。说不定明天就可以长出许许多多的小鱼。

这种沙漠鱼，只有孩子能看见，大人看不见。

天黑了，月亮挂在天上。我盯着月亮看，月亮也盯着我。

我想告诉她，虽然我的童年只有这一天，但是我非常开心。

我终于知道为什么美好的童年是金色的。我终于拥有了一个我希望拥有的童年。

我在沙漠里，没有听见母亲的哭泣，没有看到父亲的悲伤。我在沙漠里，没有失去我曾失去的亲人。

所有细沙都那么温暖。它们给了我一个从没有过的游乐场。

月亮对我说："等你明天长大了，别忘了你曾主宰过这里的一切。天空、大地都听你指挥。每一粒细沙都是你的小伙伴。当你开心时，整个沙漠会变得温暖，当你不开心时，你就仔细地听听那些风的声音，那声音里有小沙粒们送给你的合唱。那些踩在沙坡上的脚印，虽然都会抹去，但是，在你人生之路上，走过的每一步，都不会被抹去，都藏在你心底，它们能告诉你未来的方向，告诉你梦想的方向。"

我在月光下静静地走着，我带着月亮的嘱托，渐渐走向天涯。

千年一吻

有人说，敦煌是看一万次也看不够的梦境；有人说，敦煌是一个正在死去的地方，或许下一个百年它将被风沙吞没；有人说，敦煌是一生至少要去一次的所在。

依我看，敦煌是寻觅千年才会遇见的恋人。

为了这份遇见，佛在壁画上说话，飞天在空中散花，九色鹿在轮回中验证因果，歌女在反弹着琵琶。

为了这份遇见，沧桑已凝成菩萨嘴角的微笑，屈辱也化作墙体上空白的泪痕，风烟隐藏于所有颜色的背面。

当敦煌走向你，当你走向敦煌，请卸下万里奔波的疲惫，卸下红尘必备的感伤，卸下岁月赠予的迷茫，请允许自己柔肠百转，请允许自己振翅飞翔，请允许自己如痴如狂。

屏住呼吸，直面奇迹。

或许，这一生不会再有足以匹敌这一刻的光阴；或许，下一个瞬间你将被古老的驼铃惊醒；或许，你将用尽一生来守护这弥足珍贵的回忆。

闭上双眼，请随敦煌的心跳走进你从来不曾到过的境界。

让流水托举你飞过印着白云的河面，让树上的藤蔓拂过你飘荡着的秋千，让塞外的风雪滋润江南的花田。

请打开未曾开启的慧眼，开始习惯敦煌的瞬息万变。

敦煌是千年不曾凋零的一片树叶，敦煌是故乡原野上真诚烂漫的一朵野花，敦煌是万里黄沙中一对梅花鹿的脚印，敦煌是月牙泉边高悬的一轮满月。

敦煌是开满鲜花的那片草原，敦煌是绣在丝绸上的那个春天，敦煌是夕阳落山前的凝视，敦煌是桥孔映在水中的圆……

请珍惜这样的时刻，在那沉默的石窟中，在那幽暗的光线里，请珍惜你与敦煌厮守的每一分每一秒。

后来的后来，你才能体会到，那千年一吻的感觉是多么美妙。

在你离开敦煌之后，你才能体会到，敦煌已变成另一个你，你已变成另一个敦煌：

哪怕在最幽暗的角落，也能闪现最璀璨的光芒。

另一种长城

甘肃的版图有一种类似于火车的苗条。因此，火车奔驰在这片土地上，大概会有惺惺相惜之感吧！

从嘉峪关市到兰州，原本只是为了去西藏而中转一下，当沿途的美景与车内的畅谈相得益彰，慢车的慢，更像是一个优点。

“这趟车待会儿还能看到长城呢！”车里有人预告道。大概是看我一路对着绝美的祁连山拍个不停，他便友情提醒一番。

于是，我目不转睛地一直看着窗外。

白杨在执勤，雪峰在拥抱白云。秋色巡游在宽广的土地上，羊群点缀其间。村庄较少，半天才看得见几片屋顶。

长城呢？连影子都看不见。

我便疑惑着对方是否谎报军情。车上兴致盎然地等着看长城的还真不少呢！

“你们看，那就是长城！”有人大声喊着。一边兴奋地指着一个小村庄旁的一小段土墙。

怎么可能？大家纷纷质疑起来。

不会吧！长城怎么可能是这个样子的？这跟蜿蜒在崇山峻岭间的巨龙似的长城差别太大了，那顶多算是一座土坯房的一面破墙。

我曾到过河北金山岭的野长城，气势雄伟，令人叹为观止。我心想，长城再破败也有个长城的样子，就像恐龙哪怕灭绝了，它的骨架依然不可一世。

然而，就在我们觉得难以置信时，平原上时断时续的土堆，渐渐地频繁出现。有的不过十多米长，有的有百米以上，有的更像一个小小的土馒头，或者像个废弃的烧炭的炭窑。

我将所拍的照片放大来看，才发现在那怪异的土堆旁，有的立着小块石碑，上面确实标注有“明长城”的字样。

谜团解开时，大家释然了。但是，有可能心里对这一发现像我一样更加耿耿于怀。

岁月像是孟姜女，不动声色就能“哭倒长城三百里”，甚至三千里。

看惯了图片上雄伟的长城，再看到这怪物似的兀立在高原上的土堆，觉得它们是那么孤寂，那样无助。

它们像是被时光遗弃的流浪者，也像是捍卫历史的丰碑。

也许，它们是被岁月击垮的脊梁，可是，这脊梁中藏着多少不为人知的倔强？

烽火与硝烟，早已不见。铁蹄铮铮，早已无声。守关的人，早已归于尘土。有时，月光会安抚这残损的遗址。有时，它们在烈日下睁开迷茫的双眼。

它们完成了自己的使命，在最后的坍塌到来之前见证了四海的安宁。

列车载着满满的敬意，继续驰骋在苍茫深处。

慈爱之城

大山光着膀子抱着一条峡谷，峡谷像个摇篮，兰州就生长在这摇篮里。

兰州抱起一条黄河，黄河躺在兰州的怀里撒娇。说不清黄河与兰州，谁更像慈母，谁更像萌萌的小宝贝。

在黄河流经的地方，大概只有兰州最疼它。

“如果我可以留下，我就会只待在你的身边。我就要走了，但我知道，我每走一步都会想你。”我想起某首歌的旋律，我仿佛听见黄河在这样对兰州倾诉心声。

我在中山铁桥附近逛了一会儿，没见到有名的“黄河母亲”的塑像，便坐着出租车绕着兰州城转了转。很久以前，我就是《读者》的读者，因此，对于这座城市有一种心仪的亲切感。

小车经过了兰州大学，经过了漂亮的伊斯兰教堂，也经过了一场细腻的秋雨。我发现了一件有趣的事，原来兰州有不少的街道，用本省的县或市的名字命名。

比如有“天水路”“嘉峪关路”“敦煌路”“白银路”，这些都是以地级市命名的，还有“麦积山路”等以本省名胜命名的，另外“皋兰路”等名称都是以县的名字命名的。

这些街道名，好有亲和力。省会城市好像母亲一样，把每个孩子的名字都刻在心上，让每一个“出门在外的孩子”，都在自己的版图里找到归宿感。

我脑海里不由得脑补出这样热闹的场景：一群兰州人在相互问候，相互了解，当问到你住哪条街时，可以听到这样一片回答：

“我住武威。”

“我住张掖。”

“我住庆阳。”

……

这场景像久未联络的兄弟在汇报自己的经历一样亲切。

我喜欢这样一座慈祥的城市。山的呵护，河的深情，城的温柔，都给人以深刻的印象。尽管我来不及去看博物院的“马踏飞燕”，来不及去坐黄河上的羊皮筏子，可是，我在一丝遗憾之外更收藏了一份温情与感动。

要是给我一片辽阔的土地，我也要用这种方式来命名它。我会规划出三十四条主要街道。北京路、上海路、湖南路、台湾路、新疆路等等，我要让它们紧紧连在一起，永远连在一起。

我想，这样的一座新城，应该也算是和兰州一样，是我心中的慈爱之城。

琴韵江西

泥土的奇迹

景德镇快睡着了，我才下车。

是的，我来晚了。一千年前我就应该来的。

我不该背着行囊，像个游客。

我应该在山间凿土，任汗水无声滴落；我该打着赤膊，在窑里添着柴火；又或者，我该挽起衣袖，在作坊内制模。

总之，我不该如此悠闲的。

要知道，在景德镇，我应该以匠人的身份度过自己的一生。

泥土中囚禁着许多生命，要将它们解救，唯有依赖于朴实的双手。

我要用这双手，将可憎又可爱的命运揉进泥土的命运。我要赐予它们我的温度，我要赐予它们我的呼吸，我要赐予它们我内在的光。

它们醒来，因为我的呼唤；它们柔软，因为我的目光；它们欣慰，因为我全身心的热爱。

它们的颜色是我的颜色，它们形状是我的形状，它们的光泽是我的光泽，它们的脆弱，是我的脆弱。可它们的灵魂，却远远高于我的灵魂。

我要用我温润的掌心，告诉它们一个惊心动魄的秘密。告诉它们这个世界需要奇迹。而它们就是奇迹。

就像我曾用我的手语告诉它们：与水相融，与火相拥。重生之门，便会开启。

那时，一切污浊变成玉质银辉，一切喑哑变得悦耳清脆，一切晦暗成了璀璨明媚。

就像我曾用我的手语告诉它们：无畏无惧，莫悲莫喜。在轮回中跳出轮回，在宿命中挣脱宿命。

就像我曾用我的手语告诉它们：美而易碎，易碎而美。所有缺憾，都是圆满。所有辉煌，都是悲壮。所有绝境，都是生机。所有考验，都是成全。

它们懂得我无声的表达。它们懂得我所有想说而未说的话。

当我忧伤，它们便默默地张望着我露水似的忧伤。当我快乐，它们便心花怒放地应和着我阳光般的快乐。

它们知道我手心里摊开的那个秘密。所以，在这奇迹之城，在这千年如一日的景德镇，才会随处可见泥土的奇迹。

我想，虽然我步履匆匆，但我不应是个过客，我应该是归者，是这孤傲的城池中一个最平凡的工匠。

我唯一的职责，是让所有获得新生的泥土自豪地活着。

世间所有活着的瓷器都会告诉人们：哪怕毫不起眼的一捧尘土，也有着多么可歌可泣的一生。

徒步登庐山

我第一次踏上江西的土地，是去庐山。

为了看雪，2015年冬天的某个清晨，我和整个徒步登山的团队从庐山西海启程，穿林越岭，很快便来到一片巨石磊落的山谷。

乱石嶙峋，杂乱错落，大似巨轮，小如磨刀石，上接云峰，下临幽壑，又有着白色的光泽。分明像是一条垂挂着的河，一条由巨石组成的河流，一泻千里又凝固静止，令人惊叹。

一行十余人穿行于石阵中。时而蛙行蹦跳，时而匍匐前进，时而放声长啸，时而屏息凝神。天色虽有些阴郁，心情却格外明朗。

路遇一道瀑布，我误以为是李白笔下的香炉峰瀑布，只见山崖对峙，飞瀑如白纱帐，斗折竖挂。深谷幽潭，任它飘洒。确实有银河直下、千尺飞流的意蕴。我徘徊良久不舍离去。

后半段的行程，一路溪水潺潺，青松幽幽，高处全是浓雾，可是这雾极有内涵。雾中那些含蓄的树和无人居住的小屋，都极其空灵。

登上含鄱口，在这个原本可以俯瞰鄱阳湖的地方俯瞰下界的天空，依旧是云烟漫漫，雾霭茫茫。

拜访过“美庐”等有名的建筑，在那人去楼空的奢华中，捕捉历史的蛛丝马迹。最后来到歇脚的牯岭街。看那些红蓝相间的屋顶高高低低地在山谷间明艳，看那迷迷蒙蒙的雾气扫来扫去，却怎么也扫除不尽，感觉像是来到天上的街市。

世间名山大多高不可攀。像庐山这样亲切而宜居，广博而随和，不知还有何处？

入夜，听见小雨沙沙，以为是雪花飞洒，几番开窗，几番失望。

第一天的行程看似与雪无缘，其实，白石如雪，飞瀑如雪，云雾如雪。一切都像梦里的雪花一样晶莹而纯洁，美妙而谦逊。

第二天一早，路边的松树上一根根松针晶莹剔透，那是夜里的寒气为它们镶上的银边。针尖垂露，凝成冰花，钻石似的一颗一颗地闪着光。

路过如琴湖时，大雾蒙住湖面，像天空故意蒙住大地的眼。

湖畔，有重修的白居易草堂。我曾经很迷恋白居易写的《庐山草堂记》。为此，我特意过去探访。

风雨中，凝望着瘦削的白居易塑像，围着草堂转了转。我的脚步似乎徘徊在唐朝。

在我离开草堂刚走出花径的门坊时，雪花突然翩翩而降。

每一朵雪花那么优雅地飘下，在每一丝微风中舞蹈，在每一个枝丫上弹琴，在每一片落叶上仰卧。

每一朵雪花都像是一位小天使，穿透迷雾，点燃祝福，给人间带来喜悦与祥和。

就这样，在我与队友们经过龙首崖下山的路途中，银装素裹的世界因为我们的到来而打扮起来，就连沉睡的古柏都喜气洋洋地醒来。山岭间能听见大家爆发的欢呼，道路上能看见大家绽放的笑容。

那时的庐山，多么惹人怜爱！

世间，有一种很朴素的成功，在风中，在雾中，在雪花飞舞的庐山中。

面试三清山

四月的阳光，照在天外的三清山上。

这个下午，沐浴着清澈的温暖，我作为面试官，对这座逍遥遨游于云端的山，做一番考量评判。

按照“仙山大赛”的流程，我得先与她交流交流，再看看她的才艺展示。最后才确定是否给她过关。

在她迈着自信的脚步站在我面前之后，刚从索道里走出来的我，故作深沉地对她说：“你好！三号选手，请做一下自我介绍。”

“您好！我叫三清山，来自江西上饶玉山县。海拔一千八。我有三个主峰：玉京、玉虚、玉华，人们将它们看作仙界里太清、玉清、上清三位尊神，我因此而得名。”

她微笑着补充了一句：“不过，由于我的云雾天气太多，人们顾名思义，说我是到过三次才能看清楚的山。”

我说：“看来我很幸运。”

“这是我的荣幸，您是贵客。”

“有人说，你是江西最美的山；还有人说，你比黄山还漂亮。你怎么看？”

“大家对我的偏爱我非常感激。说实话，我不是很在意人们的评价。活在白云之上，比活在人们舌尖上强。对于庐山或是黄山两位前辈我充满敬意。我仰慕庐山的随和，也敬佩黄山的浩然之气。我要向它们看齐。”

她接着说：“每座山都有最美的时刻，就像每个人一生中总有最光艳照人的一天。我认为，所有的美好都应归功于上天的眷顾。”

我似乎没有为她的抒情所打动，板着脸继续问道：“你不是很向往与世无争的境界吗？为什么要参加本届仙山大赛的角逐？”

“我参赛是源于我的梦想，我梦想着将所有美好的时光与大家分享。”

“你平时有哪些爱好？”

“我喜欢阅读天空，我喜欢在云海中游泳。我喜欢陪太阳聊天，陪月亮做梦。我喜欢看雨，还喜欢吹拂着我的每一缕风。

“我喜欢听音乐，为我演奏的是叮咚的泉水，还有轻盈的鸟雀。我学过杂技，练过武术，也热爱舞蹈，不过都只是会一点皮毛。”

“那你的才艺展示是什么？”

“我表演的节目是《空空三清山》，我自编自导的。希望将杂技、武术、舞蹈有机地融合在一起。”

“好，请开始你的表演。”

多么神奇的一个下午，我几乎无法表达我所看到的表演。

这是神州大地上最会摆造型的一座山。她用她骨感的身躯化身为亿万块花岗岩，再排兵布阵似的，伴随着古琴般的音乐，任性地随意堆叠。

有的山峰错落有致，傲然矗立，像挤在一起拍全家福；有的巨石若即若离，如巨大的手掌，手心手背都是沧桑。

有的巨石静坐成女神模样，有的顽皮地站成巨蟒。有的竖起食指，为人们指路。有的独当一面，笑看风云变幻。

有的像憨态可掬的石猴，聚精会神地凝视着掌心的宝物。有的像久别重逢的恋人，撑开奇松当油纸伞，互诉衷肠。

在她全身心投入的表演中，一切真实都那么虚幻，一切虚幻又那么真实。

她的武术，勇猛精进；她的舞蹈，生机蓬勃；她的杂技，炫目惊心。三位一体，各得其妙。我能够亲眼见证，也算三生有幸。

她没问过我，自己是否顺利通过。我也没问过她，为何节目的名字是《空空三清山》。

或许，与她的信仰有关。一座空灵的山，才是真正意义上的仙山。在滚滚红尘中，人也一样，空灵则有仙气。

琴声中的滕王阁

古琴的性格，倔得出奇。

它本该沉默。沉默如伯牙，为了那双不能聆听的耳朵，不再高山流水。或者，沉默如嵇康，在生命的火焰熄灭前，带走那曲悲壮的《广陵散》。

它的声音太倔强，就像剑芒之上的寒光。它的声音太柔缓，就像孤月缓缓地漫步云端。它的声音太孤洁，就像梅花独自绽放。它的声音太清冷，就像远处的松涛阵阵。

我不知道，这样不合时宜的声音，几人在听？又有几人为之动情？

我第一次在现场感受古琴的演奏，是在滕王阁。巍巍名楼，朦胧赣江，在琴声中更加诗意盎然。这一天，第一届中国古琴文化节系列活动滕王阁专场在此地隆重举办。

这是一场无意中邂逅的演出，来自天南地北的古琴演奏家，在此一显身手。

我没想到，在我毫不知情的情况下，南昌城早已为我备下这样一份厚礼。看着节目单上那些熟悉的古琴名曲《阳关三叠》《梅花三弄》《平沙落雁》等等，那份惊喜，无法言喻。尤其是广陵琴社创始人胡滋甫的曾孙胡延椿的一曲《欸乃》，瞬间将我带回柳宗元笔下的山水意境，带回故乡永州那秀美的风景中。

千年前，一位翩翩少年挥毫写下《滕王阁序》，将“穷且益坚，不坠青云之志”的豪情澎湃在每个人的心上。

而今，绿荫深处，涅槃重生十多回的江楼依旧高昂着头，笑看长河东流。

音符，就像一面魔镜。

在这魔镜里，在这滕王阁畔，我再次看到了庐山的雪花飘飘洒洒将我的心融化。我再次看到了瓷都景德镇那被时光定格的倾城容颜。我再次望见了三清山的峰林，望见一条巨龙在它的云雾中盘旋。

如梦如幻的江西，多像这倔强的乐器，多像这清冷而炽烈、低沉而激昂的声音，多像这赤诚而悠远的旋律，给人留下醉人的回忆。

这琴声，就像这片大地的心声。

亲爱的抚州

请给我斟一壶酒，亲爱的抚州。放心吧！我不会醉。能让我醉的唯有你。

我承认，你的风雨，你的梦园与文昌里都让我感觉自己早已烂醉如泥。

请给我斟一壶酒，亲爱的抚州。如果可以，请将酒杯摆在牡丹亭里。

假如杜丽娘还在闺中梳妆，假如柳梦梅还未曾拾到那幅画像，且由他们去，甚至不必惊扰那个顽皮可爱的小丫鬟——春香。

不必告诉他们我逗留于此地，不必告诉他们这园林春色如许。就让他们继续在梦中相遇，让他们的梦里继续开满奇迹。

让生死超越生死，让痴情呵护痴情。

我且自酌自饮。

请给我斟一壶酒，亲爱的抚州。如果可以，请让时光倒流，让那些闪亮的名字，同我一起开怀畅饮，一起嬉笑怒骂，一起举杯消愁。

请允许我称呼你的小名——临川。请允许我来到你的晋朝，看王羲之在你身边挥毫泼墨，再到南北朝时期，与谢灵运一同吟咏诗篇，顺便去初唐的滕王阁，听王勃高声吟诵："邺水朱华，光照临川之笔。"

请允许我来到你的北宋，看王安石与曾巩怎样在你的哺育下跻身于唐宋八大家。看那个留恋过墙角数枝梅花，为暗香喝彩的孩子，如何成长为一代名臣，像商鞅一样实行变法。

请允许我拜访晏殊晏几道父子，与他们聊聊《花间词》，为"无可奈何花落去，似曾相识燕归来"这样的句子而慨叹。

至少，请允许我来到你的明代，看格外用心地写下两千多首平庸诗作的汤显祖老先生如何无心插柳柳成荫，写下以《牡丹亭》为代表的"临川四梦"，创造出戏剧艺术的巅峰。

这一场场穿越时空的聚会，都得借助你递来的酒杯，借助梦湖、梦岛、梦园上空回旋的昆曲的旋律，才能深深烙印在心底。

千年之后

在火车上，我认识了一位抚州人。

我问他："你知道汤显祖纪念馆在哪么？在里面参观大约需要多长时间？"

他明确地告诉我他知道，对时间的把握他也提出了自己的建议。

我接着问他："抚州有王安石纪念馆么？"

因为王安石也是抚州人，所以我顺便一问。

他回答道：“好像有吧！这个我不清楚。我没去过。”

第二天上午，我独自逛完汤显祖纪念馆，里面的陈设让我感觉美好而陶醉。我又打听了一番，利用赶火车前的一点空闲，匆匆去了一趟相隔两三公里的王安石纪念馆。细雨绵绵，像是王安石的某些湿漉漉的诗句。

我没想到，当年权位显赫、在文学上也有非凡成就的一位宰相，千年之后，在当地百姓心里却像是给汤显祖作陪衬似的。他俩在本乡本土的待遇算是有不少的差距吧！

时至今日，抚州每年举办戏剧节，还拥有汤显祖大剧院、梦园、文昌里等一系列与这位“东方莎士比亚”有关的文化地标，而属于王安石的，有时不过是一句“好像有吧”这样的话。

这种热捧与相对而言的“冷遇”，其实与世俗的“富贵标准”有很大的区别。

权势，像是一把椅子。才华，像是一颗星座。有些东西在当时与后世的眼里，评判的标准是不同的。谁也无法否认王安石的功绩，可是千年之后，人们慕名而来的更多的是流连于汤显祖所构建的“梦境”里，人们更多的是为那种超越生死的爱情故事所感动。

因此，在抚州城最美的梦湖中，梦园的广场才会命名为爱神广场，而广场中央竖立的雕像，是杜丽娘与柳梦梅两人在相依相伴。

若这世间有一种足够长远的目光，那它一定能清晰地洞察出在历史的长河中，才干与权势的较量究竟谁才是胜利的一方。

金色广东

鹤冲天

我总是习惯于把二沙岛看作广州的心脏。

我很喜欢那里。每次到广州，都会去转转。

不大不小的一个城中岛，疏疏朗朗的现代化建筑，齐齐整整的绿化，美术馆、音乐厅是岛上最吸引人的所在。由于这份文艺气息，当珠江的水环绕着你，当温柔的风暗恋着你，远处的摩天楼看上去也清新可爱。

那时，我还很年轻，就像还披挂着几片笋衣的翠竹。那时的我看世界的时候，用的是蛙眼，也就是说用的是井底之蛙的眼睛看待那个崭新的世界，特别容易激动。

农村与城市，是那么大的差别，这让我感觉很不可思议。活在乡村就像活在古代。一下子穿越到这样的大都市，我像被人打了一闷棍似的开始为家乡感到一种莫名的惆怅。难怪那么多人为了生活所迫，为了心中的淘金梦，背井离乡来到这里。

我第一次感受到什么叫作长见识。长见识就是看到差距。

勃勃雄心与阵阵哀愁交织在心头，带着这复杂的情绪我走进了美术馆参观，又久久地徘徊在星海音乐厅的周围。

我从没进过那个音乐厅，可是，广场上冼星海的塑像让我仿佛来到黄河边，听着母亲河的咆哮，听着热血儿女高歌《黄河大合唱》。

1905 年，冼星海出生在澳门，但他的祖辈与父辈都生长于广东番禺。他父亲是贫苦的渔民，36 岁便去世了。

母亲把他拉扯大，倾尽所有供他读书。他从没辜负母亲的付出。1929 年的一天，那是他人生中的一个转折点。

他告诉母亲说他有机会去法国巴黎勤工俭学，可是，路途遥远，要是去了国外，他怎能割舍下母亲，让她孤孤单单地在家呢？

母亲对他说："你担心我，就像我担心你一样。你在家，我是这么过，你不在家，我也这么过。我身体好着呢！不怕！你爹走得早，可我知道，他即便是在天上也盼着你有出息呢！总守着我，你的前程可就耽误了。你爹会怪我的。"

这番话，冼星海后来在去往异国他乡的轮船上、在国外求学的日子里，不断地在脑海中回放。在他乡，他吃过多少苦，他从没有对母亲说。甚至有好几次，因为饥饿，他直接晕倒在地，他也没有向母亲提起。

他的寿命比父亲多了 4 年，也就是说在他 40 岁的时候便离开了这个星球。

一个人在年轻的时候，吃过太多的苦，忍受过太多的不幸，最终也会累及他的性命。

古人说："少壮不努力，老大徒伤悲。"偏偏有的人，老大徒伤悲，是因为"少壮太努力"。这也是一种悲哀。

中国近代的两大音乐家，聂耳只活了 23 岁，再一个就算他了，可惜都英年早逝，令人叹息。唯有他们留下的不朽的音乐带给人们无尽的安慰。

有些人，天生就是鹤。他们的理想，高悬于北斗之间。无论历经多少磨难，他们都不会舍弃自己的翅膀。

我怀念二沙岛的风，怀念在音乐的天空翱翔过的那只仙鹤，那几乎是我对于那座城市最深情的记忆。

洞仙歌

清远市的连州地下河，大概是老天爷极为偏爱的地方，藏了两亿年，才舍得展示给世人看。

在神州大地上，我去过的溶洞不算少，可是唯有此处最令我痴迷。

当然，痴迷之余，也为唐代的刘禹锡感到遗憾。想当年，他被朝廷贬谪到连州，一待就是五年。他为这片土地写过不少诗，却无缘得知这里竟然还有这样一处神仙洞府。

他在《陋室铭》的开头写道："山不在高，有仙则名。"我想，若是一座并不高耸的青山，能让神仙都流连忘返的话，必须得有像连州地下河这样的宫殿才留得住。

南方的喀斯特地貌造就了无数溶洞，不少有着倾国倾城之仙姿，令人叹为观止。可是，这里的风貌却冠绝神州。我认为最主要在于这处洞天福地，将山水之美，结合得恰到好处。

试想一下，桂林的山，青螺玉簪，化身亿万，固然是美的，但是，假如没有漓江水的多情映照，岂不辜负了"甲天下"的盛名呢？

很多天下名岩恰恰是只有陆路，没有水路。虽国色天香，不免单调呆板。有的即便有水路，也不过畏畏缩缩，如入螺壳，令人战战兢兢，如履薄冰。更何况，有水路，也不见得有天仙似的洞中飞瀑。

若是到了连州地下河，你就只管惊讶吧！

再骄傲的心灵，在它的水陆夹攻之下都会乖乖投降，感觉自己像是来到了人间天堂。

它的陆路极为大气。仙人梯田广场处，可容纳雄兵百万，顶天柱更有直上云天的气势。你甚至可以俏皮地想，在这里来一场万人马拉松赛跑，肯定也别开生面。

而连接着地下河两岸的玉带桥，更像是其中的点睛之笔。在这恍若仙境的地方，突然折转出这样一座白玉色的仙桥，不由得让人想起李煜的词："小楼昨夜又东风，故国不堪回首月明中。雕栏玉砌应犹在，只是朱颜改。"

这样的所在，正是大自然几亿年精心雕刻成的宫殿。

它的水路更让人拍案叫绝。将近一两公里的水程在幽暗又迷幻的色彩中曲折绵延。洞壁千寻，相对夹立，石钟垂幔，石笋如林。好一处世外桃源。

流水承舟，柔波潺潺。静坐舟中，峡转则转，如浮游于半空，若逍遥于天外。

纵情四望，目不暇接。耳畔传来阵阵仙乐。那是一片水花四溅的曲调，悠扬婉转，百听不厌。

原来，在你毫无准备之际，一条七彩斑斓的水帘，便从天而降，丝丝缕缕，柔曼俏丽。

世上的瀑布多矣！大都飞扬跋扈不可一世。唯有此处，在如此含蓄低调的舞台与世无争地飞舞，让每一个与之有缘的人在心底发出欢呼。

我想，与这些洞中万物的年限相比，人不过是小小的婴儿。

置身其间，就像回到小时候酣眠的摇篮。方块字中的“仙”字，是人来到山里便飘然若仙。祖先们似乎早就猜透了你此刻的全部心思：

当鬼斧神工的造化在你的心中盖上印章的时刻，你便是世间最萌的仙人。

望海潮

“哥，你想去哪些地方玩？”

一大早，堂妹依依就从工厂那边赶来，我们一起从松岗乘地铁到深圳关内。

这地铁挺有趣的。有一段靠海的地方，居然是从地层中钻出地面来的。我像看到土行孙钻出地面跑来跑去一样。

由于在深圳待得比较匆忙，且有几位老同学设宴款待，随后还将去港澳。我直接对她说：“不管去哪儿，咱们先去那些不用花钱的好地方就行了。”

经过商议与斟酌，我们最后选择了三处，先去深圳湾看红树林，再去莲花山公园，最后去玫瑰海岸。

玫瑰海岸在哪儿，我不知道。这是她的主意，她说，她有同事去过，看了照片还不错。那是有不少人去拍婚纱照的地方。很难想象，似乎信奉独身主义的她会对这样的海滩感兴趣。

我其实最想去西涌海岸，网上有人将其评选为中国最美的十大海滩之一，能与亚龙湾、台湾野柳等并列，确实令我好奇。依依说她去过，我问她那海岸如何，她说：“路程较远，来回得一天，等你去过三亚，就明白这边也就那么回事了。”

其实，最后去成的，只是坐公交就能到达的大梅沙海滩。因为这样才能比较方便去赴宴，与多年未见的中学同学小聚。

不过，有堂妹细心陪伴，有老同学的暖暖情意，这一天的旅程堪称完美。

我发现，这座我几乎很少向往的城市居然那样充满活力与朝气，让我不由得想：“要是我早来一二十年的话，一定想赖在这里不走了。靠海边的城市，真是可爱啊！”

我从没想过，元月份的大梅沙海滩居然那样美。

阳光像是与海水在谈恋爱。那潮水既有排山倒海的气势，又有莹白胜雪的纯洁，它们在蓝色的大海上腾空呼啸，真是令人荡涤俗尘，忘却所有烦恼。

看着沙滩上疏疏朗朗的游客，看着那无法形容的壮丽画卷，才明白，人多的地方莫去，人多的时节莫去，堪称真理。

我不知道别的人对于此地的印象如何，可是，对我而言，每一次来到海边，大海从未让我失望过。诚然，家乡的小河，绿树染过，晚霞印过，无疑是美丽的。可匆匆流去，总让人想到“落花有意，流水无情”，可大海不一样。它的波浪，走开又走来，让人感觉有情有义。人，何尝有恩于大海，大海却赐予人们博大的爱，此等心胸，多么可贵。

堂妹尽管到深圳打工多年，居然也还是第一次来大梅沙。看到这里的一切那么热情地相迎，她也特别开心。

当初，婶娘走得早，三十多岁就没了。婶娘曾叮嘱过我，多照应堂弟堂妹。多年以来，我自顾不暇，何曾有多少疼爱照应他俩。可是，当我从家乡来此，堂妹却无丝毫抱怨，只有满心欢喜，就像是为某种缺失的亲情打了个补丁，她已经很知足。

按说，尘世间，乐园在母亲脚下，这话并不错。可是，无母之人，过早地体会到人世心酸，大概也没有太多的奢望。像这样的日子，有风有浪有阳光，再加上一个可有可无的哥哥，她也是很开心很开心了。至于吃过几分苦受过几分罪，是否有人问，是否有人疼，她也全然不用理会了。

家乡有首山歌："竹篙打水两边飞，孤寒女儿受人亏。哪个晓得黄泉路，写封书信喊娘回。"她或许从没听过。可是，这歌里的意思啊，若是连她都不懂，世上还有谁懂呢？

正因为是亲人，好多事情都不必写。一切的一切都在海面上，望望海浪便知道，听听涛声便知道。

永遇乐

再次见到初中同学阿永，是在二十二年之后。他办公室所在的那栋楼叫世界金融中心。托他的福，能登上四五十层的电梯去办公室找他，对我而言像刘姥姥进大观园。

接过他倒的一杯水，像是接过他跑了二十多年岁月才递到我手中的接力棒。似乎在生命的赛场上，我们依然是队友。

老同学依然是当年的模样，岁月似乎为他屏蔽了风霜。

他的目光淳朴、真诚、温暖，这一点，也像当年一样，只是添了一份自信与从容。人们往往感叹，曾经的至交也会随着时间的流逝渐行渐远。有人打比方说："这就像小时候穿的衣裳，长大后不再合身。"可是，毕竟同学之情，至纯至真，历久弥新。

时间不过是一扇门，推开几十年与推开一瞬间差不多。遥想当年，同学三五人沿着河湾，去到十里开外的小山小塔作一番登临，便像是一场冒险。至今，刻在彼此的心间。

岁月无法回头，往昔与近况，都融入在问候与寒暄中。在他的经历当中，最让我意想不到的是他的某次辞职。

他放弃了自己在深圳的公务员的工作下海经商，而今在某珠宝集团担任部门经理。他所在部门，每年的营业总额达数亿之多。

我们都同样来自小小的乡村。儿时父辈形容很多钱的时候总是说“多得像树上的叶子”。在我的脑海里，几乎没有“亿”这个概念，更不知道一亿元相当于多少棵树上的叶子。只是他的话印证着那栋大楼何以称之为“世界金融中心”，确实令我惊讶。

我问他：“当初怎么有勇气辞职的？”

他的答案颇为有趣：“那时，我们是在质量监督部门上班。我们单位不少人辞职了。我们科长辞职的时候，对我们触动最大。我们心里想，还不知要多少年才能混到个科长当当。连他都舍得放弃，我们还有什么不舍的！”

看来，是受周围环境的影响，还真是挺幽默的。

我想，城市与乡村都在雕刻着生活在它们怀抱中的每个人。城市的刀锋更锐利，乡村的笔触更细腻。

在谈话中，我还了解到，他在工作之余基本上能坚持在小区晨跑的习惯。对于这一点，我想，一则这是他风华正茂的秘诀，同时，也可以看作城市激烈的竞争中要站稳脚跟所付出的一些努力。

相比之下，习惯于待在温室中的我，确实不免有坐井观天的感叹。

在深圳的一天多的时间里承蒙他的关照，也算是行走生涯中最难忘的旅途之一。

或许，除了那份真挚的情意，让我感觉开心的是当我们遇见一个比自己优秀的人，永远能感受到一种积极向上的能量。

相见欢

晚宴时，阿永来了，阿米也来了。

夜色中，灯光里，我和堂妹依依在餐厅门口远远地望着他们满面春风地走来。

依依有些拘束，原本不肯同来，我说："人不多，就我的两位老同学。吃了饭你再回松岗也不会太晚。况且，你也可顺便帮我们照照相。"她这才不好推辞。

大家入席。他们提起没能到场的另一位同学阿东，说他的生意顺风顺水，在这边有好几套房子，最近又去别的城市装修自己的房子没能赶来。

阿米说："前天，阿东生日，我们几个敲他请客。顺便一起庆祝跨年，都差不多喝醉了。你早来一点就更热闹了。"

深圳真是一座有驻颜术的城市，阿米当年在班上就是大美女，多年不见依旧甜美，举手投足间优雅时尚，很有气场，让人感觉有她在的地方处处散发着柔柔的光芒。

他们回想起某次接待另一位同学的趣事，怪有意思的。我似乎能想象他们几位在他乡闯荡的老同学在一起海阔天空地畅谈或举杯畅饮的画面，由衷地为那份情谊而高兴。

席间，他们逐一为我介绍盛上来的粤菜。菜品好看，味道比湘菜清淡。好心情配美味佳肴，再加上新鲜的城市，以及亲切的面容，令人有"今夕何夕"的美好感叹。

印象最深的居然是一道面食。圆润如雪的包子，裹着灿烂如金色阳光一样明媚的蛋黄。那蛋黄若流若凝，清香沙软，又带着甜味，真是可口。

在我们的要求下，阿米特意像为这面食代言一般，极有层次感地表演了“规范”地吃包子的过程，那时节，感觉她像是有大牌范儿的明星。

曾记得，在一本杂志上，读过王朔的一句话：“真希望在电影里过日子，下一个镜头就是一行字幕：多年以后。”

这话令人感慨，所以过目难忘。而此次小聚，正好应了那四个字：多年以后。虽不是在电影里过日子，可是在明亮而温暖的灯光下，有这些暖心的同学陪伴共进晚餐，且不论什么剧情，感觉并不逊色于电影。

这么多年，我们各自怎么过的，都在杯中，都在笑容间。这个晚宴，不过是人生的一个小小的标点。

阿米说话比较直率，她笑着打趣我：“看你好像走了不少地方。我呀，对东奔西走倒没什么兴趣，我的兴趣是买买买，吃吃吃。”

她说这话时，脸上的酒窝又亮了。

这话倒是提醒了我。人生有时不过就是那么简简单单的几个字，甚至还是重复的几个字，例如拿我来说，不过是走走走、读读读、写写写……

就那么几个简简单单的字，就构成了我们的一生，就贯穿着我们的过去与未来。想想，怎不令人感慨。

宴席散去。我来到阿永为我订好的住处。一般而言，晨兴暮宿，对于我这样的背包客而言，几乎事事需要操心。而如今，食宿却由朋友妥善安排好了，也算是旅途为数不多的礼遇。

住处离世界金融中心大楼不远，而阿永的家离那里还有好一段距离，他也和不少人一样，在关内上班，却住在关外。

彼此又深谈了一番，这二十多年的间隔，就像一条河，话题就像一块块木板，铺在颤巍巍的铁索桥上连接有些隔膜的两岸。

考虑到他还将赶路近一个小时才到家，我虽觉得听他说话很有收获，也不得不提醒他早些回家。

有时想想，在阔别已久又偶然重逢的日子里，那些看似平平淡淡的点点滴滴，竟然也会像星星镶嵌在天幕之上，像珠玉镶嵌在王冠之上。

雨霖铃

终于懂了什么叫“咫尺愁风雨”。

一路奔波，客车从深圳来到了我多次梦想过的地方——开平。这里有着被列为世界文化遗产的开平碉楼。

我下定决心来到交通不算便利的此地，原本是想在广东有幸列入世界自然文化遗产的不过才两处，一处是丹霞山，一处便是这里。若是我一处都没到过，有点太对不住这个省份了。

可是，不得不承认，寒潮的威力太强大了。前几天，风和日丽，深圳像是春暖花开时节。自从某个黄昏飘起细雨的时刻起，整个广东境内阴雨绵绵，寒风刻薄起来。

“昔我往矣，杨柳依依，今我来思，雨雪霏霏。”此情此景，不由得让人想起《诗经》中最令人惆怅的这句诗。

中午从深圳出发的车，下午四点到达目的地。正如古人所言：“雨之为物，可令昼短。”雨中的天色，看上去竟像是夜幕即将降临似的。

由于有着碉楼的村落比较分散，我原本打算先去一个最近的碉楼群看看，第二天再冒雨前往别的村落。可是，一估摸时间，景区都快关门了。于是，我只能雨中去找寻住处。

恰好没带伞，过马路等红绿灯时，用个斜挎包，顶在头顶，权当避雨。我见身边站着个五六十岁的阿姨，手里拿着把大伞，便央告着说：“你好，我可以在你的伞下一起躲躲雨吗？”

可能我问得太直接，反正对方冷冰冰回了一句：“你这么大个后生家，还怕这点点雨吗？”

我顿时愣住了。

说实话，她说得没错。这点雨，还不至于把我砸晕或者冻坏。可是，我之所以愣住，是因为的确没想过会被对方这么干脆地回绝。

在旅途中问路或者请求小小的帮助，我几乎总是能得到人们热情、善意的帮助。我一直在想，大概是现如今人们的日子过得顺畅舒坦多了，所以待人友好和顺。几乎从未在这样的琐事上碰过钉子，没想到却在这碰了个钉子。

我本来就因为下雨去看碉楼可能并不合适而有些犹豫。遇到这件小事，顿时更让我产生离开此地去海南享受阳光的想法。

于是，吃过点东西之后，便辗转来到了海南。我从未有过这样的经历，到了梦想的地方，却因为大雨，因为一件小事，而“过门不入”。

有时，我也会偶尔想起等红绿灯时那场简短的对话。我并不认为那位阿姨过于谨慎与刻薄。相反，我觉得她说得很对。

这么大个人，何必怕那么一点雨呢？

我甚至觉得，她脱口而出的话，放大来看或许还可以说是代表着广东人的某种精神。

走在风中，走在雨中，即便没人为你撑伞，路，还是得走下去。闯世界与做事业，没有保护伞，也要撑起一片天来，这样的人，才真正值得佩服。

我想，对我而言，广东是一个有事就去待几天、没事就多年不碰面的一个地方。可是，对于很多很多人而言，广东就是他们的青春，就是他们的奋斗，就是他们的爱与恨、笑与泪，就是他们心灵深处的那首歌谣。

无论晴也好，雨也罢，他们在这片金色的土地上，用自己金色的年华，铸造着金色的梦想。也正是因为他们，这片土地才有了金色的光芒。

奋飞重庆

无影之旅

某天清晨，小女一醒就问：“爸爸，你去上班吗？”

她三岁，总喜欢用泪眼命令我不去上班，可惜她不是领导。

“是啊！爸爸去上班才有钱让你上大学啊！”我边逗边哄。

没想到，这招挺管用。她不假思索地开心地说：“上大学，买薯片！”

呃，好吧！她这理想又香又脆，我无言以对。

曾经，我也是很有理想的人。2005 年五一长假，我自费去重庆参加某本国家级刊物组织的业务培训，便是我为理想所付出的一份努力。那时的我笃信：“各行业，无贵贱。能吃苦，肯钻研。业务精，出状元。”

那是我第一次独自出远门。家人虽悬心，但也不好再阻止。毕竟，我已工作五年了。

湖南虽与重庆接壤，可是湘南不比湘西，要过去还有很长一段距离。那时家乡不通火车，我先搭客车到广西柳州，再坐火车经过贵州最后才到雾都。

火车穿过广西十万大山的晚霞，在云贵高原上一路爬坡，连轰鸣声都显得格外雄浑。

那七天左右的时间里我去过不少地方，却不曾留下任何照片，纯属“无影之旅”。

这件令人遗憾的事却带给我更多的思索。

在如今的读图时代，拍照已是家常便饭。各色美图迷人心目，各类视频充斥屏幕。我也未能免俗，拍天拍地不亦乐乎。尤其在旅途中，若是没留过影总觉得缺少点什么。

可仔细想想，就不难发现人们似乎无处不在，似乎看见了一切，其实视而不见、见而不悟者大有人在。

设备越智能，大脑越低能，目光越无能。照片在将瞬间变成永恒的同时，也在将某份完整碰碎成残渣。图像在彰显事物的同时，也在将心灵的镜面变得模糊。

从古至今，人类穿越了漫长的无影时代，才步入今天的“剧场时代”。那时的天地万物没有镜头的干扰，都有着自然的表情纯净的色彩以及感人的灵魂。

若论拍照与录制视频，古人并不比我们差。“关关雎鸠，在河之洲”，八个字就拍出了爱情鸟的歌声。“墙头雨细垂纤草，水面风回聚落花”，十四个字就拍出了风雨的无情与多情。“朱门酒肉臭，路有冻死骨”拍出了咫尺之间的冷酷，“孤舟蓑笠翁，独钓寒江雪”拍出了遗世独立的铮铮傲骨。这样的画面，这样的例子数不胜数。

前人将他们的爱憎融入文字的显示屏，化无影为隽永绵长的意境，温暖人心。相比之下，“上车睡觉，下车尿尿，到了景点拍拍照，回家一问啥也不知道”这样的旅行模式，多么肤浅与无聊。

作为拍过无数照片的我，回想起当年的无影之旅，在感到遗憾的同时，更多的是一份铭刻于心的怀念。

顽石成佛

没看过大足石刻之前，我不知道什么叫作奇迹。

历时五百年，造像十万躯，唐宋时期无数民间的能工巧匠，将他们的才华与创造力倾注于大足县的宝顶山、北山等地，将山山岭岭的顽石都点化成佛，让天堂、地狱与红尘在人们眼前并存。

这是一个影响我一生的地方。

2003 年，我从书店买了一套《中国世界自然与文化遗产旅游》的精美丛书。其中在专门介绍宗教建筑、原始遗址的分册中，最出乎我意料的就是大足石刻。

此前我对它一无所知，此后我对它一往情深。因此在到达重庆之后，我赶往的第一个地方就是大足县。

我想，对于旅途而言，最幸福的就是你的无限热情没有被目的地辜负。

在匆匆的一天行程中，我到过宝顶山与北山两处的石刻。尽管我没有佛教的信仰，身临其境的感觉还是那样妙不可言。

无论是日月观音的优雅还是千手观音的富丽，无论是卧佛的从容与大气还是六道轮回的神秘与魅惑，无论是养鸡女的笑容还是牧牛图的情趣，都在瞬间俘获我的心灵。我不想重复任何说明与简介，只想说说最让我佩服的一处洞窟的观感。

那是宝顶山大佛湾的圆觉洞。

从我第一次在书页中看到它的图片开始，就觉得自己与它有缘。

它类似天然洞穴，却是人工开凿的。

正对洞口的岩壁上有三尊佛像。祥云瑞彩萦绕，衣饰如丝如绸，神像磊落自然端坐莲台之上。在原本应该设置软垫供人跪拜的地方，这里却有着独具匠心的设计。

这些无名的工匠在那个位置设计了一尊塑像，我觉得可称之为“跪佛”。它与山岩本为一体，却虔诚面对神像低头膜拜。它的跪姿令人动容。

或许，它在为自身祈福，所以才心无旁骛。或许，它是在为芸芸众生祈福，所以甘愿一跪千年。

我潜意识里觉得那一尊跪像是那些匠人在雕刻他们自己。

他们似乎要通过那一尊跪像告诉人们，在这世间有一种敬畏是无比神圣的。有时，人生的意义也许就蕴含在心灵的敬畏之中。

除了这尊“跪佛”，圆觉洞的佛龛的设计也巧夺天工。明明看上去好多材质都是木头的，可实际上是眼睛受了欺骗。那些所谓的木头壁柜都是石头塑造的。

眼见不一定为实，圆觉洞的木与石的错觉像是古人设计的魔术。

走出圆觉洞，感觉自己受到了一次精神的洗礼。在别的游客离开后，我再次折回洞窟中屏住呼吸细细欣赏。

每当有人肯定我的执着时，我总会想起大足石刻，我觉得跟那些让顽石成佛的无名工匠相比，我的执着根本算不了什么。

又见本命树

故乡的小院门前，石榴绽放第一朵花蕾的时候，我开始绽放我的第一声啼哭。此后，每年生日石榴树都会为我送上火红的祝福。

尽管它毫不起眼，尤其在百花争艳的春天，我却常常觉得它与我的命运紧密相连。每次看到它倔强的枝干与繁密的细叶，我都倍感亲切。

在我心底，它就是我的“本命树”。

有时，母亲用石榴的嫩叶榨取绿色的汁液，再揉入白净的糯米粉团中，做成一根根“绿手指”的样子，一蒸熟，就成了香甜的石榴粑粑，那是我童年很喜欢的零食。

每当我剥开红灯笼似的石榴时，总是喜欢用白瓷碗装着，先饱看一回才舍得吃。我从小就知道，石榴籽是这世上最好吃的红宝石。每次与它们对视，我都觉得自己很富有很甜蜜。

除了老家门前的那株石榴树，最令我难忘的一棵石榴树是在歌乐山白公馆的院墙里看到的。

读过小说《红岩》或者熟悉近代历史的人们，对歌乐山并不陌生。背山临溪的白公馆，最初是某位军阀的香山别墅。后来一度成为军统与中美合作所的办公地，在重庆解放前，此处与相隔几公里的渣滓洞一样，成为迫害地下党与进步人士的魔窟。

这两处魔窟曾关押过杨虎城、叶挺将军以及江姐、陈然等铁骨铮铮的共产党人，还关押过从小长在监狱牺牲时不到9岁的“小萝卜头”宋振中。

忠诚与变节，迫害与反抗，一个个可歌可泣的故事，在这里轮番上演。

就在1949年11月28日重庆解放的前夜，这里还曾屠杀过207名志士仁人，此前陆续被杀害的革命者更是不计其数。

在怀着崇敬之心看完那些令人无比压抑的囚室与刑具之后，

猛一抬头，在白公馆的院子的一角，看到一株生机盎然的高大的石榴树，突然觉得特别感慨。

正是 5 月初，却不见艳丽的花朵缀满枝头，更没有喜庆的硕果笑傲风云，它默默地挺立在那里，高过二楼的囚室。

我相信，它曾陪伴过那些落难却不改信仰的人们，它见证过他们的血泪与爱憎。它的花朵曾温暖过那些革命者的目光。它什么都懂得，却习惯了沉默。

有时，一棵树的沉默，反倒会让我们懂得很多。

当所有的悲情都长成绿荫，所有的牺牲都会结成鲜红的果实，就像胜利的旗帜。

当所有的忠魂都铭刻在人民的心头，这株普普通通的石榴树，仍在这里坚守。

它曾与那些在烈火中永生的人们一起经历过苦难的岁月。它幸存下来，看到了那些光荣的名字没能看到的胜利。

是的，胜利！这两个沉甸甸的字，如今在一棵倔强的石榴树上被高高托举。它让每一个懂得这两个字的意义的人感到欣慰与幸福。

这棵每一片叶子上都长满故事的树，在明媚的阳光下，静默成绿色的丰碑。

筑梦年华

当火车载着我离开重庆奔向家乡时，我觉得自己也像一趟满载而归的列车。

学习的幸福是最实在的幸福。

在为期三天的培训中，我见到了一些业内的精英。他们的学识与能力是值得我无限景仰的，也影响着我未来的道路。

我在火车的轰鸣声中，回味着朝天门、磁器口、南温泉等地留给我的美好印象，回味着重庆作为最年轻的直辖市那种磅礴的气象，回味着在育才中学的会场与来自各地的朋友们一起学习的快乐时光。

原本，每个人都类似微尘，可是在求索的路上借助学习的魔力微尘也能变成巨人。

记得在我最初踏进育才中学（由著名教育家陶行知先生创办）的校门时，负责接待我的是学校年轻的主任。

我们一路闲聊着。

他问我："你多久到重庆的？"

"昨天。我先去大足石刻看了看，感觉太震撼了。"

"你一个人来的吗？"

"是的。我先到柳州转车，后来在遵义待了一天就到重庆来了。"

"遵义好玩吗？"

"挺好的，历史博物馆搞得很好。街上的石板路面干净得可以直接当床睡。何况，每一个湖南人看到遵义会议会址都会觉得特别自豪的。"

"你昨天休息得好吗？"

"我昨天住在一个简单的招待所，条件一般，但睡得很香。"

"重庆有很多宾馆条件挺好的。出门在外，不要太委屈自己了。"

"没关系的。我家乡小，出一趟远门不容易。对我来说能长点见识就好，其他的无所谓。"

他很感慨地说一句："你真是当代的徐霞客啊！"

我既惭愧又感动，回答说：“徐霞客是我的偶像，我希望能像他一样多走一些地方。”

而今，十五年过去了。当年所有的一切都像河面上的月光，近在眼前又渺然天边，通透柔美又宛若梦幻。那位初次见面便称我为“当代的徐霞客”的人，他的说话艺术对我影响很深。

用参天树来激励小小草，用日月光来鼓舞萤火虫，他的感叹确实让我很受用。

多年来，我用我厚厚的脚茧去丈量大地的苍茫，我用我混沌的目光来藐视风雨的考验，莫非只为了对得住他的一句鼓励？

当年的我，无论如何也没想到我会那么久都没有再去重庆。我想，这十五年来，重庆走过的路要比我多得多。

我从它身边开始奋飞，它在我看不见的地方逐步强大。我们都在开启自己的筑梦年华。

酣畅天津

海河之恋

一座城市，若有一条河流穿城而过，便有了灵气。海河为天津添了无限风情。

在火车站附近的码头，在富丽堂皇的津湾广场对岸，我踏上夜航的游轮，感受三月的晚风。

初来乍到时的无所适从早已平息，取而代之的是无边的欣喜。平日里生活在小镇的沉闷被春风一扫而空。

从海河上打量天津，发现天津如此迷人。她不用和北京较量底蕴，不用与重庆计较高矮，不用与上海比试华丽。天津就是天津，她单纯天真，秀气清新。

夜色中的一切，都似乎从白天的俗气中剥离出来具有一种仙气。

黑色是高贵的。它像一块绸布衬托出高楼的伟岸，灯火的璀璨，还有流水的妩媚。

河面上，每一座桥都像一个最美的分号。当来到“天津之眼”时，那漂亮的圆环就像固定在黑色天幕上的手镯。

当游船返航后，我依旧流连在海河两岸，看人们利用电筒光在海河岸边捕鱼，在他们眼里，或许这就像乡村的一条小溪。

逛过意大利风情街后，我静静地坐在河边，看着河面上一圈圈彩色的涟漪。

那么多美丽的梨涡，聚拢又分散，分散又聚拢，分分合合，像人与人的相逢与别离，又像命运一样不可捉摸。

我竟看呆了。

万物静观皆自得。原来，最美的天津就荡漾在海河的柔波里。

最深刻的美往往藏在最细微的地方。

听说海河也是会结冰的，冰期大约两三个月。这一点我感觉很惊讶。我想，今后若还能再来天津，就等海河结冰时再来吧！那一定是另一番最美的景象。

跨越百年的宁静

太多城市有着雷同的面目，而有的城市却有与众不同的胎记。

五大道便是天津的一处胎记。这里曾是英国领事馆，有很多具有一百多年历史的欧式建筑。曾经有很多显赫一时的人物在此居住过，至今保留有一百多处名人故居。其中，我印象较深的是张自忠将军在此住过，另外，孙殿英也曾蜗居此地。

他俩一个是以身殉国的抗日将领，一个是盗取清东陵地宫的军阀，看到这两个名字出现在同一块介绍牌上，令人感慨。人生一世，决定留下英名还是留下骂名的是人的所作所为。

这是三月下旬的一个晴日。街边的迎春花金黄一片，阳光朗照，柳树由于有了嫩绿的枝条四处向人炫耀。

五大道街区与我想象的很不一样。我一直以为它一定有着宽阔笔直的大马路，周边高楼拔地而起，一家家商铺内人头攒动，大街上的人密密麻麻，一座座古旧的故居就蜷缩于高楼的脚下。

到了这儿我才发现，清爽与宁静是它最大的特点。很难想象，在天津这样的闹市会有这样一片闲适安逸的区域。

这是名副其实的建筑博物馆，极少受到商业气息的影响。走在里面，让人有种迷路的感觉，却并不让人担心。因为处处都有新奇的发现。

如今的天津音乐厅，外观就像是白宫的姐妹。音乐厅附近的“起士林”是有着百余年历史的餐厅。这里的明园广场，被设计成罗马斗兽场的现代版的模样，斗拱承托，红白相衬，加上环形跑道与台阶式样的休息广场，显得十分大气。这里的学校，所有的教室几乎都沿用了当年气派的欧式建筑，令人另眼相看。

当马儿拖着一辆辆敞篷车经过时，你会有种时光穿越的感觉。

几乎很难想象，在这样一个文化旅游区居然也可以体会到一种地广人稀的感觉，真是奇妙。

在我到过的城市里，青岛的八大关、澳门的历史街区，还有哈尔滨的中央大街，都有着相似的神韵，又有着不同的感觉。

青岛的八大关游人如织，其中又因为有名人住过的城堡与一些拍过电影的名楼，让人趋之若鹜。那就像是海边的森林里的一片彩色宅院。

澳门的历史街区，有更多的原生态的味道，因为那原本就是殖民统治的产物。

哈尔滨的中央大街，有着更多的对称美，在中轴线两边的俄罗斯风格的建筑至今仍发挥着重要作用，或是商铺，或是办公地，有着勃勃生机。

而天津的五大道就像《睡美人》童话中那片被施了魔法的城堡，只等有人来将它们唤醒。

我喜欢这里的宁静。历史已将当年的喧嚣自动屏蔽。那份跨越百年的宁静，在春风中荡漾开来，也在我的心头荡漾开去。

斗嘴的最高境界

我发现天津人说话特别好听。为此我决定去听一场相声，再次感受一下那种独特的腔调。

我先到人民公园的相声社，得知晚上才开演。于是，我又找到鼓楼大街的老城小梨园。这里离梅兰芳等一批名家演出过的广东会馆不远。

仅仅三十多元的门票，却让我度过了最快乐的一个下午。

天津人说话本身就很有韵味，那掺杂着柴米油盐的市井味的声音，一旦融入别具匠心的相声作品，更是让人印象深刻。

在这古香古色的鼓楼大街上，老城小梨园是一处十分空灵的所在，它有着幽静的院落，曲折有致的走廊，还有一雄一雌两株有名的海棠树。

演出的厅堂小巧精致，古韵悠长。一张张梨木方桌与靠椅油光锃亮，齐齐整整罗列在台下，舞台虽小，却布置得典雅华美。

“唱念做打演绎东方神韵，喜怒哀乐品味艺术人生。”台上的这副对联充满着一种文化的自信。

这厅堂是个神奇的地方，就像大海之上的一条快乐的小船。我见过它空无一人只有阳光与影子的样子，也见过它座无虚席人人捧腹不已的时刻，它的沉稳、它的活泼，无一不深深地打动着我。

在生活中，我们也常常会和亲密的朋友斗嘴，说些不用经过大脑思索的话，那是一份信任与友爱的互动，也时常让彼此感觉愉悦与轻松。而一旦有一种艺术形式将生活中的斗嘴升华，用精心设计的台本，用几十年练就的功夫展现出来，将会变成一颗颗快乐的小石子，将人们心中充满忧伤与烦闷的气球一一击破。

生活中难免有泥沼，每个人都难免有深陷其中的时刻。这时总会有些力量使我们到达快乐的彼岸。艺术往往就像一双给予我们这种力量的无形的大手。

在多年的行走生涯中，让我笑得最酣畅的地方便是天津。尽管我曾在电视上看过不少相声界的名家演出，但没有一次能比得上现场聆听这些普通演员的表演让我觉得开心。

台上的演员们高矮胖瘦各不相同，年龄差距也大，在人海中毫不起眼，而在这制造快乐的舞台上他们的功力那样深厚，他们的光芒那样灿烂。这背后是他们几十年寒暑的默默付出。世间最可贵的便是这种执着与恒心。

我常常想起在小梨园的台下傻笑的自己，我常常提醒自己要笑看风云。泪水或许可以排毒，但是，笑容可以创造一个新的世界。

尾　声

夜里，住在火车站附近，海河近在咫尺，津湾广场仅一桥之隔。

我独自去津湾广场那边看了一场电影。广场的洋楼夜景很美，人却不多。影院在高楼上，很仗义，即使才两三位观众也正常开演，我很享受这种类似包场的感觉。

电影散场后，只见月如半环，在被高楼欺负的天空中默默地维护自己的尊严。广场空空荡荡，灯光都弱下来，春风却很强悍。

赤脚走过海河上的铁桥，双脚感受桥面的颤动，大脑不再像平时那样麻木。

靠近住处的车站广场边，几树梨花在月色中开得正欢。那香雪似的花瓣，像我的离愁，皎洁而芬芳。

古韵湖北

黄鹤楼与武当山

黄鹤楼与武当山是我在湖北最初去的地方，我惭愧于自己的步履匆匆，惊叹于那浓浓的楚风楚韵。

黄鹤楼，武汉之心。空寂白云，曾留黄鹤影；滚滚长江，但见孤帆尽。古人虽不可见，诗篇却历久弥新。

登楼那天，秋云阴郁，江雾迷蒙。五层高阁，辉耀江畔。稳健耸立，翘檐灵动，如展翅欲飞。晨风新雨后，格外清爽。江流阔达，有入海气象，满城繁华悄然。独行独享，妙处自知，上下绕楼四面行走，我像是用脚步在画今生最美的圆。

时隔半月，到武当山，却是丽日高悬，秋光明艳。山路迂回，却有大车轻盈。下车便是宫观俨然，十分便捷。路边红树欲燃，黄树灿烂，柿树叶无一片，果垂千颗，着实可爱。

这座道教第一仙山，明朝鼎盛时，有道士一万三千人，如今仅有三百道人。道士锐减，但宫观依旧气象非凡。晴光照在红墙绿瓦之上，万山环拥，轻烟几许，此处若非仙境，不知仙境在何方。

太子坡迂回古朴，南岩观险峻雄伟，金顶巍峨挺拔，每一处都与山岭贴心贴肺，建筑与自然浑然一体，让人感觉当年几十万工匠没有辜负他们的青春与热血，尽管当年他们或许只是圣旨下的一枚棋子。

比起以上三处，我其实更喜欢半山腰的紫霄殿。从中轴线直上，两旁点缀着阁楼宫祠，众星捧月似的，烘托出主殿的威严。而比宝殿更气象不凡的是它倚靠的后山，岩崖开展，秀林半遮，彩叶铺锦，青烟升腾，一派圣地气象，令贪恋红尘的人到此处也难免神往清修之福。

紫霄殿外，有书画室一间，有道人打扮的男子箫声婉转，一曲《春江花月夜》，一曲《返魂香》，将这大千世界与那精神家园都糅进曲调，在风声中悠悠扬扬，与这宫观难舍难分，荡气回肠。

山间晚凉，宿于南岩观附近的天街，饱尝野生猕猴桃的甜香，饱览寂寂千山之上圆月空明。心间无杂念，世上有神仙。

楚地双城记

做梦也没想到，襄阳城竟是那样美轮美奂。

这片土地流传着很多三国的故事，如刘备三顾茅庐，诸葛亮隆中对策，人人耳熟能详。唐代诗人王维在此地写下名句："江流天地外，山色有无中。"甚至连金庸武侠中郭靖为国守城，也为它添了几分传奇色彩。

汉江宽广，迤逦穿城而过，两岸风景迥异。北岸高楼林立，处处洋溢着现代气息，南岸城墙沿河矗立，古朴威严。一水之隔，古今之别那般明晰，令人恍惚忘记今夕何夕。

夜幕降临时，城墙被灯光抹去沧桑，涂上浓郁喜色。墙根的马路上，一辆辆轿车缓缓穿梭如游鱼，车灯闪烁，不再有狼烟与炮火，古城像慈祥的老者微笑着呵护着这份祥和。

江畔有不少人在放孔明灯，在孔明先生待过的地方放这灯，大概更吉祥吧！灯火飞升，高低错落，呼朋引伴似的在绚丽多彩的河面上方，如流星消融于夜空格外惹人瞩目。

我错过了古隆中景点的开放时间，却尽情感受这华夏第一城池的魅力。在昭明台附近的古街，由于沉浸在书店淘书出来时才发觉竟错过了登城墙的时间。

几经问询，才在西门的城墙上走了一小段。那段城墙年久失修空寂无人，上面半是野麻灌木半是城台，野趣十足。墙外护城河绿柳垂杨处处灯光，人们逍遥漫步悠闲快活。后来，我准备在夜色中绕城墙一周。大约走了两个小时，快到仲宣楼以及南门时，由于当天上下武当金顶时全程暴走，晚间右膝疼痛难忍只能作罢。

那晚月色极好，月轮行走于薄云之上，隔了龙脊般的城墙瞭望，感觉如吉日良辰清景无限。

也正是源于对襄阳的迷恋，我爱屋及乌地去了另一座城池——荆州。一路辗转之苦，在我登上荆州城墙时全被欣喜所取代。

这座曾是十多代楚王居住的古老城市，这座屈原、刘备、关羽、张居正等人生活过的城市，多么令人浮想联翩。我将对古人的敬仰，化为在城墙上行走的力量。

这座楚国古都的城墙保存得如此完好，护城河也比我见过的南京、西安、襄阳的更完整，这一点真值得骄傲。虽然城墙上并不特别宽阔，可是城墙内外，都是翠干拂云，密林严遮。

从东门到西门的这段城墙，我用了将近两个小时慢慢行走。

还曾赤脚踩在冰凉的城墙砖上，走过好几里路。

在荆州博物馆，流连于璀璨的文明宝库中，带给我的震撼并不亚于城墙。

张居正的故居里那片清幽的天地让我了解到一代名臣跌宕起伏的一生。故居中小池里的金鱼，聚散嬉戏，自得其乐。

我无法表达出我对楚文化的景仰与痴迷，可我确信，每一个脚步都是写在大地上的问号。这一连串的问号带给我深沉的思索，也带给我不一样的收获。

繁华依然

第二次到武汉是在前年秋天，待了半日，去过武汉大学、东湖与汉正街。

没有樱花点缀，武汉大学依然很美。

这是一所森林中的大学。高低错落的丛林，像绿色的海洋一样将所有的校舍容纳于海底。

秋光明媚时，那些学富五车的树再也按捺不住，红的红，黄的黄，在人们眼中展现出绚丽多彩的一面。

蓝白相间的民国风格的建筑，在这彩色的海洋里显得从容而稳重，像蓝天白云一样令人赏心悦目。

在樱花大道上，有几株樱花树，生怕怠慢了游客，果敢地开出几朵纯洁的花。

这些落单的小樱花，大约是特别贪睡吧，一不小心睡过头，从春睡到秋，它们虽然感到很尴尬，可是忍不住想：迟点开总比不开强吧。

它们想通了，就落落大方地开起来。虽然数量很少，可是依然那样美好。

就好比哪怕只有一颗星星，夜空也就不寂寞了。有它们在，我像是补习了一次春天。

东湖面积太大，我只走了屈原阁周边的区域，她的秀美确实神似西湖或者玄武湖。

置身其间，会让人忘了自己是在一个大都市里，远处的高楼不过是水面的倒影的远亲，或者算是绿树丛中的海市蜃楼。

由于是周一，不能去端详越王的宝剑，也无法目睹曾侯乙的编钟，便去汉正街领略武汉的繁华。

高楼林立，却有小桥流水相伴；购物商城，更有美食美景相融。此处也令人留恋。

如今，距离当时我提着行李包站在武汉大学的门口，时光过去了还不到两年。可是，众所周知，这座城市却经历了沧桑巨变，也经受住了前所未有的考验。

一个那么美丽那么美好的城市，在风霜与寒流之后，是不会枯萎与凋零的。

无论如何，我坚信，它会繁华依然。同时，我也坚信，我心中的古韵湖北将会书写更辉煌的篇章。

喜庆福建

厦门无门

能去福建，得感谢月生。他算是老朋友了，性格豪爽，为人仗义。

要不是他的帮助，我不知猴年马月才能去成福建。

那是 2015 年 10 月的一天，我打电话问他在哪，想把他替我垫付的四百元酒席钱还给他。他刚好在我单位附近的银行。

我将现金交给他，顺便问了一句："你在这取钱做什么？" 我以为他又要投资，再承包些山地之类的。

月生说："我表姐的女儿结婚，上次她特意从福建回来邀请我去做客。我和我表弟他们明天去福建吃酒。"

我说："真好！我一直想去厦门与土楼看看，可惜没机会去。你们这次去多替我拍些照片回来。"

"我表姐嫁在福建长乐市。这次恐怕没时间去厦门与土楼了，比较远。"他说。

他似乎很在意我的向往。像他那样自驾游过两次西藏的人，一直是我很佩服的。

这回，他对我说："你要是想去的话，就同我们一起去吧！我问问，要是挤得下，一起挤挤就到了。”

我直接告诉他：“去倒是想去，只是我想去的是土楼与厦门。你们去吃酒席，我掺和进去不好意思。”

月生说：“这有什么关系，多双筷子多个碗罢了。你先同我们去长乐看看，再去也不迟。我问问我表弟看能不能坐得下。”

他立即打电话问了，刚好有一个空位。得知我钱不够，就说：“你要多少？我先替你取就是了。”

他向来侠义心肠，又希望我多见见世面，因为在他看来，我似乎有几分才华，能让这几分才华发光发亮，似乎是他的职责所在。

原本来还钱的我，还的是四百，他还没兜热，就又借了两千给我。

就这样，我们一行七人挤在月生的表弟晓天的面包车上，开始了长途跋涉。就这样，我去了福建。不过，厦门至今还是没去成。当时，到长乐待了一天，我按捺不住想去厦门的念头，月生说的一句话最终还是打消了我固执的念头。

他说：“你去厦门无非就是旅游旅游，走马观花还不如以后去。而长乐这边的婚礼习俗等，你体验过的话不也是难得的经历么？”

他说得在理。

我觉得厦门渐渐成了我的一个心结。我曾听一个朋友说，她最喜欢的城市都在海边，厦门与青岛都是她最喜欢的。我无法比较，我去过青岛，极为喜欢，我内心将青岛看作瑞士一样美丽的所在，所以我相信她对厦门的印象。

可能因为世界太大，总有些地方，对我们来说是无法敞开大门的。

福州之旅

清晨醒来，窗外曙光明艳。

长乐市位于东海之滨，天亮得早。我们于凌晨一点才抵达这里。路远神疲，夜里睡得很沉。

上午，几位老人留在月生表姐家闲话家常，晓天、月生带我驱车前往福州。

晓天曾在福州打拼十一年，这次从家乡带来些物品先送到他的小舅子家里。

忙完后，月生说："像刚才我们进去的套房，九十多平方米也要一百多万了。房顶那么矮，走进去就有一种压抑感。按揭买房的话，月供不知要还多少年！我觉得有这点钱，生活在我们那样的乡下搞套别墅，可以舒舒服服过日子，多好！大城市的生活成本太高了。"

这话，对于一直向往大城市的我而言，并不以为然。但那套房子看上去似乎伸手就能摸到房顶的憋屈感，我却很有共鸣。

当我们驱车向着鼓山行进时，已接近中午了。

鼓山为福州的靠山，比长沙岳麓山更有气势，翠屏横空，独当一面。在山腰便可俯瞰全城。松涛如浪涛，山风似海风，处处葱茏，幽静宜人。

山林间，有步行者，有骑行者，又可乘小车长驱直入。看游山者陶醉的表情，令人联想到书法艺术：行人步步流连，如写楷书，笔笔规范，方正严谨；骑行者脚底生风，如写行书，顾盼流转，洋洋洒洒；而我们驱车疾驰，如写草书，酣畅淋漓，逸兴遄飞。虽章法不同，却各得其乐。

俯仰之间，远寺在望，红翠掩映，清泉盈池，暖风入怀。相距满城繁华不过咫尺，却别有一方天地。

晓天说：“我在这边待了十多年，以前也从没来过这山上。”

这话让我感觉不可思议。红尘嚣嚣，奔波劳碌，这近在眼前的大山，竟无暇顾及。

午后，途经山间别墅、山岭间的茶园，辗转来到福州森林公园。虽是深秋，却随处可见群芳争艳，奇木林立。

入口处有两列行道树，细叶扶疏，绿意盎然，乍看之下，并不稀罕。近看则令人称奇。只见那树皮薄如宣纸，层层叠叠，任风霜剥落，却依然生机勃勃。原来，这种直撑云天的大树名叫“白千层”，树皮纤维大概是造纸的好材料。

我很喜欢公园中的黄竹。竹节疏朗，骨骼清奇。金黄温暖，又有绿叶相衬，令人叹赏。从小见惯翠竹，第一次看到竹子也可以长得如此阳光，心情不由得无比灿烂。

然而，园中最让人眼前一亮的是一棵高大挺拔的榕树。它耸立在湖边，湖畔风光无限，远山含情，锦鳞畅游。绿茵开阔之处，它霸气地舒展筋骨。

远远望去，它像天之骄子庇佑一方土地，又像一把打开了绿色的扇子。它既有人工盆景的清雅之态，又有着天然的遮天蔽日的雄姿。

福州与成都一样，都有“榕城”的美誉。究竟哪一个城市更名副其实，哪怕只是看看这单独的一棵千年奇树，哪怕只是在它的绿荫间流连片刻，你的心中自然会有答案。

陪长辈游长乐

第二天一大早，几位长辈（月生的母亲、姑姑等人）就向我们兴师问罪。

香意姑姑说："你们三个昨天跑哪去了？把我们晾在家里。是嫌我们老人家啊？反正你们今天去哪，我们就跟到哪。"

婚礼在明天举行，所以还有一天游玩的时间。

月生说："我们是怕你们坐了那么久的车太累了，所以昨天没敢惊动你们。这个地方靠近大海，又有机场。咱们今天一起去逛逛，可好？"

姑姑说："你们不撇开我们，我们就阿弥陀佛了！我们哪敢挑地方！"

姑姑与月生娘以及晓天娘，既是亲戚，又情同姐妹。她们三个都戴着喜气的红帽，可当作一个"小红帽组合"。香意姑姑和蔼可亲，面容有菩萨相，像她这样的人哪怕初次见到，也像早就熟悉的。

天气很照顾这些老人，晴暖惬意。大家先顺路去晓天的嫂嫂工作的地方看了看。没想到，那里竟是一个种植了许多蝴蝶兰的院子。

晓天的嫂子穿着淡绿色的工作制服，戴着工作证，领着我们参观种植无数蝴蝶兰的温室。

我从没见过那么多养在小格子里的蝴蝶兰。她们就像参加阅兵仪式的女兵，排着整整齐齐的队伍，绵延到天边。她们含苞待放的脸，亭亭玉立的身姿，像是等待着吹响冲锋号便姹紫嫣红地占领整个世界。

嫂子介绍说：“这些花都是为南方很多机场提供的，它们一般都搭乘飞机分到各个机场去。”

原来，这是真正会飞的蝴蝶兰啊！

温室大棚里，大多是还未开放的。而所有已开的花，都盆装放在大棚外。这里的蝴蝶兰品种齐全，五色夺目，缤纷倾城。真是令人大开眼界。

真没想到，在这样一个深秋，我在他乡竟然邂逅这么多长着彩色翅膀的小精灵。它们在我心里铺开一个美好的春天。

大家在机场的围墙外望着一架架飞机，带着骄傲的轰鸣，闯进我们的视野。我那时和这几个老人一样从没坐过飞机。望着这些巨大的铁鸟起降自如，感觉很新奇。

在机场的大厅里，大家对各种商店并没多大的兴趣。最吸引眼球的倒是摆在大厅的鱼缸中的金鱼。

金鱼可以算是水中最美的花朵吧！它们旁若无人地游来游去。它们五彩斑斓的颜色让我想起了才看过的蝴蝶兰。除了唯美的外表，它们最让人受不了的是那双会放电的小眼睛。要是它们盯着你看，你就会明白什么叫作小妖精，简直萌翻了。

最开心的自然是看海。大家来到一处比较近的海湾，恰逢涨潮。虽然海水很浑浊，但是海风相当清澈。层层叠叠的浪花远远地跑来问候我们。倒是岸边的岩石比较稳重，像待在海边的哲学家。

我们在兴奋地拍照时，遇到了几个特别的人。他们是一个到这边演出的团队，也许是杂技团吧。他们可能都有不同程度的侏儒症，有两个不仅驼背，还必须手脚并用地走路，另外一个拄着双拐。

大海对于所有人都是平等的。无论对谁，大海都会扑腾着浪花，她用最宽广的胸怀抚慰着每一个人。

在为香意姑姑与姑父合影时，在我们这些“摄影师”的命令下，姑父有些害羞地把手搭在姑姑的肩头，似乎不习惯这样的“老来俏”的动作。我注意到，不远处，月生娘与晓天娘都笑出了眼泪。

这次看海，他们是全身心地高兴。在他们的一生中，究竟有多少时刻有这样纯粹的享乐呢？

香意姑姑最后说过一句话，像是对这一天的总结。

她说：“这一世人都没这次开心。”这句方言的意思是，这一辈子就数这次最开心了。

这满是沧桑的肺腑之言，像一句诗。

海鲜婚宴

在我的家乡，人们形容一个人老实，常常会说这个人“没有多话讲”。月生的表姐两口子都是那种“没有多话讲”的本分人。他们当初是在厂里认识的。后来，表姐远嫁过福建这边，他们有一儿一女，都乖巧懂事，体体面面的。

此次女儿的婚礼，恰好他们入住新房不久，房子装修得非常漂亮。各种大理石材质的镶嵌与装饰，让每个房间有一种熠熠生辉的气派。这房子是他们夫妻俩勤俭持家的结晶。

这天，吉日良辰终于到了。迎亲的队伍在司仪的带领下来到家里。通过设置的重重考验，“王子”与“公主”终于牵手，拜见各位在场的亲友。大家拿着垂钓着的苹果见证幸福之吻。

看着他们的一举一动，大家像在看偶像剧。这些富有感染力的瞬间，让每个人都喜气洋洋。

婚宴在西洋风格的“黄氏祖厅”进行。门楼巍峨，楼前布置了充气式的红色拱门、金色狮子以及有“金玉满堂”等吉祥祝福的花柱。

在湖南，结婚时，嫁女的一方基本上是办早餐。到了男方家里才办中餐。而在福建，婚宴女方办中餐，迎亲之后，到男方家办晚宴。

在餐桌上，又见到了昨天带我们参观蝴蝶兰的那位嫂子，她说：“这边还有不同的一点，每张请柬基本上都只到一个人吃酒席，如果到两个人就随两个人的份子钱。这样便于统计人数，安排桌子。不像我们家乡那边，有时一张请帖一家老小可能都会去。常常需要预留好多桌菜才够。”

初听之下，感觉这习俗有些古板，甚至略有些不近人情，可是，大家约定俗成，谁家办酒都一样，倒也挺好的。

到了上菜时，我才发现这里的婚宴，与我们湖南最大的区别在哪。

菜一道接一道，摆得让人眼花。除了海鲜还是海鲜。我从小接触的酒席，基本是俗称的“十大碗”，也就是一桌十碗菜的规格，最多可能不过十二碗。

可是，在这里，吃过的及时撤换，又及时摆满，我稍微留心统计了一下，至少上过二十二碗菜。虽盛菜的碗碟大小与式样不等，可这么丰盛的海鲜大餐，真是超出了我们的想象。

我按在家乡的习惯，吃了一会儿，打算去盛饭，便问身边的人：“饭在哪边？”

对方笑笑说：“没米饭，我们这边婚宴不煮饭的。”我以为是开玩笑，就说：“那怎么吃得饱啊？”

“多吃菜啊！多吃菜就饱了。”对方答得很干脆。

好吧！我只好不再多说什么，开始痛痛快快地“埋头苦吃”。

语言是多余的。当你面对那么多招人怜爱的盘中海鲜，就会深深地意识到这一点。

南澳观潮

婚宴过后，主人一家又挽留我们多待了一天：“来一趟不容易，不要这么匆忙回去。”他们将我作为贺礼的六百元钱，拜托月生说服我收下。他们的说法是：“能过来就好，不用这么客气与见外。以后有机会，再来福建玩。”

我只得收下。月生后来宽慰我说：“晓天是表姐最疼爱的弟弟。你要是过意不去，将来有机会请我们一起喝酒就是了。”

在这多留的一天里，我在清晨去了附近的龙角峰，上面的佛殿供奉着观音大士。福建这边的人对家族与信仰看得比较重。小山小岭也奉献给佛祖与菩萨，像是为心灵找到的一处栖息地。

我特意向当地人打听了一下，我问：“长乐这边，最好的看海的地方，在哪？”

他们都回答同一个地方：“南澳。”

我打电话向亲友们告知了一声，说自己想在回家之前再去看看海，便打车直奔南澳去了。

后来，我发现这地方确实比前天大家去看海的地方强多了。

长乐的海滨，是明代探险家郑和七下西洋的起锚之地。南澳这边海岸线开阔，远处有耸立的小山，近处则是平缓柔软的沙滩，最画龙点睛的是，海中与海边都有形状各异的石头，尤其是南面的石崖直立海中，常与浪花相切磋，令人惊叹。

在夏季，这里是游泳的地方，可深秋时节游人极少，海风清冽。潮水不断地得寸进尺，浪花一波一波涌过来。

当潮水漫过海中平滑的石板，像吞没一条小船。可是，一会儿工夫潮水撤退时，石板又崭露头角，笑傲江湖。

当潮水炸向海边挺立的巨石，巨石目空一切，岿然不动，任凭细浪卷起千堆雪。当潮水涌向石崖时，它们的气势无论怎样加强都不过像是在一次次朝拜。

在海边的时候，我就是另一片海。我心中的浪花也绵延天际，汹涌澎湃咆哮而来。

毋庸置疑，在我去过的海岸线中，南澳的海水无疑是最浑浊的。可是，我永远感激这个地方。它仿佛将我从睡梦中唤醒，让我开始投入真正的人生。

在南澳观潮之后的第三个年头，我原本打算从福建平潭跟团去台湾旅行。后来计划落空，我白白浪费了一张机票。从此，福建再没有去过。

那个慨叹“这一世人都没这次开心”的香意姑姑，我再也没见过。听月生说，她在今年夏天过世了。

往事如烟，尘缘似梦。浮云聚散，有何可说？

寻源山东

老家的厚礼

老家山东青州，族谱上这样一写，我便有浓浓的山东情结。尽管那是千百年前的事了，可毕竟水有源头木有根，故土之思，千年不改。

我想回去看看，替我所有没回去过的祖先回山东一趟，这个愿望直到 2017 年 11 月才得以实现。

山东人与生俱来的耿直、豪迈、仗义，让我在山东的旅程就像回到故乡一样惬意。这片土地带给我不一样的感觉：在别处我是客；在这里我是主人，尽管我第一次来。

在去山东之前，我就在心底许愿：我要沾染点文化气息，才对得起那片文化底蕴深厚的土地。

在曲阜，我的愿望似乎就实现了一半。

看了“告示”，我才知道，原来只要在 10 分钟内背诵 30 则《论语》，并随意解释其中四五条，就可以免掉孔庙、孔府、孔林的 150 元门票。

这项活动每年至少开展 300 多天，我不由得为圣人故里的大气点赞。

不少人跃跃欲试。有的大人事先早有准备，可临场发挥欠佳，没有过关，满脸沮丧。倒是有个小学生背得落落大方，顺利通过。

我对自己的“短时记忆”有充分的信心。曾经抄录过整本《论语》的我，开始坐在大厅从手机上抄录了最常用、最简短的七十多则内容，又在大厅外面僻静处叽里呱啦背了四五十则。其中，光是“君子……小人……”的，就背了有十多则。

我下定决心：背不过关，对不住孔夫子，我决不进孔庙。

当我面对摄像头花了六分钟背完时，当我拿着景区颁发的荣誉证书当门票，一次次走进“三孔”（孔庙、孔林、孔府）的大门时，我心中无比自豪。

还是老家好，一来就送我这份厚礼。走遍神州，这也算是头一遭。

孔庙大气，有故宫的影子，又有许多可与天坛公园媲美的古柏。

大概从宋代起，每个朝代在孔庙就多围一方院墙，多加一道门楼，所以，每当跨过门楼的那一秒，我有一种臆想出来的朝代更迭的冲击感。

在千万棵古柏中，唯有龙凤柏两棵给我印象最深。龙柏主干上那虬曲苍劲如长龙一样的树节令人震撼。人们无论如何也想象不出树能长这样，可它偏偏已经长成这样了。做人做树，独一无二才够味。

礼拜孔夫子就像朝拜珠穆朗玛峰。孔庙的正殿叫大成殿，上面的牌匾写着“生民未有”四个字，据说是清代雍正皇帝的笔迹，这几个字源自《孟子》一书，意思是说自有生民以来，从来没有像孔子一样至高无上的圣贤。这也可以代表历朝历代对万世之师的崇敬。

在孔府，有一处影壁上画有一个神话传说中的“四不像”，也叫“饕餮”，它的每个爪子里都拿着一样宝物，可是它还是不满足，眼望太阳，张开大口。画面没画出的情节是，当它吞掉太阳，身心俱焚坠入大海。孔子的子孙就用这样直观的形象告诫族人：贪心不足，自毁其身。这在当代，也很值得警醒。

孔府后花园有个戏台，有一些身着清朝服装的乐人以及古代书生打扮的戏子，将各种地方戏一一唱来，婉转的声腔中诗意流淌，当年写出《桃花扇》的孔尚任大约从小就在类似的环境中受过耳濡目染吧！

孔林是孔子以及几十代子孙的墓地。一个家族几千年的繁衍，多么庞大的“队伍”啊。秋林缤纷，如果忽略隆起的“土堆”，简直像是一座森林公园。

我先步行到远处拜过孔尚任墓，他的剧作让人沉醉，忠奸善恶、朝代兴亡、离合悲欢，在如水晶玉石一般的语言中令人难忘。随后，我再拜过《中庸》的作者、孔子之孙孔伋之墓，最后溯源到孔圣人墓前一拜。那些被大地掩埋的伟大的心跳，永远激励着人们用心生活，不负此生。

当日，曲阜几所大学的很多大学生着红、蓝校服排队到“三孔”参观，还有游客着汉服鱼贯而入。其实，无论对于何人，来到这里，万古师表的孔夫子都会给他补上一课，都会在心底感受到某种启迪。

浪漫之城

将在曲阜节省的门票钱，我买了去青岛的高铁票。这在我漫长的熬硬座的旅途中算奢侈的了。

本来，我是打算以后再去青岛的。后来想想，泰山论风景估计是“大概也就那样呗”，还是得去青岛看看才甘心。

去过青岛后，才发现这座滨海城市有一种童话的温馨。它像是海边的最美的梦境。

在青岛，除了那些绝美的欧式建筑，我印象最深的是黄海海域竟是那样蓝。

我从中学时代就知道，黄海的得名是由于黄河泥沙入海，大海浑黄一片。到了青岛，看着黄海那蔚蓝清澈的海水，我恨不得掐自己一下，看是不是在做梦。

红瓦绿树，碧海蓝天，这是青岛的宣言，青岛说到做到。真是令人另眼相看。

每次与海相遇，都令人格外倾心。这是内陆人的本能。很多恋人不远千里来到青岛拍摄结婚照。这为整个城市添了许多甜蜜浪漫的情调。一只只海鸥带着纯净的祝福围着童话里的“王子与公主”翩翩舞蹈，这让每一阵海风都变得温柔缠绵。

青岛鲁迅公园也是一个令人难忘的所在。这里面积不大，却清幽静谧，令人惊喜。近处石礁嶙峋，色泽如金。苍松对倚，松风吹浪。远处碧海一线，白浪舒卷。楼影帆影，动静相宜。哪怕仅仅小憩片刻，那种感觉也会没齿不忘。

在海鸥翩飞的栈桥附近，一个六十多岁的老人一次次用很标准的跳水姿势跃入海面。天地辽阔，大海如卧，高楼如立，这一切仿佛都成了背景，当老者如龙探海，世界为之振奋。他那生龙活虎的劲，似乎是在解释青岛的“青”为何是青春的“青”。

尽管入冬后的水极冷，我还是忍不住跳进黄海里冬泳了一回。为了安全起见，我特意邀请了一位正在冬泳的老伯保护。谁知，只扎了一个猛子，冷得牙齿打战，上了岸还一直瑟瑟发抖。我这才感受到河水的冷与海水的冷的区别。河水的冷只不过像是一个浅坑，海水的冷就像一道深渊。

当然，爬出这道深渊之后，我更加体会到青岛的阳光是多么地慈爱。我真羡慕那些靠着树荫下的长椅闭目养神的老人，他们与世无争，任海风吹着白发，任阳光洒满梦境。

我羡慕这样温柔的人生黄昏。

泰山观日出

夜里十一点，独自爬泰山，一想到黎明时或许能邂逅壮观的日出景象，我浑身充满力量。

华山虽险，夜里登攀的话，沿途有灯光。泰山很低调，怕惊扰满天星光，有店铺处才有灯。我是一路借光，人家的电筒照亮的是我前行的路。

泰山庄重稳当，像一件温暖的军大衣。一路走来，俯瞰泰安城万千灯火，天空星斗纵横，十分养眼。左右如屏障，寒风对我无可奈何。

歇在一处，凉风惬意，突然，从高山缺处冒出明灯一盏，细看才知是月亮。月弯如眉，却明澈非凡。

月轮如放羊女，放牧满天乱爬的星宿。从山间凝望，别有情致。

空灵夜景，令人对日出满怀信心。

果不其然，熬过山顶的苦寒，六点多的日观峰上，启明星垂钓起我们所有的目光。

快到日出时分，大家目不转睛地望着东方。

先是三色分明，下界漆黑一团，中间一线曙光，红光欲燃，上界靛青一片。对比鲜明，十分惊艳。

金黄浑圆的日轮，先是用蜗牛一般的耐心，故意慢慢地探头，再缓缓露脸，最后微微一笑，用云霞遮面洗脸。

世界完全切换成慢镜头模式，第一次用看外星人般的好奇感，打量着这位经常见面的朋友。

血色弥漫，上界满面红光，下界颜色不改，依旧墨黑深邃。

看着庄严的火球交接仪式，看着黑衣女神小心翼翼地将婴儿般的娇嫩的太阳抱给黎明女神，又看着黎明女神温柔地把掌上明珠搂在怀里。这一幕，任何语言都是多余的。

天地无私有大美，凡人蒙恩莫负恩。

至少看过一次这样壮丽的日出，才算真正地理解太阳。

我想起在黄山上披着雨衣冒着细雨等日出的我，终于在五岳之尊圆梦，顿时感觉连苍天都在呵护我的回乡之梦。

当泰山在白天一一拉开帷幕，我并不苛求她的景致，我知道，她有比风景更可贵的灵魂。

苍凉宁夏

千古恩仇一线牵

直到上个世纪四十年代，几乎没人知道西夏王陵到底在哪。由于蒙古军队的破坏，西夏灭亡之后，王陵一直为历史的风沙所掩盖。在新中国成立之后，当地文物管理部门还曾以为西夏王陵是一片唐墓。

当年那段惨烈的历史，让一个存在了一百八十多年的西夏王国永远消失。比起那么多从古至今赫赫有名的景点，这里的一切才刚刚揭开神秘的面纱。

西夏王国的国君，据说是南北朝时期北魏皇族拓跋氏的后裔。他们属于党项族，是羌族的一个分支。在唐朝末年，他们被赐为李姓，主要是由于平定黄巢起义有功。

他们的首领李献迁也就在那时成为夏州节度使。1038 年，李献迁的孙子李元昊建立“夏国”，宋代时，夏国由于在西边，称之为西夏。

西夏的末代皇帝名叫李晛，在公元 1227 年的某一天，他做出了一个艰难的决定。在被蒙古军队包围半年之后，他决定献城投降。

这真是一个“多事之秋”！

当年威震一方的西夏王国如今已经成了一个软柿子。这已经是蒙古军第六次进攻西夏了。每次攻打的理由，不是说孝敬的贡品不到位，就是说没有支持蒙古军西征。与之前的进攻所不同的是这回成吉思汗亲自率领部队来讨伐。

乱世弱国，风雨飘摇，本想忍气吞声，以求一席之地，谁知道树欲静而风不止呢！

李睍无论如何也接受不了这个事实，这个王朝眼看就要葬送在他的手里了。他又如何去面对列祖列宗呢？

可是，看看这兴庆府中的军民，他们何尝不像活在地狱之中呢？这半年来，兵临城下，城内粮食供给不足，多少百姓整天饥肠辘辘。何况，苍天不佑，还降下奇祸。一场地震，地动山摇，幸存之人，有的又很快被瘟疫缠上。

还有别的路可走么？

罢了！与其天天看着这片土地遍布哭声与哀号，与其这样看着百姓像落叶般凋零，倒不如自己去面对这一切后果。

他一步步走向城墙，爬上南门的城楼，让卫士摇着白旗向着城外的敌人喊话：“我们陛下愿意献城投降，只希望放城中无辜百姓一条生路。”

他知道，他已经没有资格谈条件了，哪怕这是他一厢情愿，他也要尽力而为。人为刀俎，我为鱼肉。不到这种地步真是体会不出那份悲哀。

亡国之君，能有什么好下场呢？他对此不抱太多幻想。但是，绝不能再牵连那么多无辜的生命了。

他无论如何都没有想到，那个被后世誉为一代天骄的成吉思汗，此时，早已在六盘山的行营中病逝了。在成吉思汗病逝之前，他留下这样的遗言：不得让夏国的人得知自己去世的消息。等他们投降之时，将他们全部诛杀。

蒙古铁骑确实完成了他的遗愿。

那一天，西夏的末代皇帝与大臣全部被处死。城中所有军人与百姓都遭到大肆掠杀。西夏王国的所有典籍都被焚毁，陵墓也遭到任意破坏，党项族从此永远消失，好像从来不曾存在过。

总归有些什么注定是会留下的。当阳光默默照耀大地时，大地会轻轻抹去泪滴。

2018 年 5 月 6 日，在鄂尔多斯成吉思汗陵，成千上万的人聚集在一起举行春祭大典，仪式肃穆庄重，盛况空前。

来自内蒙古各地的蒙古族同胞，穿着鲜艳的节日盛装，目睹这一幕，心中洋溢着自豪，脸上带着幸福的笑容。我也曾置身其间，并且感到万分荣幸。当一百多匹白马在陵前缓步前进，我内心似乎听到了万马奔腾的声音。

实际上，在成吉思汗留下的众多千古之谜中，关于他的归宿地也是谜团之一。传说，他在西征西夏的途中，马鞭曾在鄂尔多斯不慎坠地。为此，他叮嘱随行的人员，如有不测，将遵从天命，葬于马鞭坠落之处。

另一个关于他的传说是，在他安眠之地，按他的旨意，不营造任何坟丘与陵宫，而是立即用万马踏平，不留痕迹。今日的陵宫，是后人为纪念他而营建的。

后一个传说一方面可能与游牧民族的风俗有关，再者可能他知道自古帝王陵难得不被侵扰，更何况，自己南征北战树敌不少。因此，最好的办法是不为人知才得清净。

这一点，他比历朝历代的王者更有远见与魄力。

我在内蒙古大地漫游时，从他的故乡呼伦贝尔草原一直到此处。那时，我并不知晓西夏国的灭顶之灾与他的辞世有什么联系。

参加过大典之后，我即刻南下，从鄂尔多斯坐火车中转于陕西绥德，连夜赶到银川。第二天早上，我来到了曾经是成吉思汗死敌的这片土地上，来到了辽阔无边的西夏王陵。

仅仅一天之隔，贯穿千古恩仇，一切多么不可思议。

在鄂尔多斯，我看到那个曾经强大的民族依旧枝繁叶茂，笑傲春风。在银川，我得知党项族从此归于尘土，青史难载。

成吉思汗陵前，来自世界各地的游客与蒙古族同胞摩肩接踵，熙熙攘攘。西夏王陵这边，千年荒芜，多年沉寂，游客寥寥无几。

不识繁华，便不知寂寥。

一天之隔，天壤之别。谁说成败不重要，谁说胜负无所谓？这一切，难道不是胜负成败所决定的么？

对于生长在和平年代的人们而言，只有想到近代被帝国主义欺凌才会想到“勿忘国耻”四个字。可是，对西夏国亡国的历史保持记忆，也许更能让人感悟到当亡国奴是多么可怕的事。

历史那么清晰地告诉人们：当奴之时，就是做鬼之日。

历史的车轮，造就过多少车祸？这些，或许是民族融合的必然代价。可是，千年的伤疤也会成为大地的阵痛。

一天之隔，昨天处处是“天骄圣地”的彩旗，今天，只有高大的“土馒头”在阳光下默然耸立。

我很想化解这一场千年的恩怨。可是，对于尘土之下的两国君王而言，这又有什么意义呢？

无限山河，才是最终的胜利者。

别具一格的沙湖

沙湖是宁夏的王牌景点，距离银川才五十多公里。

这一天，阳光还是那么宠我。天空清澈，视野开阔，我安坐车中，奔驰如风，很快来到临街都是鱼店的地方，沙湖便到了。

华夏大地，湖泊众多。有的霸气，有的圣洁。有的豪放，有的婉约。沙湖最可贵的是她有着鲜明的个性。

她很像一个调解员，把似乎水火不相容的东西融合在一起，创造了一个奇迹。水有水的脾气，沙漠有沙漠的脾气，他们更像是死敌，原本“不共戴天”，原本“有你没我”，可是，在宁夏，奇迹总是会有的。这不，沙湖的出现，不由得让人眼前一亮。

原来这世上还有这样一对“组合”呢！

三分之二的水面为三分之一的沙漠镶上了一圈温柔的绿边。水与沙在这里不再是死对头，而成了一对欢喜冤家。他们一起面对风雨，一起白头偕老，像童话也像神话。

我猜想，有月光的晚上，水里的鱼儿会一个个游到岸上，开始在茫茫黄沙上散步。它们会从沙坡上溜下来，直接飞翔着似的滑到湖底，然后又爬上来，再滑下去……

湖面的芦苇丛，客客气气地点缀着这片天地。芦苇们都比较合群。它们谦让着，整整齐齐地站着，好像有谁给它们下命令：“立正！向前看齐！”它们都像是精心挑选出来的，身材与样貌都惊人地相似。

芦苇丛有意无意的隔水相望，东一片，西一片。有的如千军万马，有的如一块小翡翠。它们盈盈伫立，似乎才分别，又像即将团聚。

它们是水鸟的庇护伞。天空也是庇护伞。一对对翅膀在天空写写画画，我看不懂它们写了些什么，却还是喜欢仰着头，目光随之奋飞。

在离开沙湖的大船上，我听见一个老人在向家人感慨着：“我以为沙湖是沙漠中有个大湖呢！”听他那慨叹的语气，我不由得在心里一笑。

原来不止我一个人会那样天真地顾名思义。

影城记忆

1962年的春天，贺兰山下的镇北堡迎来了一个面黄肌瘦的年轻人。

他祖籍江苏，青少年时期生活在北京，命运将他推向黄河边的这片土地。他的身份是劳改犯。他创作的《大风歌》一文使他成功地被打成“右派分子”。

从1957年到1979年，在长达22年的时间里，劳动改造便成了他生活的主旋律。

事实上，镇北堡的命运和他也颇为相似。这里曾是明清两代在西部边陲建造的两百多座兵营之一。随着清朝的覆灭，当地的农民将营地的建筑抠砖挪瓦地进行“废品利用”，只剩一段破败的土城墙在风雨中飘摇。

从80年代以来，这个不幸的人，这片苍凉的土地，命运开始出现转机。

他凭借中篇小说《绿化树》成为全国著名的作家。他的才华与好运最终也改变了这片土地的命运。这里成了蜚声海内外的影视城，成了《红高粱》《大话西游》《新龙门客栈》等著名影片诞生的摇篮，创造了一个又一个的传奇。

他就是张贤亮，一个与镇北堡的命运息息相关的人。在他的晚年，每年春节期间，他在这个他一手打造的影视城中为慕名而来的游客写书法作品，都能获利二百万元以上。不知这个曾经几乎被饿死的劳改犯，面对命运的微笑心里有着怎样的感慨？

英雄得志犹情累，富贵还乡奈老何？他是否会像古代诗人一样发出这般慨叹呢？

这里的确是一个十分励志的地方。他书写的“坚持梦想，争取辉煌”几个金光灿烂的大字，还在影城中他的故居门口悬挂着。他不平凡的一生在人们心里留下不可磨灭的印象。

作为一个电影迷，我在到达此地之前，曾将这里想象得很大很大。事实上，它比我想象中要小得多。它的主体是明城与清城两个部分，另外还有新打造的“老银川一条街”。

明城是集中于“月亮门”下的一系列的土墙土屋。一部部那么有分量的电影，居然诞生在那样一座座灰头土脸的小房子里，真是意想不到。

导演与演员真是伟大的魔术师，甚至可以说是魔法师。他们的心血让每一粒尘埃都具有魔幻色彩。一旦他们离开这些屋子，它们又恢复成并不起眼的角色。

和这座影视城一样，甚至和张贤亮一样，《大话西游》的命运也曾经很衰，曾被评为“史上最烂的引入片”。而今几十年过去了，它却成了人们喜闻乐见的经典。“曾经有一段真挚的爱情摆在我的面前，我没有珍惜……”这一段台词，由周星驰这样的喜剧明星来演绎，却感人至深。

物极必反，否极泰来，这些由弱而强、由衰而盛的例子，真是大快人心。

在清城这一边，“盘丝洞”紧靠着“牛魔王府”，里面的场景布置了很多鬼怪与骷髅，令人惊惧。有时，东弯西绕，突然听见一阵脚步声也觉得毛骨悚然。见此情形，身边一位陌生的游客大笑着说：“死人有什么好怕的？活人才可怕！”

这句调侃的话，若细细品味，并不逊色于那些电影台词。

短短几小时的时间，在影城中寻宝似的、走迷宫似的游览了一遍。想起当年阅读《绿化树》时的崇敬心情，看到影城中以小说的女主角马樱花命名的广场，想到岁月把一个才华横溢的文人变成了一个颇为成功的文化巨商，真是有意思的一件事。

这一片地方虽不很大，却像极了海洋，每一部电影都像一条江河，在这里发源，也在这里汇集。这里不仅是一个励志与寻梦的所在，也可以算是一个特别大气的小地方。

第一次看岩画

离开宁夏的那天中午，我在贺兰山看岩画。

这是人生中第一次看岩画，那种感觉比我想象中要奇妙得多。我想起家乡的一首山歌：

妹妹说话说得确，没有半句欺骗哥。
把话刻在石板上，千年大雨冲不脱！

究竟是些什么人，因为何种原因在石头上刻下那么多图案？这一个个图案究竟经历了多久的岁月的洗礼？这些问题，神仙下凡也难猜。

他们不是“把话刻在石板上”，而是“把画刻在石头上”，却同样达到了“千年大雨冲不脱”的效果。

在我看来，他们刻的是画，实际上，刻的也是心中的“话”。只是随着时间的流逝，人们很难解读出它们所代表的心声。

所谓“岁月失语，惟石能言”，是的，这道峡谷两边的峭壁，在几千年或几万年前早已被人点化，它们不再是哑巴。只是，事到如今，又有多少人能听得懂这些石头的诉说？

这些岩画中最有名的一处，被命名为“太阳神”。那方岩画在距离地面几十米的崖壁上，刀削似的平面上，又暗含着一个略小于磨盘的、近似于鼓面的圆形。在这天然的圆环中刻画着圆圆的眼睛，刻画着一道道向着四面八方放射的光芒。画面古拙又威严。也许正代表着这片土地的先民们对于光明的向往与追求，对于太阳的膜拜。

此外，这里还有不少动物的形象，都有些模糊与斑驳的质感，只是因为被标上了一个彩漆的红色小圆点，细看还是能看清基本轮廓的。

到过此地的游客，往往为一种原始的美感所打动。看了这些古老的图案，就像看到了一棵大树的树根，看到了一条江河的源头，不由得让人心生敬畏。

在西夏国还存在时，有一个游客不知出于什么目的，在一个原始画像边刻下了五个西夏文的字：“能昌盛正法。”或许，这是他对古代图案的诠释，比“某某到此一游”不知高明多少倍。当然，这是古代的“破坏文物”的个例。

然而，令人感慨的是当西夏亡国之后，不仅被灭族，而且所有的文字记录都被焚毁，倒是这几个刻在石头上的字留存了下来，后人看着那繁复的笔画以为是天书。后来，通过不断探究，才揭开了西夏文字体系的秘密。

这片山谷，怪石峥嵘，石色如黄玉，估计在绵延起伏的贺兰山脉中，也是很罕见的。古人能以此地为作图“底稿”，真是别具慧眼。

横亘西部的贺兰山，几乎类似于寸草不生的“火焰山”，无论远望还是近观，都有铜墙铁壁、傲骨铮铮的气质，只有这刻画着不少岩画的山谷，才具有独特的文艺范儿。

姑且将这一片山谷看作当时人们的圣山。或许他们刻的形象，是为了拜祭苍天。无论如何我觉得每一个刻画这些图案的人，都是在刻画他们心中的一份情义。

所有见证过那些图案的人，无须猜谜，甚至无须领悟，都能感受到一种情义的流淌。融入过情义的石头，不再是冰冷的，那种暖，甚至可以吹散所有的苍凉。

还记得在这片山谷流连之时，一位身着红衣的神秘女子披着红色的纱巾像仙女下凡一样来去无声。我想，她或许就是这些岩画所幻化出来的精灵。

我默默地注视着她的脸庞与背影，就像看到奇迹一般，惊讶得说不出一句话来。她是谁？我不清楚。也许，她的名字就叫作宁夏。也许，她是传说中的西夏公主。

别样青海

小　马

小马是带我们游览青海湖的司机。

他是回族人，不到三十岁的样子，比较瘦小，却显得机灵。

我们三位游客都是第一次到青海湖游玩。除了我以外，还有两位西安的游客，她们是一对表姐妹。她们其中的一位说，她是来踩点的，将来再来这边拍婚纱照。

三月的青海湖看上去像在沉睡，湖面结冰的地方还显得比较多，但阳光确实很给面子。大家在湖边待了许久，黄昏时，向着黑马河镇前行。听着音乐，聊着天，再漫长的路，也不再遥远。

小马说起他带过的游客的故事，顺便谈起自己的生活。他文化不高，去过南方闯荡。后来他回到青海当司机，希望成家后安顿下来。

他女朋友也是回族人，在一起好几年了，结婚的日期都已经定下来了。可是，在那年六一儿童节时，她去学校看望她侄儿，在过马路时遭遇车祸不幸身亡。而今，几年过去了，他像空心人一样，无法开始一段新的感情。他的脑海里，总是无法抹去那个身影。

作为当事人，他讲述起这段痛心的往事，配上他低沉而动人的嗓音，让我们觉得十分感伤。

生活本不是苦情戏，但是，总有些人在演着我们不愿承受的戏份。有时，从令人艳羡到令人悲悯也只是一步之遥。

第二天回程时，我们又在湖畔稍作停留，我们恳请小马唱歌给我们听。他嗓子好，却并不喜欢卖弄。在我们的再三恳求下，他低声地唱了起来。

最初，他唱的是深情而感伤的曲子。他的歌声感情真挚，像是拥有一种起死回生的力量。在他的歌声里，他的恋人复活了。所有来不及倾诉的话，所有藏在心底的泪，他都糅进歌声里，仿佛阴阳相隔，不过是隔着一条浅浅的河，在对岸的某个地方，那个他心底怀念着的人似乎仍在倾听着。

世上多少双耳朵啊，可当初听他歌唱的那一双耳朵呢？

唱着唱着，他选的歌由抒情变得轻快。我们更喜欢他唱的几首活泼的歌曲。那就像风雨之后的彩虹一样。我们更希望那份快乐能永远停留在他的心上。

轮到那对表姐妹唱歌时，她们的歌声也十分动听。那是一种幸福感十足的歌声，因为内心纯净令歌声也通透明亮。

据说，最好的旅行是在陌生的地方发现一种久违的感动。

在多年的奔波中，遇到的司机朋友不算少，但像小马这样愿意向别人敞开心扉讲述人生风雨的不算多。他的失去固然令人惋惜，可他的痴情也确实令人唏嘘。

春寒依旧，不过，湖面的冰霜在阳光的照耀下已渐渐消瘦。再过些时候，春天将完全唤醒这片一望无际的湖水。

双面青海湖

每年夏天，青海湖畔的油菜花开得轰轰烈烈。无边的翡翠被镶上一大圈金边，醉了多少颗心，迷了多少双眼。

而我，似乎来得不是时候。我深知这一点。若不是因为去台湾的旅行计划不得不延迟，若不是想把五月的假期留给呼伦贝尔草原，我不会选择三月底到青海湖来。

没想到，有时无奈也能成就精彩。

三月的青海湖，虽然板着脸，一副请勿打扰的冷漠表情。可她渐渐招架不住向她献殷勤的缕缕阳光，她的矜持，只剩湖面上那层若有若无的冰霜。

她的心其实简单而柔软。她常常被阳光感动得热泪盈眶。她一动情，湖面就露馅了。所谓的露馅，不过是恢复到波光粼粼的从前。

这阳光确实好。

他从天空降临人间，纯粹是为了与湖水相会。他的暖，枯黄的草知道，洁白的雪知道，顽固的冰也知道，湖水岂会不知?

整个世界都被这暖阳镀过金了。只有带着寒意的清风还在抵抗这份温暖。这种抵抗像是即将失效的一剂中药。

“冰”来如山倒，“冰”去如抽丝。眼前虽然还是冬天的模样，可季节已经抬起脚，准备迈入春天的门槛了。

这真是一个适合发呆的好地方。就连海鸥在这里都分成两派。喜欢溜冰的就在冰面上玩耍。喜欢戏水的就在融冰处嬉闹。当然，也有些海鸥甘愿做两面派，时而戏水时而溜冰。

水鸟和人一样，高兴起来总像小孩，严肃起来就像哲学家。

江河湖海中，我原本是最喜欢海的。喜欢海的活泼，喜欢海的豁达开朗。而实际上，这静静地听着风声享受着阳光的青海湖才最像我的性格。

我到过不少湖泊。喜欢喀纳斯湖的神秘，喜欢赛里木湖的霸气，喜欢措那湖的圣洁，喜欢泸沽湖的澄澈，喜欢日月潭的明媚。可是，青海湖是我到过的第一个“冰湖”，也是我见过的最质朴的湖泊。

我曾为自己不是盛夏时节来到这片土地感到遗憾，可当我静静地呆立在湖畔，我开始庆幸自己来得正是时候。

再美的景点，游人如织时都会大打折扣的。倒不如游人稀少时节，天然去雕饰，无限风情。

世间多少事物，冷冷清清才见真面目。

我喜欢这三月的青海湖，喜欢这双面的青海湖。既冰封如梦，又柔情似水。既寒风清冽，又晴暖娇艳。

万事难两全，此处却齐美。

想到青海湖如此厚待于我，岂能不为之高歌?

高原上的假花

与很多省会城市相比，西宁更像是童话里的灰姑娘。

它虽是青藏高原上的第一大城市，可人口只有二百二十多万。西宁市区海拔二千二百多米，超过黄山与五岳的海拔，天风浩荡，冰封期长，年平均气温不到八摄氏度。

这是一座实至名归的冷艳之城。奇怪的是，我处处感受到的却是这座城市的温暖。

沐浴在四月初的阳光下，西宁和我同样容光焕发。在火车站去往东关清真寺的路上，我见到街边的绿化带里长着一列列的花朵。

花朵类似郁金香的高度，几片绿叶衬着笑容可掬的花瓣，多姿多彩，明艳夺目。

细看便知，这些全都是假花。

我到过不少城市，把假花“种”在绿化带里的还是第一次看到。这件微乎其微的事，让我很感慨。

古诗云：人间四月芳菲尽。可是，在这高原上，春天姗姗来迟。在漫长的苦寒中，是这些假花陪着这座城市一起等待春天。

它们不涂抹香水，不招蜂引蝶，更不怕风欺雪压。在单调的冬日里，它们不是真花胜似真花。

它们不怕别人笑话，它们挺立着单薄的身姿代表这个城市微笑，对着行人微笑，对着阳光微笑，也对着风雪微笑。

它们不怕别的城市笑话，既然那些娇滴滴的花，只愿意躲在温暖如春的地方，就总得有些什么应该站出来，捍卫这片土地的尊严。

这是一种有尊严的假，假得坦荡，假得慈悲。

后来，我在这座城市的机场候机室里，也见到过它们的身影。

在别的城市处处鸟语花香之时，这里用假花化化淡妆，讲讲“面子”，添添喜气。真有真的可爱，假也有假的精彩。在这个假假真真的世界里，这是值得宽容、值得喝彩的假。

相比之下，有人在青山绿水间用假的白鹭作道具，猎杀真的白鹭，这种假多么残忍；有人将假币递给白发苍苍的老人，将他们的血汗变成一把泪水，这种假多么心酸；有人拿着假疫苗向着市场投放，将别人的生命与健康视为儿戏，这种假多么嚣张。

而在这个阳光灿烂的日子，在最美的人间四月天，在高原的春天还刚刚起步的时刻，我看到了一种真正走心的假。正是从这些渺小的假花身上，我体会到一座城市所独有的那份温情。

神圣的寂静

他其实是一个文盲。

在他出生前，父亲去世。六岁，母亲也没了。九岁，祖父也死了。他在叔父家长大。

二十五岁时，他成家了。据说新娘是个有钱的寡妇，也是他的店主，比他大十五岁。他经商之余，常去山洞里沉思。

这个孤苦、平凡的人最终却统一了阿拉伯半岛，创立了伊斯兰教。这一切发生在距今约一千五百年前。他被称为真主安拉派往人间的最后的使者，他就是穆罕默德。

人们根据他的言行整理成《古兰经》，里面的哲理与诗意令人惊叹。

比如“乐园在母亲的脚下”这样的句子，就像赤子吟咏的一句诗。又如“假如你有两块面包，请用其中一块面包去换取一朵水仙花”，如此简洁，又如此明晰，就像朋友的提醒，就像亲人的叮咛，不用豪言壮语照样直指人心。

之所以想起穆罕默德与《古兰经》，源于我在西宁的一段经历。

那是四月初的某个下午，我来到东关清真大寺，原本只是为了看看这里的建筑。没想到恰逢星期五，来自城内的许多回族朋友聚集在这里做礼拜。

“清洁是信仰的一半。”他们谨记着这一教诲，穿着洁净的深色衣服，头戴洁白的圆帽。在脚下铺好一块块艳丽的毛毯。他们将鞋脱掉，并肩坐在毯子上。

随着仪式正式开始，全场静默。他们虔诚地祈祷，面对主殿闭着双眼。无论叩首或是站立都那样整齐有序。

世界在这样的时候也不由得屏住了呼吸。他们不介意身后游客的目光，他们心中的世界是一片祥和的净土，他们用全神贯注的意念来守护。

作为过客，我分不清他们谁是谁，他们似乎并非独立的个体，而是融合在一个值得敬重的民族中。

他们跪向天地，跪向阳光，跪向信仰。这样的时刻，他们的同胞无论在乡村还是城市，无论在清真寺还是办公场所，他们都会向着同一方向礼拜。

千年前如此，千年后如此。

我在全国各地见过很多少数民族的舞蹈，却没看过回族朋友起舞。可是，这无声的仪式不逊色于任何舞蹈，这是心灵的舞蹈，这是高贵的屈膝。

我曾见过很多回族朋友脸上那云淡风轻的表情，也曾惊讶于他们在封斋节的时候，整整一个月白天滴水不沾不吃任何食物。还曾因为霍达的小说《穆斯林的葬礼》被这个民族深深打动。却不曾想到有一天自己会置身于这样一片神圣的寂静之中。

在他们默默祈祷的时刻，清真寺里一树树花朵开得格外明艳，或金黄，或雪白，为这座高冷之城带来浓浓春意。

望着这座始建于明代的清真寺那圆拱之上的一弯新月标志，我想起当年穆罕默德对麦加城的贵族们所说的一句话。

那时，那些认为自己的利益受到侵犯的贵族们，企图收买穆罕默德，他们承诺将给他巨额的财富，只要他放弃自己的信仰。他斩钉截铁地回答他们：

“即便把太阳放在我的右手，把月亮放在我的左手，我也绝不会忘记自己肩负的使命！”

谁曾想过就那样一个孤儿，也曾做出一番惊天动地的事业。有使命感的人，最终会赢得命运的青睐。

那些鸽子

我常常想起在青海橡皮山上遇到的那些鸽子。

橡皮山是青藏公路的必经之地，海拔三千多米。当时由于一辆油罐车侧翻，大量货车在盘山公路上被堵成一条长龙。

我们乘坐的小车像小鲤鱼一样从它们身边游过，像检阅一群列队的大鲨鱼似的。我们的车一直开到离事故车不远的地方被叫停了。

山高风巨，凛冽刺骨，大家缩在车里。堵了半天，我们去茶卡盐湖的梦想就此熄火。

在原路返回之前，我们看到停在我们前面的皮卡车上，装着两个铁筐的鸽子。车主有时掀起笼子，拎起其中的一两只怜爱地打量着。

由于好奇，我顾不得风刀霜剑的威胁，下车看个究竟。

一问才知道，原来车上的两人都是驯养鸽子的。这些笼中鸽都是赛鸽。其中有不少鸽子在比赛中得过大奖。

在西北，不少地方有飞鸽大赛。比赛时，将鸽子从远处放飞，看谁能最快飞回到规定的地点。这期间的距离，有时是好几百公里。

鸽子的主人拿起一只在四川获得过冠军的鸽子，让我看它翅膀上的红印。那灰褐色的鸽子不少羽毛上印着字迹。其中一片写着“一往无前”，据说这是那次夺冠的纪念。（某年夏天，一位恩师赠给我一本他写的书，扉页上题赠给我的也是这四个字。）

我听着觉得新鲜，顿时对这些身怀绝技的笼中鸽充满敬意。我询问起他们训练鸽子的方法。

主人回答道：“我们经常开车外出，在野外放飞它们，看它们能否找到回家的路。先是在近一点的地方放，之后再越来越远。比如这次我们本来打算到格尔木与西藏之间去放飞它们的。看来，也只能回家算了。”

我说：“每只鸽子都能原路飞回去么？”

“不是的。有的能，有的不能。飞不回去的，就变成野鸽子了。那些不会迷路的鸽子，我们就把它们训练得越来越强。放鸽子这种事，总是有得有失的。”

没想到，由于无法预料的原因，平生第一次被景区“放鸽子”的我，在这霜雪覆盖的山上听一个擅长放鸽子的人上了一课，真像是奇遇。

每当我想念起青海大地时，我都会想起寒风中的那些鸽子。我会在心底问问自己：我迷路了吗？我还能原路飞回去吗？

倾心云南

三位 80 后在云南

这篇有关云南的故事，先从三位 80 后讲起。

第一位 80 后叫杨慎，生于五百年前，具体而言，是生于 1488 年。

他是四川人，是大明王朝的状元，后世有人称之为“明朝第一才子”。他在朝廷为官时因“大礼议”直言进谏，不仅受到明世宗当堂廷杖，还被发配到边疆之地——云南永昌卫。

“旅鬓年年秃，羁魂夜夜惊。”这句诗，写于他七十岁时的除夕之夜。从他三十七岁被贬到云南，时间已过去了三十多年了，多少被贬的官员也曾蒙受恩赦回到了朝廷，而他却始终回不去了。

“寂寞寒灰也望春。”他只能在诗中倾诉他的衷肠。心若死灰，依旧泪眼盼春，可是终其一生，他期盼的春天始终没有出现。

这个生活在四季如春的地方的谪臣，谁了解他内心真正的冷。

他的不幸，让这片土地埋藏着一份久远的悲情。他却用一片忠心融入这里。他至今是这片土地的骄傲。

在《临江仙·滚滚长江东逝水》一阕词中，他写道：“青山依旧在，几度夕阳红。”“古今多少事，都付笑谈中。”那份豁达与超脱，是对炼狱般的岁月的释怀与升华。

同样在大明王朝，另一位80后，也千里迢迢地到云南来了。

他生于1587年，后世称他为“游圣”。他便是江苏江阴人徐霞客。

云南，是徐霞客人生中最漫长最豪壮的一次旅途的终点。他的《徐霞客游记》中，有关云南的篇章约占全书的三分之一，还不包括焚毁于大火的最初的八十七天的云南游记。

他在丽江受到木府的最高礼遇，与木增的情谊至今被传为佳话。他在日记中写道，木增第一次正式宴请他，菜品八十七道，那种一眼望不见边的盛宴让他深深感动。木增请他教育自己的孩子，同时还大力资助于他。

五十多岁的徐霞客最后因腿疾无法行走，不得不被抬着送上返回家乡的小船，若非如此，可能他会在这片土地上待得更久。

他对山水的挚爱，让他的文字摇曳生姿，笔力雄劲，云南绝美的风景，经过他的神笔点化，更是令人心动。

这片蕴含着深情厚谊的土地，见证过那个用生命行走的人是如何将双腿走废的。历史的风烟下，这又是一出慷慨悲壮的戏剧。

对我而言，我对云南的印象总是离不开这两位先贤的经历。事实上，每一片土地都会因为那些我们崇敬的人曾在那里生活过而变得无比厚重。

而今，又是几百年过去了。第三位80后，也在我们的故事里出现了。他便是来自潇湘流域的我。

比起前两位，微不足道的我只能算在云南待过一刹那。但是，我们不妨也花上些时间，听我讲述在云南的那些见闻吧！

花城丽江

天地风霜尽，乾坤气象和。

我辞别青海的雪域高原，飞越黄河长江，甩开云山千重，翩翩然降落在丽江的春天里。

这天正是四月二日。阳光温润，空气馨香，大地花枝招展。这片神往已久的土地终于展现在我眼前。

我曾以为，它很古老。其实是我太天真。我第一次见到一座名扬四海的古城，居然新得像一张才印出来的钞票。

我不否认四月的阳光有一种无可挑剔的美好。我不否认即便在崭新的木府中我依然为徐霞客与木增的情谊所感动。可是，没有城墙的古城就像没有牙齿的大人，挺古怪的。更何况，我虽不至于像某些人那样刻薄，打趣它是“义乌小商品城丽江分舵”，可我还是觉得叫丽江商城也不算太冤枉它。

我信马由缰地走在丽江的春风里，怀想着钟爱的平遥古城。在流水四绕的石板路上，我一脚踩着阳光，一脚踏进屋檐的侧影，倒也挺舒心的。

城中有座小寺，七拐八绕地居然走到它的面前。有一两个僧人，满院梵音，间杂着枝头的鸟鸣，咫尺天地，却是难得的清静。小坐片刻，闭目凝神，也是美事。

比这更美的，就是丽江的花了。我对丽江的好印象，多半是因为那些美丽的花朵。它们似乎看透了我心底的不以为然，拼命地安慰我。

比起我所到过的那些地方，我从没见过那么多那么开心的花。红得那么热烈，白得那般皎洁，紫得那样真诚，粉得那般娇媚。

它们似乎没有一丁点凋零的痕迹。每一朵、每一瓣，都像在阳光中欢笑、喧闹，甚至尖叫。

它们的性格是那样古灵精怪，有时，任性地爬上柳梢，将柳树打扮成新娘；有时，惬意地趴在屋檐上晒太阳；有时，俏皮地从高处飞泻成花的瀑布；有时，安静地躲在背阴处想着心事。就算在月光下，它们也会聊到很迟才睡。

它们一直相信，长在云南，长在丽江，是世上最幸福的事。不管别人怎么想，要么就不开，要么就不到这世上来，要开就幸福地开，要来就骄傲地来。

不畏风，不畏雨，每一片花瓣上面，都有春姑娘呵出的仙气。我心底所有的挑剔，都已被这些有着天使容颜的精灵抹去。

世间有一座美丽的花城，从此在我心底凝成永恒。

泸沽湖的童年

泸沽湖是华夏母亲最小的女儿。

她生长在云南与四川交界的山沟沟里。她有一双天真无邪的眼睛。

格姆女神常常逗她玩耍，后龙山叔叔也陪伴着她。阳光教她微笑，杨柳教她舞蹈，霞光为她写诗，月亮给她讲故事。

她特别喜欢春姑娘。春姑娘会命令五颜六色的花朵手拉着手围着她跳舞。那时，树上每一片嫩叶都在晴空下熠熠生辉，它们都庆幸自己能够待在她的身边。

夏天到了，芦苇的影子被小鱼儿轻轻地咬着，她默不作声地看着。可是，每当天空着火的时候，她不免有些焦急，她怕那些飞鸟的翅膀会因此而受伤。还好只是虚惊一场。

秋伯伯喜欢热闹。每次他一登场，就开始折腾漫山遍野的树林。他把树叶涂成红色或者黄色，并且笑着告诉她：“小乖乖，你看，这些树叶都喝醉了。只有那些清醒的树叶，依旧是绿绿的。你要是喜欢，我把这些醉汉都摇下来给你看。”她喜欢秋伯伯的爽朗的笑声，还有那不温不火的性格。

冬爷爷很严厉，不许她淘气。可是她知道，冬爷爷其实很爱她。知道她喜欢雪花，也知道她很少看到雪花，所以，当他高兴的时候，就让雪片飘飘洒洒。雪花绕着她的小辫子飞舞，雪花绕着她的小裙子飞舞，雪花绕着她的心跳声飞舞。她开心极了。

她喜欢晴天。天空蓝得那么好看，云朵白得那样潇洒，小岛绿得那样温柔，她用心将这一切临摹下来。世界美得一塌糊涂，她的临摹甚至远远超过原作。这一切，都得归功于她那双明亮澄澈的眼睛。

她也喜欢雨天。大雨会击鼓，小雨如撒花。千根线，万根线，就像上苍的手指，轻轻拨动她的心弦。雨花点开一顶顶王冠，透明晶亮，她很喜欢。雨点亲在她的脸上，弄湿了她刚刚临摹好的图画，她毫不生气。她笑着望着每一缕雨丝，就像读着一封来自远方的家书。

泸沽湖是华夏母亲最小的女儿。在华夏母亲众多的儿女中，她永远是最美最萌的那一个。

白沙古镇的黄昏

丽江边上，还有白沙与束河两个古镇，离得都不远，它们在同一方向，靠近玉龙雪山。

我坐出租车到白沙古镇，不过二十元。可惜，我原本是为看白沙壁画而来，却吃了闭门羹，人家都下班了。

目的地有时并不重要。壁画没看成，我只能在小镇上闲逛。不花分文，却拥有一个美丽的春天的黄昏，值得终生感恩。

这里是木氏土司的发祥地，是这片土地上纳西族的真正的古都。木姓是朱元璋所赐的姓，明朝自认为是火运，皇帝赐姓边疆之臣民为木，大概是柴木能使火焰更旺的意思吧！

纳西族是很有趣的一个民族，他们不仅有“披星戴月”的民族服饰，还有悠扬婉转的纳西古乐，尤其是那种图画文字——东巴文，是我见过的最具有童心的文字。

在他们的民族长诗《创世纪》中，在描述人类诞生以前的情况时，有这样一段文字：“世上没有烟啊，世上没有火，世上还没有人类的身影啊，只有苍蝇在搓脚。”这样的诗句，用云南方言来念其实很押韵的。尤其是那一句：“只有苍蝇在搓脚。”那份细腻、那种对令人讨厌的苍蝇的诗意描述、那种幽默与想象力都让人对这个民族印象极深。

相对于丽江的喧闹繁华，这里多么恬静与淳朴。相对于丽江的明艳照人，这里多么安详与落寞。恰恰是她与世无争的气质，恰恰是她甘于平淡的韵味，深深地打动了我。

“众里寻他千百度，蓦然回首，那人却在灯火阑珊处。”这样的句子说的就像是这样一个小镇。

古镇原本就应该是这样内向的。太过于招摇，与那种古典的情韵是多么不协调啊！

到过新疆与西藏之后，我对攀爬雪山没有多大的兴致，可是这并不妨碍我对于近在咫尺的玉龙雪山的欣赏。

暮云如盖，雪山接天。古镇被田地包围。田地被油菜花占领。油菜花陪伴着暮色中白杨树的剪影。镇上的石板路与小溪并肩前行。

眼前的一切，都像是我从小熟悉的景致。我心中无比惆怅，这惆怅又被黄昏的温柔所宽慰。

当我向着灯火斑斓的束河古镇一路漫步过去，天空中所有金色的云朵逐渐静默。一阵歌声在明月升起时，在天涯的春风里远远传来。

一见倾心的东巴文

我与东巴文仅有一面之缘，却深深地被这种图画文字所打动。

我当初见到它们，是在白沙古镇上保存有壁画的寺院的外墙上。由于没能进入寺内看壁画，所以我一直以为外墙上那些有着文字说明的图案，就是传说中的古代壁画的图案。

我没想到，这竟然是一种文字。这是纳西族用于记录东巴教经文的图画文字。一共有一千四百多个字，被誉为世界上唯一活着的象形文字。

纳西族造字的时候，采用“见木画木，见石画石”的方式。这使得东巴文看上去就像原始人类洞穴中的岩画一样，神秘、生动、优美、天真。

这些文字就像生命的舞蹈，就像万物的诗篇，就像心灵的镜子，与生活息息相关。

我惊叹于这些文字所展现的那一双“童眼”，那一份源自生命之初的单纯与朴实。

人世间很多事情，复杂并不难，难的反而是如何回归简单。

在这耐人寻味又极为有趣的文字里，我们能捕捉到这个缤纷的世界那最清晰流畅的心跳。

战争是多么可怕，多么无情。在东巴文中，“战”字画的是两个人手持武器在对抗的情形。这就像两个人因为一点私人恩怨在决斗，又像是武侠小说中华山论剑或者争夺武林盟主的架势。多少刀光剑影，多少血流成河，就在这简洁的画面中凝固。

每一幅画，都像是儿童的涂鸦，可是当你理解图画所代表的文字时，你就会佩服造字的人的高明。

比如“婚礼”一词。画面中是一对新人跪在火塘边，对着头顶的太阳，举行神圣的仪式。这场景中，我们仿佛能听到祝福的歌谣与深情的誓言。

当我们听到好消息时是一种什么样的心情？东巴文中将听到好消息时的画面聚焦到人物的耳朵。就好像是导演给了主角的耳朵一个特写。当好消息传来，神奇的事情发生了，耳朵变成了翩翩飞舞的蝴蝶的模样，似乎整个人因为耳朵所感受到的幸福而飞起来似的。这画面就像《聊斋》里的故事一样奇幻。

相反，东巴文的“惊”字，又给我们展现了另外一番景象。画面的主角，似乎受到惊吓，四肢发麻，全身在战栗。八条波浪线，就像恐怖的电流，画在他的四肢方位。让人感觉他似乎刚刚踩到了一条毒蛇，或者亲眼看到地面开始裂开与下陷。

这一幅幅画面就是说三天三夜也说不完啊！只要你看过一眼，甚至都会记得一生。

这真是大人画的吗？这得是多有童心的大人才会创造出这样的文字。

有时，我很难相信这种文字居然是用于记录经文的，我觉得，这样美好的文字最适合写童话。

这文字就像是世界的图形密码，也像是一把神奇的钥匙，可以开启心灵的家园。这个世界有很多种诉说的方式，我喜欢这样直观而纯真的一种。

过　客

在云南的第三个晚上，我从丽江飞往四川。

我并不喜欢夜间飞行。可是大清早或者夜间的机票往往最便宜。

从云南到四川，换作五百年前，应该是杨慎从被贬之地回家乡的路途。没想到，如今，是我在奔波着。

想当初，他在云南熬了三十多年，最后也没有盼到回到朝廷的那一天。每年春节，皇帝倒也会过问起他的事，不过，总是问：“杨慎最近有没有写什么反动的言论啊？”

他的悲哀是在云南待得太长，我的悲哀是在云南待得太短。

甜蜜吉林

边疆歌舞甲天下

阿城在《威尼斯日记》中写道："我喜欢听歌剧。一听歌剧，我便丧失理智。"

这说法幽默且别出心裁。

歌剧对我来说太稀罕了。只要能看歌舞，我也会"丧失理智"。实际上，我看现场演出的机会很少。可在祖国的边疆几乎处处是歌舞的海洋，真可谓耳目之福，于斯为盛！

且不论新疆西藏内蒙古，就是在吉林的中朝边境，也有最让我沉醉的演出。

五月一日当天，在吉林延吉听说和龙市的金达莱村在搞文化节，我便搭车前往。

细雨迷蒙，梨花如雪，路旁的朝鲜族民居灵巧而统一，白墙青瓦，简洁而古朴。

天公似乎故意刁难，才到金达莱村雨势竟然大起来了。在一处展览馆避雨，里面有几丛各色的金达莱花，生机勃勃，清新淡雅。金达莱类似南方的杜鹃花。也许是同科植物。不同的名字感觉真不一样。杜鹃泣血，悲情感伤。金达莱奔放洋气，春色无边。

听说因为下雨文化节的闭幕式取消了。我一想到千里迢迢只为来看风看雨，心头懊恼。后来，突然听到村中鼓乐大奏赶紧去一探究竟。

我错过了开场，却不算来得太晚。椭圆形的露天场地，四周台阶环绕，像小型的田径场。舞台明艳温暖，搭在东边。

少数民族的服装本身就漂亮，而朝鲜族服饰除漂亮之外更觉古朴耐看。演出中女士的服装大红大绿像花朵，男士的服装天青色像天空，再戴上透明的圆纱帽，风度翩翩。当然，我喜欢这服装，是感觉这服饰里有种唐诗宋词的神韵。

在歌声里，在洞箫与手鼓的旋律中，在飞旋的舞步中，我感觉自己飘在云层之上。尽管很多歌词我并不懂得。可是这又如何?

所有的歌舞，不都是在表达对生活的憧憬对生命的礼赞吗?每一个日子，不都应该这样如花儿一般怒放吗?

舞台上突然出现了一对“老夫妻”的对唱，他们歌颂着自己的村庄。动作幽默洒脱，表情俏皮活泼，让人感觉生命像芦苇在风中摇曳。其中的大叔光头油亮，黑色圆筒礼帽替代了头发留下的虚无，贴一撇胡子，笑脸盈盈，带有卓别林的喜感。

舞蹈中，集体舞如彩云追月般美好。一长列绿衣仙女翩翩而至，随着音乐律动服装又变幻成红色。舞蹈中的主角甜美高挑，如绿荷中的白莲花，又像皎洁的月光。她的举手投足间散发着青春的气息，她的旋转与顾盼像流云悠然像流水婉转。她就像是召回春天的春姑娘。

雨时断时续，台下的雨伞不时撑起。可她们早已融入歌舞鼓箫中也无风雨也无晴。此番场景，令人感动。

我原本以为她们来自吉林各个不同的地区，后来才知道，她们其实只是和龙市文化馆的演员。能做到这样完美，真令人钦佩！

我想，我对朝鲜族的感情早在我看电影《悲歌一曲》时便深深地扎根了。那电影凄绝缠绵。而今时今日，我在这个曾经遭受过洪灾而新建的村落里，看到的是歌如潮舞如海，金达莱伴随心花开。

她们的舞步应和着春天的节拍，她们的歌声像甘甜的泉水。在她们明媚的笑脸中，我看见无数甜甜蜜蜜的好日子正伴随着春天的脚步迎面而来。

故乡的味道

辣椒是湖南人的故乡。

来到延边朝鲜族自治州的首府延吉市，我就像回到了家乡。这里的美食辣得十分带劲。

早在辽宁时，我就听有的游客说起延吉就直流口水，说那是美食之都。我一般对这种美名总是半信半疑的。

我对辣椒的期盼，都是在台湾那几天与辣椒绝缘的日子惯出来的。一种口味，一种世界。来到口味不同的地方，不亚于来到另一个世界。

我到延吉的时间是晚上。这原本不在我的旅行计划里，来这里，都是小王撺掇的。

小王人在上海，但他在延吉的足球队工作过，他说：“你到吉林，不到延吉，不感受下朝鲜族文化，那白来了。”

他是足球界小有名气的解说员，真会说话。小王还说：“我虽不在那边了，可是李哥在那，你联系一下，你去了，他不招待你，那还是人吗？我们吉林人的性格就是这样，谁对我们好，我们就对谁更好！”

不招待就不是人，这说法新鲜。不是东北人，说话不是这味，要么说出来也矫情。

我与小王以及他所谓的李哥本在三亚亚龙湾相识，不承想还有缘再聚。

灯火辉煌的延吉，用璀璨的夜色欢迎我。延吉人自称这里是北国的小香港。这座城市的富裕超出我的想象。

我向来以为边境因为偏远，穷困闭塞些是很正常的。实际上，这是一个内陆省的小地方的人的偏见。

边境城市毕竟也算是国家的门面担当，气派些也理所当然。延吉虽小，也是多任国家领导人到过的地方。所以相对而言更显漂亮。

李哥果然很热情，他与朋友们一起款待我。人在他乡，我虽酒量很差还是喝得很尽兴。

真是无辣不欢啊，在延吉用餐真觉得是人间美味啊！那些韩式泡菜，是朝鲜族的特色菜，味道很地道，入口绵柔，滋味独特，我极喜欢。

有一道干鱼，我印象最深。因为很有造型，味道却一般。那鱼被很完整地剖开，不知怎么弄得又干又扁，摆在盘里，还像一条整鱼，张开双臂，一副君临天下的表情，似乎在说这样一句台词：“众位爱卿，平身！”

由于鱼皮呈现出银白色，又像身着长袍的希腊执政官。我戏称之为“恺撒鱼”。

这种鱼吃起来又干又咸，可是吃的时候就像撕树皮似的。这套路，幽默有趣。

阿弥陀佛，为了这张嘴，人类可谓煞费苦心啊！

白天的延吉色彩依旧绚丽。所有的招牌一律用汉字与朝鲜文这两种文字表达。我去城里的朝鲜族文化村溜达了一下，就赶去参加延边州和龙市金达莱文化节了。

记得东坡先生说：此心安处是吾乡。我也仿写一句：有辣椒处是吾乡。

对于游子而言，故乡不仅在心里，也在舌尖上。

伪满皇宫琐记

“晓发独辞残月店，暮程遥宿隔云村。”我很喜欢这句诗。

孤独的旅程，云月相随，朝朝暮暮，客舍与荒村。这种意境，如今的人们已很难感受到了。

当高铁从延吉启程，抵达长春，也不过一个多小时。一路上，山林青翠，薄雾缭绕，像极了江南，只是没有河流相伴。

在去过和龙市之后，我还去过图们。在细雨中望过国门，望着铁轨连接着中朝两国的大地。图们江对岸的朝鲜乡镇也近在咫尺。

当地人幽默地说：“河里的鱼都跑到他们那边去了，因为我们这边打鱼打得太勤快了。”

这事，也许只是说笑。我觉得最有意思的是那些鱼，它们在水里知道有国籍这回事么？

在车上回想着这一切，长春很快就到了。我订好去呼伦贝尔的票，抽空到伪满皇宫博物院逛了半天。

我对伪满皇宫博物院印象极好。游人不多，服务细心，展览丰富。

历史最容易记住的，是那些与时代命运息息相关的人。末代皇帝溥仪一生大起大落，悲剧命运几乎是与生俱来的。

从古至今，大权在握是很多人的向往。溥仪一生当过三次皇帝。第一次三岁，当了三年，相当于如今的小朋友从幼儿园小班升到二年级，他就在“治理天下”了。第二次，张勋复辟，他又当了十几天。

他承认自己很想回到皇帝的宝座。结果，日本占领东三省之后，从 1932 年到 1945 年，他第三次做了“满洲国”的皇帝。他成功地将皇帝与傀儡统一在一起。看他年轻时的照片，孱弱瘦小，仿佛一阵风便能吹倒。封建大厦一塌，他好像被压扁了一样。

一个人一生都像是在苟延残喘，这样未必有当老百姓快乐。

一个王朝就像一棵大树。根不腐，树也难倒。而当大树倒下，最后一片叶子就像所有的枯叶一样在泥泞中腐烂。

这里处处气派的建筑不过住了一个空壳。刀光剑影杀机重重才是这宫殿的灵魂。所幸这一切都已远去。来这里的人们更像是复习了一堂历史课。

博物院中，还开设了东北抗日的展览。怒发冲冠保家国，热血丹心照汗青。千秋忠魂，白山黑水，为之低昂，为之豪壮！这是告别吉林前最深的印象。

尾 声

旅途中，有时会出现意想不到的状况。

对于吉林，我最向往的目的地是长白山。

一想到天池、飞瀑，我就心跳加速。

峰峦如莲朵，耸立在云霄。池水铺天镜，日月共浮沉。这也算是平生未见的奇观吧！可惜很不巧。

我在吉林延吉的那几日，原本是为了感受过朝鲜族文化之后，就去目睹长白山女神的芳容的。没想到那几天大家在朋友圈晒得最多的是长白山风雪呼啸、车辆自暴自弃的情景。

我查了一下山里的天气，小雪、大雪、暴雪，这些词似乎故意跟我过不去。我问过山里的酒店，得到的消息是天池去不了。我只好望“池”兴叹。

在我拜访的名山里，长白山是最高冷的，让我哭笑不得。

在离开吉林时，我见到长春火车站附近有一条长白山路。我从公交车上及时下车，在那条街上默默地走了一段。我想让地面的砖石都感受到我的神往与留恋……

圣洁黑龙江

温情哈尔滨

或许，每个南方人心中都有一根“指北针”。

2017 年 3 月下旬，我追随“指北针”的指引开始寻梦的征程。

我原以为三月的哈尔滨依旧很冷，然而，温暖的阳光在嘲笑我背包里厚重的衣物。

家乡有句俗语：“江湖跑得老，五月六月带棉袄。”意思是老江湖总是能未雨绸缪，有备无患。没想到，这蓝得纯净无比的天空，还有这笑盈盈的阳光，此刻就在笑话我这个老江湖了。

哈尔滨年轻而个性鲜明。

这片土地上的人们大多热心而幽默。他们习惯把这里称为“北京十六环”。他们会为每个陌生人热心地指路或规划游览路线。

他们的这种性格与城市的性格是一致的。这是一座热心而幽默的城市。

马迭尔冰棍在哈尔滨很有名。这里的人们很会享受冬天吃冰棍的那种豪迈且悲壮的感觉。我认为主要是因为这种吃法很幽默：世界再冷又如何，只要心中有团火，冬天照样可以当夏天过！

哈尔滨的热心在建筑的颜色上得以充分地体现。中央大街的俄罗斯风格建筑就像色彩博览会，稳重端庄又落落大方。

最初走进这条铺满七万块俄罗斯地砖的街道时，太阳还刚苏醒。路上行人少，落叶多。我的内心世界大约是冷色系的吧，看到这些暖色系的建筑，恨不得能住进去。

这条百年老街，就像八音盒里那悦耳的音乐，让人感觉来到童话世界。

在别的城市，那些异国情调的建筑，就像是一颗小小的钻石吊坠。而在这里，却像王冠上的宝石，缤纷炫目。

对于别人而言，教堂是心灵栖息的地方，对浅薄的我来说，教堂纯粹就是为了好看。恰恰，这里的教堂都特别好看。

我到过索菲亚教堂，这已然是哈尔滨的标志，我也到过果戈理街的圣阿列克谢天主教堂。索菲亚教堂里面布置的是城市历史的展览，在天穹与圆弧状的墙壁间，古旧的哈尔滨形象一一登场。圣阿列克谢天主教堂的老嬷嬷人很和蔼，只要你有心与天主结缘，便能在教堂感受那庄严肃穆的氛围。教堂外的广场上布置着很多征婚男女的照片与信息，而看客中大多是老人。这一场景，也幽默有趣。

其实，我心中也是有教堂的，我的教堂就是书店。我喜欢看人们在书店捧书阅读的样子。无论男女老幼，捧上一本书，都像变了个人，都像手里捧着一盏阿拉丁神灯。

恰好果戈理大街有家最美的书店，里面有宫殿的氛围。三楼是贵宾待的地方，有古典音乐与古色书架环绕，二楼是大众化的地方，却布置得十分有格调。

里面刚好有个新书推荐会，作者是旅居俄罗斯多年的哈尔滨人，一些当地的名流也来到现场。大城市好就好在是精英聚集的地方，人们相互照镜子似的，相互竞争又相互提升，让人充满斗志。

所有的这一切，构成了我对这座城市最基本的印象。而最美的印象却是冰封的松花江所赐予我的。她在中央大街的尽头抗洪广场就能看到。

从抗洪广场一直走上老江桥，不过一两公里的距离，却是我人生中很神奇的一段路。

我从没看过冰河，何况是这样大气而深沉的松花江。我想起那首感人的抗战歌曲《松花江上》，再看看如今和平年代静谧的冰河，心中无限感慨。

当年，那些远离故乡流浪的人们，松花江是他们的信仰，是心中的太阳，是屈辱的血泪在流淌。

而今，走在钢铁桥上，看着火车从另一座漂亮的新桥飞驰而过，看着阳光贴着辽阔的江面滑行，我心中油然而生一种对这座城市的崇敬与自豪感。`

就在这座江桥上，我见到一对老年夫妇，那位阿姨慈祥的笑容与优雅的气质让我难忘。

他们拜托我用手机为他们拍了好几张照片。在我看来，他们的身影似乎就是对“执子之手，与子偕老”的完美诠释。后来那位穿旗袍的阿姨告诉我，她做胃癌手术一两年了，老伴一直细心陪伴在她身边，陪她走过不少地方。

老人的话，就像这座彩色城市的阳光。

林海雪原在曙光中醒来

火车穿过大庆油田，穿过齐齐哈尔，穿过我的梦境，行驶在大兴安岭。

依稀记得，梦里我在背诗，是戴复古的《夜宿田家》：“簦笠相随走路歧，一春不换旧征衣……身在乱蛙声里睡，心从化蝶梦中归……”最后两句怎么也想不起来，便急醒了。

醒来，火车硬座的小桌上，还放着我在果戈理书店买的那本《宋诗选》。

定睛看看蒙着轻尘的车窗，黑刷刷的森林，不断扫来扫去，光芒若有若无，似乎它也在做梦。

渐渐地能感觉出林间的白雪来了。我喜欢看着白雪熟睡在林间的样子。它们躺在松杉与白桦的庇护下。它们有理由撒娇，因为它们来自天上，走路走累了，跳舞跳累了，此刻它们只想舒舒服服躺着。

黎明如约而至，我来得刚刚好。

“地平线”这个词，在森林里应该叫作地曲线才对。我没看见太阳之前，先看到的是曙光。曙光是天青色掺杂着玫瑰红。这曙光随着山丘的起伏而起伏，像龙在天空舞动。

树林，白雪，晨光，还有静谧的原野，我不知道，还有怎样比这更好的世界？

渐渐地，远远近近的山山岭岭，都变得光明磊落起来。

醒了！大兴安岭醒了！

累了的白雪在大地上恢复了元气，面对同样来自天上的阳光笑着。它们也像人类一样喜欢阳光。哪怕在阳光的爱抚下融化它们也愿意。融化在爱里，总比融化在恨里强。它们正是这样想。

还好，它们还都很年轻，都很团结，所以它们不会去想流水似的日子。它们喜欢这种拥抱着大地的感觉。

大地生长万物，大地也会累，雪抱抱她，她就精神了。就像女儿亲亲妈妈，抱抱妈妈，做母亲的总是心情格外灿烂。

林间的河早已超级大变身，像曲曲折折的覆盖着大雪的路。它们等着大树在自己变成的路上走。大树怕打扰鱼儿的梦执意不肯。

车上，一位女士正是在这片土地上生长起来的。她看窗外的目光比较淡。

她说："你要是冬天来，比这还美呢！"

我点点头，代表我懂得她的好心。我内心却不是很同意这种说法。再美的话，会不会美出心脏病来？值得思考。

我问起兴安岭大火的事，她那时正在上小学。她说起童年里对这场大火的很多记忆。她虽不曾在大火中历经生死，但周边发生的一些惨祸至今记忆犹新。

这美丽的林海曾经也是一片火海。这样的事，但愿永远不要重来。

她还说起在这林海中的小镇上，一万多块钱就能买到一套房子，面积几十平方米，只是不包括供暖费。

很多事情，只能向往向往，就像在这林海中拥有一间自己的住所，对我来说，就像一个遥不可及的梦。

漠河到了，我向往的北极村也不远了。阳光在冷空气中抖擞抖擞精神，我抬头望望蓝天。

我曾经想过，哪怕只能在漠河待一秒，我也要来黑龙江。

来了，活着，都是多么美好的事。

白色黑龙江

北极村是著名作家迟子建的家乡，与俄罗斯的土地隔河相望。

据说，这里最冷时大约有零下四十摄氏度。我对这种极寒天气，又神往又担忧，真害怕像人家说的那样鼻子冻得一摸就掉。

我佩服自己那种吓唬自己的能力。当我来到北极村，四处一望，见到林间虽有一些积雪，可是晴空万里，气温至少有十几摄氏度吧。我怀疑是我把春天从南方带到了北国。

一到北极村的河边，我好像到了外星球一样。

这河便是黑龙江，这一段是中俄的界河。河对岸是俄罗斯的森林，不见村庄，有一两个哨卡。

冰河雪白，见首不见尾。晴空碧蓝，云铺满又飘散。雪层很厚，两岸之间像铺着白色地板。

我忐忑地走在白色的黑龙江上，生怕一失足成千古恨。

我像做梦一样。从小到大，我只见过倒映着蓝天白云倒映着花红柳绿的水河，我只要一扑通，就会变成石头一样下沉。此刻，我已练成绝世轻功。江湖上失传已久的水上漂，我轻而易举地就学会了。而且，我的水平更高。我练成的是冰上漂。

冰字比水字还多两点。可见我的功力可真不一般。

不过，后来我才发现，何止我练成了这绝世武功，人家的卡车也会这招。

有几个人在冰河上凿着冰洞。他们开凿的地方，都板结着木棍，那是他们入冬时在冰河里下网留下的标记。他们叫来的卡车就在冰河上自由地跑来跑去。

我替他们用铁钎凿了凿，还兴奋地跳入开凿的冰洞里试了试。蹲在冰洞里，望着高出我额头的冰面，仰望着大家的笑容，感觉自己在演出真人版的《冰河世纪》。

走着走着，我忍不住脱掉鞋袜，在白云下、在晴光里、在冰面上来回奔跑。那情形类似范进中举一般。冰雪将我双脚都冻麻木了，我却满不在乎，似乎早已挣脱了皮囊的束缚。

原来，生命中的至乐，只需在冰河上像个顽童一样赤足奔跑就能达到。那种冷，有多暖，体会过的人才知道。

在告别北极村之前，我再次沿着河面漫步了好长一段路程。有时会看到一堆堆突起的冰块与冰凌。细看之下，有一些冰凌像极了天空中飘浮的云，美轮美奂，熠熠闪光。

一块冰，却不甘心做一块冰，最后居然成了凝固在冰河上的云。真是令人刮目相看。它们就像这世间的艺术家，用心雕刻出它们最爱的那朵云的样子。惟妙惟肖，感天动地。

在这北国边境，天地呼应，互为形影。万物都有自己的灵性，谁说世间没有神明呢？

漠河的天空

在我的旅途中，离开黑龙江让我感觉最难过。因为太匆忙了。在我感觉最兴奋的北极村，我待了都不到六个小时。我不得不往回赶，因为我在去黑龙江之前，就将来回的所有车票都买好并且取票了。

当然，每一次的离开，都让我的心变得强大。那样不舍的所在，都能舍得离开，我是一般人么？

离开北极村，我在当天下午来到漠河赶晚上七点多的火车。

漠河城似乎懂得我的惆怅。她多姿多彩的俄罗斯风情建筑在悄然安慰我的心。

我先到最高处的北极广场，俯瞰满城的缤纷。再走进它的大街小巷，近距离感受它的美。

这是一座涅槃重生的城市。1987 年 5 月 6 日的大火，毁了千万亩山林，整个县城也付之一炬。今日的城市规模，都是灾后重建的。

纪念馆当天闭馆，我便独自穿行于它附近的一小片原始森林。

这片森林就像奇迹，没有被大火殃及。参天的白桦秀气挺拔。如果“玉树临风”指的是一种树的话，那无疑只有白桦树最当得起这一雅号。

仰望天空，树枝与树枝之间疏疏朗朗，就像想牵手又羞于牵手的恋人似的。

这一圈的树的空隙，都被蓝盈盈的天空霸占，而天空又时不时被白云霸占。

当我在林间抬起头，便不由得看呆了。平时我们也会偶尔惊叹天空的美。然而，只有在树林里望过天空，才会发现平时的所见，可谓大而无当。只有这受到树林抬举的天空，只有这如绣花布大小的一块天空，才那么耐看，那么单纯而宁静。

树林如火炬高举，天空像蓝色的火苗，云朵像白色的烟雾，一切那样昂扬而坦然。

树林又像一口深井，天空只有井口那么大，却美得从容而淡定。

在这样的时刻我们才会懂得，用大树卷成一个圆筒，再瞭望天空，是多么神奇的事。

后来，在火车站附近，我再次看到一条冰河，这条小河婀娜地穿行于漫无边际的白桦林之中。

暮色中，天空的侧脸通红，冰面上也开始羞红了脸。

我静静地站在冰河上，望着天边发呆。有时，发呆就是最好的表白。

梦幻海南

羁旅多年，江山行遍，火车车厢是我住过的最美的房间。长龙疾驰之际，囫囵入梦，身寄天涯；窗外，风光流转，万物来去如飞。

某年三月，车过大兴安岭，晨光熹微，路旁密林严遮，厚雪闪耀于林间。旭日正跨着玫瑰色的朝霞，或与山丘擦肩而过，或在林间闪躲，令人沉醉。

此次，新年伊始，寒潮突袭，列车从北京西启程，身披雨雪，昼夜兼程，直奔三亚。我几经波折，辗转多地，于夜里十点在广东茂名才赶上这趟车。

一觉醒来，琼州海峡已从梦中溜走，火车正穿行在海南东方市的境内。窗外树影婆娑，金光明艳。轻烟如染，雾霭生辉。太阳仿佛凑近地球的耳边说着甜蜜的情话。

沿途，画卷不断刷新。天边，空山横卧，闲云洒脱。近处，原野葱翠，花枝迷离，油光发亮的庄稼间，点缀着些劳作的身影。

恍惚间，碧海微露，金色沙滩从林间透出。海面平和，烟波渺渺。渔舟逡巡，细如叶片，奔突无声，如在幻境。有方寸孤岛，远浮天际，青螺傲立，恰似点睛之笔。

这生机勃勃的海岛，令我不时想起新疆的苍茫大地。两者截然不同，却都美到极致。

就这样默坐车内，任思绪摇曳，感觉自己像一只候鸟，飞越万水千山终于抵达梦寐以求的温暖。

列车上处处洋溢着喜气。大家纷纷将厚重的棉衣，塞进箱子或背包，看看彼此从冬天瞬间回到夏天，都喜笑颜开。

走出三亚火车站的那一刻，我像自由翱翔的白鸽。

天蓝如洗，云白胜雪，阳光鲜嫩，风儿若有若无。一排排椰树站姿威武，发型炫酷。火车站的色彩奔放，线条灵动，远望神似巨大的黎族木屋，令人赏心悦目。

想想整个中原大地早已沦陷于寒潮的威力，而三亚依旧如此明媚，顿时感觉像是来到了传说中的诺亚方舟。

世界再冷，总有温暖之处，我心想。

好天气就像催化剂，无形中能拉近人心的距离。

在候车去亚龙湾的间隙，我安坐于车站广场的树荫旁，边晒太阳边与人攀谈。一对中年夫妻为我分享了他们的旅途见闻，他们刚从西沙群岛回来，到过其中的三个岛屿。潜水看珊瑚礁的兴奋似乎直接写在他们脸上。一位为三亚凤凰机场当了几十年司机的大叔热心地为我规划行程。他作为当地人，评点三亚的景点，就像一位将领娴熟地在部署一场战役一样。

交流，是心灵的触角。萍聚萍散，彼此连姓名都不知晓，却诚心相待，令人感慨。

潮落风初定，海阔任浮沉。

亚龙湾好像知道我要来似的，故意美得不像话。

隔着一片蓝盈盈的海，隔着一弯新月似的细软的沙滩，云雾远远地停歇在远山之上。她像洁白的巨大的王冠，戴在青山的头顶。

清澈明亮的阳光让海风变得温柔羞涩，浪花爽朗的笑声拍打着斑斓的风帆，海鸥的影子掠过在海水中飞翔的我。

美景总是令人谦逊，令人振奋。

当我在波光摇曳、翡翠似的海面闹够了，带着阵阵凉意，走向洁净的沙滩，侧卧如佛，再凝望远方，那一刻，天高地迥，烟波万重。

丽日高悬沙正暖，清景无限乐无边。只要再多躺一秒，我极有可能化身为一棵棕榈树，生长出亿万根须，紧紧抓牢脚下的土地，生生世世守望这片海岸。

“一向迷本心，终朝役名利。名利得到身，形容已憔悴。”

不知怎的，唐代诗僧拾得的这几句诗，在那无忧无虑的时刻，就那样闯进心里。终日劳碌，也不过是名利之奴。万事如愿，时光早已老去容颜。幸运的是，浮云虽易散，海浪却常新。

在三亚市区的大东海海岸再次戏水一番后，我在晚上七点左右从三亚启程去海口。

在高铁上，我见到一位女子，她像是从《诗经》里走出来那般温柔美丽。听她的邻座说，她是在校大学生，石家庄人，利用周末的时间飞到三亚练习高尔夫，晚上赶飞机从海口美兰机场飞回去。

这件事让我印象极深。总有些生活是我无法想象的。

晚餐时，虾兵蟹将纷纷登场，热情地为我述说着大海的味道。我还品尝过有名的琼中绿橙。那极富生命力的绿色橙皮，衬着色泽金黄的鲜嫩果肉，煞是好看。一入口，绵柔即化，甜美香酥，掺杂着几丝温柔的酸爽。那滋味，顿时让人想起海南灿烂的阳光与飘逸的云彩，想起蔚蓝的大海与清爽的空气，想起这片肥沃的土地生长着的甜蜜与奇迹。

第二天清晨，见证着海口的晨曦是那般绚丽。在美兰区桂林洋附近的海滨公园，朝霞映红了椰林上方的天空。太阳从东方密林遮掩处徐徐升起，将万丈红光慷慨解囊。

千重浪，万道光。曲曲弯弯的是黄沙漫漫，起起伏伏的是白浪茫茫。静神凝思仰青冥，万里烟霞半海红。此番景象，真令人振奋。

原本以为又得车马劳顿，才能赶回家乡，不料，海口到桂林的机票打折后不到两百元。于是，我第一次白天坐飞机便是在美兰机场启程。

飞抵云端，不见尘烟。云天云地，云海云山，莹如冰雪，浩荡无涯，晴光夺目，云涛奔突。仿佛顷刻间，便来到北极冰天雪地之中。

唯有无法企及的高处，才有无法匹敌的壮丽。儿时，做过无数飞翔之梦，梦中也无法见到如此美妙的景象。

在海口时，上午九点的太阳便热得发烫，而一到桂林，几朵雪花直扑进我的怀里。那一刻，我想起清代诗人徐兰在过居庸关时写的两句诗："马后桃花马前雪，出关争得不回头？"

诗中的惆怅，也正是我的惆怅。

悠然香港

梦，在海面荡漾。

醒来，香港已站在对岸。他一身正装，伟岸挺拔，容光焕发，在青山碧浪间显得极为潇洒。

没有对比，就没有惊喜。

这些年，我东奔西走，南北纵横，见过城池不少，不思量，自难忘，却很少如香港这般刚健豪迈，清新明朗。

天阔云舒，山屏海绕。山海相依相守，高楼比肩而立。雄鹰翱翔于白云之间，鸥鸟翩飞于翠烟之上。

港岛与九龙像两片肺叶，被维多利亚港故意隔开。他们又像一对恋人，咫尺之隔，相看俨然，春风传情，明月表心。

带着这令人振奋的第一印象，我缓步走出码头，像在风浪中颠簸的船，终于回到了港湾。

古人说，神仙须得闲人做。

此刻，家在万里浮云外，惟有背包在肩头。我且受用这一日的闲暇，独行独坐，自在随心，不必刻意奔波。打定主意后，索性连公交都懒得坐了。

从码头逛到中环，一路都有带顶棚的天桥贯通，这天桥如万里长廊，四面开阔，两侧栽有鲜花或绿色植物，与澳门店铺前的门廊，有异曲同工之妙。穿梭于天桥的人们，不同的是面孔，相同的是步履匆匆。

或许，在这样一个国际化都市，慢是一种奢侈。人们总是有一万个理由像蚂蚁一样忙碌，却没有一个理由让自己像白鹭一样从容。

或许是爱屋及乌吧，漫步在中环林立的摩天大楼间，我竟丝毫不觉得压抑。走惯了名山的一线天，我走在钢筋丛林的一线天之间，有一种亲切而新奇的感觉。

我仰望着一面面映着天光云影的玻璃发呆，从一个低头族变成一个仰头族，我感觉我的颈椎在欢呼，突然间便想起诗仙那句很嘚瑟的诗："仰天大笑出门去，我辈岂是蓬蒿人。"

在类似于橙黄色古堡的圣约翰教堂中我休息了片刻，点上一小盏烛灯，那暖暖的光，像心头美好的愿望，温润明亮。

尽管我没有专门的宗教信仰，可我尊重有信仰的人。

有时想想各种宗教的区别倒也有趣。佛教的寺庙大多建在远离俗世的深山，而基督教堂却总是大大咧咧地居于闹市，真有一种反其道而行的感觉。

在缆车总站排了一会儿队，我最终决心徒步登太平山。一则缆车票价比我预期的稍贵。二则我不赶时间，比这高多了的山都曾徒步背着帐篷登攀过，也不在乎这点难度。

回顾这一段旅程，我感谢我的困窘与节俭，感谢那番独自闯荡的勇气。一条相对而言更艰辛的路，让我看到了一个更美丽的香港。

假如有一天，我需要告诫儿女一点什么，也许我会告诉他们：上天不一定会怜悯你的泪水，但它会尽力奖励你的每一滴汗水，在你回顾人生道路时，你会为自己付出的艰辛感到欣慰。

一边是熙熙攘攘的繁华都市，一边是苍翠欲滴的山林；前方是曲径通幽、鸟鸣婉转、万木欣荣，背后是蓝色海湾环抱的摩登大厦。这种感觉太神奇了。

香港人把登山道称为自然径，从中环登太平山的道路，被分为十四段，我一个人走到第十二段时，只遇到过两个在清洁山道的大婶，还有两个先后独自下山的外国人。

我从不曾想过，当一次次来到新的高度，透过绿叶遮蔽的空隙看着楼顶越来越矮，港湾逐渐清晰，巨轮如同小叶片在水面挪移，还带着白色的短尾，这一切多么令人心旷神怡！

这是怎样的一条路啊！如此生机勃勃，如此清纯脱俗。每棵树都像一位凝固的舞者，每朵花都像一份细心的奖励，每一次呼吸都像与清风甜蜜的拥抱。

在山腰俯瞰香港全貌的瞬间，我看到一对雄鹰在天空盘旋。

我不知道在它们的目光中，这是怎样的一方土地。我多么渴望化身为鹰守候这片天空。无论寒暑，无论风雨，我希望飞得坚定而从容。

穿过无比美丽的花园，这座并没有被庙宇与香客污染的山峦，如此清秀如此纯净。站在山巅，俯瞰远处云帆点点，远山如黛，衬托着水汪汪的大海。小时候那种登上高峰望着远方发呆的情景浮上心头。

我仿佛看到那个小小的我认真地走到现在的我面前，拉拉我的衣角，握握我的手，对我说："谢谢你，你辛苦了！"

原来我一直都是那个小孩。我不曾辜负他的愿望。那一刻，我觉得什么都值得。

下山时，我特意奖励自己坐缆车下去。

在中环的广场的长石椅上，枕着背包，仰天酣睡，直到一声悦耳的声音叫醒："朋友，这里不能睡觉。"我一看时间，也算半小时梦蝶一番了。穿制服的大姐那打招呼的"朋友"二字，我仿佛看到了一个极有涵养的香港。

乘坐三元一次的天星小游轮，从中环坐到尖沙咀码头，再次荡舟于碧波上，我才发觉，香港竟有些神似沈从文笔下的边城，只是渡船变成了轮船，只是撑船的不再是顺顺老汉，也不再是翠翠姑娘罢了。

整个下午，我沉浸在香港文化中心附近的诚品书店的书香中。读着台湾诗人写的经典诗歌，再望望窗外港湾的美景，望望对岸港岛的楼外楼山外山，真是极大的享受。

从书店出来，已华灯初上。整个维多利亚港烟雨空蒙，天海一色，画船轻移，微风触浪，对岸星星点点、五彩斑斓的灯光，柔弱又执着地照射着。

这仅仅是万家灯火的小小序幕。

素颜澳门

岁月刚刚翻到2018年这一页。

午间，一艘轮船从深圳蛇口港开往澳门外港。漂洋过海一小时，穿越时空五百年。横跨大海的感觉，让船舱里的我心花怒放。

离开码头，我却有些发蒙。

或许是出境入境的程序让我有些惶恐，像乡巴佬入城参加某位阔亲戚的婚礼，又像一条池塘的鱼不小心闯进海里。

手机已无信号，中国移动变成澳门不通。我懊悔没早点做好对策。直到将几张无比亲切的人民币换成陌生的澳门币之后，心里才踏实些。由于我只知道澳门历史街区是世界文化遗产，一上公交就不住地打听在哪下车。

细雨翩翩而降，狭窄的路，密集的车，穿梭的人群，欧式多彩的建筑，古朴的繁体中文招牌，这一系列新鲜的印象网住了我。

我渐渐欣喜起来。我找到了喜爱澳门的第一个理由。

街道虽窄，可是这一路上，所有临街的商铺都有遮风避雨的门廊，这些门廊连在一起像最美的风雨长亭。

在澳门，下雨可以不用带伞。我心想。

这两边对称的长廊都铺着密密的莹白的石子。有时用黑石再饰以图案。与人方便，自己方便。澳门的这种建筑理念，可谓宅心仁厚，值得借鉴。

雨意思意思了一下，渐渐停了。

我将妈祖阁作为第一个目的地，却先到沿途的某个豪华酒店的赌场闲逛了一番。大厅里灯火璀璨，人们正襟危坐，目光炯炯。我置身事外，看人家进行一场没有硝烟的战争，就像看醉汉掰手腕一样。

所有酒店除了住宿区，都像是免费开放的公众场所。那炫目的奢华，那浮夸的精致，令人瞠目。

我曾看过一些澳门的游记，无一不是流光溢彩、活色生香。此次身临其境，我看到的是一个素颜的澳门，没有经过包装修饰的澳门。

我惊讶的是有的住宅区的小巷深处拥挤俗气，就连临街的楼层也有一些显得陈旧，像是有待拆除的小区。

或许，有莲花必有淤泥吧，就像有红花得有绿叶陪衬，这种对比悬殊的反差，几乎成了澳门给我留下的最深的印象。不过，我还是很欣赏澳门的坦荡。只有充分自信，才会不拘小节。

妈祖阁面朝海湾，背倚小丘，庙宇古朴，立足于方寸之地，四面有天然巨石，塑像精巧。此处历史悠久，却小得像枚硬币。

庙宇里的平安香，状若斗笠，回旋盘曲，串起若干层，并列垂挂，红黄悦目，别致耐看。

人类的信仰中，观音、圣母、妈祖，这些充满母性光辉的神灵，在凡间，与之类似的，便是母亲。母亲像神灵一样，用无边的爱呵护我们一生。

拜过妈祖后，我来到庙前的开阔平地，阳光突然穿透阴云普照大地。回望葱茏林木间的庙宇，倍增明艳，祥光异彩，令人感动。

历史街区的街道像穿起珍珠项链的细线，有二十多处值得玩味的教堂或欧式风格的历史建筑，值得游人一一寻访。

除了在某处教堂停歇片刻，我在郑家大院中流连忘返。

很难想象，在众多的洋楼或现代火柴盒的包围中，还有这样奇妙的所在。这偌大的宅院，原是晚清时代郑观应的居所。郑先生在澳门住过六年，是具有完整的维新思想的人，写过很有影响的《盛世危言》。这院子规整宽敞，两层阁楼风格。其建筑样式古典优雅又巧妙融入西洋风情。这里不同于大陆的古民居，却有出于蓝而胜于蓝的神韵。这院落像是身处十里洋场一身布袍的老者深深的乡愁。

我大爱这地方，迷蒙的灯光照在镂刻得很精美的门窗或家具上，每一个台阶，每一道门槛，都可以完成一次心灵的穿越。

穿过光鲜亮丽的街面，在最高处的古炮台之下，便是著名的大三巴牌坊。据说这是某个被毁的教堂的后壁，如今更像岁月的丰碑。它的雄伟与沧桑，陪伴着脚下的商业区的热闹与绚丽。

在炮台之上环顾满城灯火，黑夜的绸缎上刺绣上了精美的图案，满城灯火陪伴我的落寞。我很知足。

夜空的云，被涂抹上不同色彩的光晕。不少游客登上澳门塔观望，我在塔下仰望，再看看海湾两岸的夜景，听听拍打堤岸的阵阵涛声。长桥卧波，水面流光澎湃，缤纷涌动，和风轻拂，有春江花月夜的意境。

威尼斯人酒店是我向往已久的地方。虽路程较远，但那不同寻常的奢华与异域情调深深吸引着我。辗转到晚上十点左右，我刚刚赶到此处，一场光电盛宴正在那三层高的欧式外墙上演，激动人心的音乐与瞬息万变的光影图案，仿佛只为酬谢我的奔波。

进入内厅，金碧辉煌的门廊、穹柱，天幕上巨幅古典壁画，照得出人影的走道，有一种黄金堆砌的温暖。大厅内，依然一派娱乐场赌博的景象。

走到二楼有电子天幕的所在，多少人流连过的购物中心便到了。天幕上蓝天高远，白云悬浮，虽假犹真。曲折小河，蓝波静淌，短桥横跨，两旁林立的建筑，一层是真，上面两层是假，亦真亦幻，乱假成真，构思奇巧。

夜色深沉，我来到澳门的标志性建筑葡京酒店时，已经将近十二点。我打定主意，在这霸气侧漏的娱乐场，闲逛苦熬，等到凌晨五点多便乘公交车到外港码头，乘船前往香港。

这一夜，我几乎逛遍新旧两个葡京酒店除住宿区外的所有楼层，游荡在这最好的酒店，不花分文，闲走在这娱乐的人群中，心如止水。除了不能有片刻酣眠，倒也不必担心风欺雨淋。

那一夜无眠的寒酸滋味刻在我的心中。

几天后一个早晨，在家中，妻对我说："昨天你说梦话了。"我好奇地问："我说什么了？"

一般情况下梦话是含糊不清的，可是这次，妻明确告诉我，我在梦里说的是："老板，住一夜多少钱？"

我似乎恍然大悟。原来，漂泊的灵魂哪怕在梦里也在寻找着一张睡榻。

其实我知道，除了来去的船费总共三百七十元，除了我自备的一点干粮，我在澳门的一天一夜里只花费了不到三十元的公交车费。我很惭愧，我对这片土地的经济发展的贡献微乎其微。

或许，有些艰苦，是为了走更远的路。

祈梦台湾

四月阿里山

台湾的山，适合远看。

尤其坐在车内，路旁青翠欲滴，再看看远方，天际横亘着一抹幽蓝，很梦幻，也很温暖。有时，斜阳点一颗胭脂痣，在远山之上，又渐渐无声地滑落，就像不再升起似的，悲壮着整个黄昏。

台湾的山，近看会稍显平淡。

除了树还是树，柔若无骨。大约是由于气候温润、降雨较多的缘故，再高的山上都不缺沃土。因此，每棵树在台湾都像在溺爱中成长。

阿里山也是如此。

我本以为它作为台湾省的第一名山，跟三山五岳相比也毫不逊色。没想到这想法竟是错的。

大陆的名山多半有国画的气势，壁立千仞，磊落骨感。而宝岛的名山多半是树的天堂，绿意盎然，不露锋芒。

因此，若是为了遍赏奇峰，尽观云烟，阿里山难免令人失望。若是作为森林游乐区，阿里山倒是十分称职的。

整个神州大地确实很少有像阿里山这样值得骄傲的森林景观。这里不仅有被视为神木、树龄三千年以上的红桧，还有众多的千年以上的“寿星”。

它们中大多数至今安逸地存活在山上，而不用担心被人类换成银两，这就是奇迹。

在去阿里山之前，我没见过这样健朗的原始森林。或许，它不具备摄人心魄的美，但它拥有独一无二的内涵。

四月下旬的一个阳光很妩媚的日子，森林里的每棵树，都暗自在年轮里写诗，以歌颂天际的流云与山间的清风。我走在一棵棵千年古树的身旁，打量着它们古老的树干与年轻的细叶，想到它们将跨过我所有的年轮，像跨过一条清浅的小溪，目光中便多了一份虔诚。

乘坐着森林中的蒸汽小火车，在绿色的海洋间行进，就像待在潜水艇里，又慢慢地浮出水面。

森林里，还有一些樱花树，开着雪白或绚丽的花朵。其实，三月里，才是最美的花期。而它们，在众多的同伴绚烂夺目的时候保持着静默与克制，唯独对着姗姗来迟的我们吐露芳心，真令人感动。

多么富有人情味的山啊！将樱花分批次细细地开放，留下一些等着我们，等我们来了才满树娇艳。

哪怕仅凭这份心，也令人不虚此行。

梦醉西子湾

下了阿里山，导游阿源说：“咱们现在从嘉义这边赶往高雄，运气好的话，就能在西子湾赶上日落，很美的喔！”

运气果然不错。

我从未想过黄昏时的高雄是那样美丽。夕阳让西子湾与整个城市都光彩照人。

夕阳在那些高低错落的建筑上涂抹着金色的油彩，把自己的温暖带给它们。暖暖的夕照，让所有平时高傲而冷峻的建筑变得像乖孩子。它们团结起来，彼此依靠，向着蓝天与云彩微笑，又在水平如镜的河面上，把自己的影子调和成水彩模式。

导游说，流经高雄市区的河流，叫爱河。据说，曾有一对恋人在河中殉情，后来人们决定将此河改为现在的名字。

我情愿相信，这样悲情的故事是导游的杜撰。那样美丽的河流，应该是为了祝福人们的幸福而存在。

真正美好的感情，若是悲剧多可惜。浪漫的爱河默默地流淌，它孕育着无限的生机，而不应该是某些生命的尽头。

在来台湾之前，我不曾知晓西子湾的名字，而来到海港朝她一望，顿时觉得人们将她视为西施倒也算不上夸张。

漫天的红光衬托着圆白的太阳，同时一抹横云承接着她的脸庞。她在往云缝里钻，云彩有时蒙着她的双眼，她却给云彩镶上一道道金边。

海面上海水似乎变得滚烫，一道敞亮的红光像铺在海面的红桥，从太阳的心上一直铺到我的心上。

那海天之间的灯塔，在红色的光芒中融解，又不甘心骤然融解，强撑着立在那里。

那轮太阳竟向着灯塔的顶端俯身下去。远远望去，灯塔渐渐刺破太阳，同时还将太阳嫁接在自己的身上。

这一切，让人觉得发呆是最好的膜拜。

世界其实是由奇迹组成的。只有见证过奇迹的人，才会意识到这一点。在某些完美的瞬间，自己充其量不过是一个可有可无的角色。

所以，多一些谦逊，多一些敬畏，或许是最合适的选择。

夜里，大家一起逛了逛夜市，尝了尝各种看似很美味实际上不敢恭维的小吃，伴着月色回到酒店。在酒店的天台上，有露天的温泉池，沐浴后小憩片刻，俯瞰全城的夜色，连日来的奔波疲惫被晚风一扫而空。

能做一个坦坦荡荡的匆匆过客，也像是前世修来的福分。

因为日月潭

原本，我对日月潭并不感兴趣。

尽管对我而言，乐水甚于乐山。可江河湖海看多了，便越发挑剔。

西藏与新疆的湖泊，美得太耀眼，令人不能直视，这终归是有距离的美。

我最喜欢泸沽湖，因为它更像家园。它清澈得能令人直接在水中看见自己的灵魂。天空中的云与水面的云相互欣赏，相互致意，直到被夜色融化。

这些美好的记忆，铸就了我苛责的目光。我原本想，若我能在台湾自由行，阿里山、日月潭我都不去。我只去靠太平洋的一线：台北、野柳、花莲、垦丁……

因此，跟团来到日月潭时，我心底更多的是一种服从与迁就，谈不上神往。

导游说，若将台湾的形状看作人的身体的话，日月潭的位置恰恰相当于肚脐。这个比方虽粗俗，却新奇易记。

导游一般都像百度，什么渊源什么传说都能娓娓道来，可我就是记不住。

我能记住的，是我对日月潭水的惊讶。

虽是人间四月天，虽阳光并未缺席，可是湖边的高山，巍峨却迷离，雾霭与云朵在涂抹山头，一派诗意。

我见过太多被名气污染过的湖泊，从容忍到习惯，心路坎坷。我却从未见过日月潭这样的水。

我没想到，尽管名满天下，她依然那样清纯。

仿佛从远古到今天，对她而言仅仅是一场梦幻，仿佛红尘纷扰，从来不曾入侵过她的梦境。她清纯得像蜻蜓立过的嫩荷，像初阳升起时闪着光芒的露珠，像冬天的天空飘下的第一片鹅毛雪。

我从没见过这样浓郁、这样空灵的湖水。

她坦坦荡荡，却总让人看不穿。这湖水让人变得多疑。你疑心她是蓝的，又疑心她是绿的，甚至疑心这是彩虹中所有冷色系的色彩调和而成的。

我从没见过这样缠绵悱恻的湖水。

山水相依，日月相拥。每一圈波纹，都是对清风的致敬。每一簇浪花，都是阳光的舞鞋。每一艘游船，都像一封情书。

柳宗元在《小石潭记》中曾这样写道："潭中鱼可百许头，皆若空游无所依。日光下澈，影布石上。"他将永州山水的灵气写得极为传神，"若空游无所依"的意境也令人神往。

我也曾为这样的意境着迷。而当我来到日月潭的山水之间，我才发现，我也许更欣赏一种深沉的纯净，一份厚重的明朗。

水至清必浅薄。唯有能抗击风暴、承载巨轮，又能幽蓝如梦、清纯如初，或许这才是水的最好的风格。

在湖畔的阳光下，我静静地待着，看着湖面上竟有很多类似于指纹的梨涡。我想，人的指纹是独一无二的。日月潭若有指纹也该如此吧？

我明白，离开日月潭之后，自己检阅山水的目光一定会变得更加挑剔。

这种挑剔，值得原谅，因为日月潭。

白沙湾

在我看来，白沙湾是垦丁最美的海滩。

作为痴迷于大海的内陆人，我曾在笔下描述过三亚的亚龙湾、大连的金石滩等地，不得不说它们都给我留下了美好的回忆。

可是，白沙湾与它们最大的不同在于此前的那些海滩都激发起我对大海更热烈的向往，唯有白沙湾不是这样。它让我产生这样一种感觉：既然有幸来到这个地方，哪怕从此不再见任何海洋，我的心都是知足的。这种感觉类似于到过黄山之后感叹“天下无山”。

此刻，且让我跟随四月的正午的阳光，踏上那洁净柔软的沙滩吧。

这个月牙形的沙滩，似乎在告诉人们大地最润泽的肌肤是怎样的。在金色沙滩上，不停地盛开着雪白的浪花。那些浪花会让人感觉到，最美的雪花不是来自天上，而是来自大海的一次次突围。

那翡翠色的海水，仿佛调和了织女印染丝绸时最偏爱的各种蓝色。从没有哪一种蓝色那样娇嫩，那样温暖。只要看上一眼，便会铭记一生。

一朵朵白云，似乎被自己的影子迷住了，它们打量着海面，静静地发呆；一阵阵涛声，似乎被自己的歌喉迷住了。它们不停地合唱着，宠爱着每一双耳朵。

最初，在来台湾之前，我看着路线的安排上的这个地名，听说电影《海角七号》与《少年派的奇幻之旅》都曾在这取景，我以为这只是一处网红景点，觉得到这个地方简直是耽误时间，我的确没想过，这样一个并不出名的地方，竟是那样深得我心。

如果说，在去垦丁之前，我的心里写满向往，那么，离开垦丁、离开白沙湾之后，我的心里则盛满思念。

凡是深深爱过的山山水水，最终会住进我们的心底，永远属于我们。

垦丁与三亚

有人说，垦丁是一年想去 365 次的地方。

它位于台湾南部的恒春半岛，三面环海，被巴士海峡与台湾海峡以及太平洋呵护着。它也被称为台湾的天涯海角。

垦丁的得名是源于清朝末期，那时从广东潮州派遣了不少壮丁去垦荒，后来为了纪念他们的功劳，因此而得名。

在去台湾之前，我曾向一位朋友咨询过，我请他为我比较一下垦丁与三亚。他说：“我没去过三亚。”

时至今日，看来这种比较，只好由我自己来作答了。

垦丁与三亚都是特别迷人的地方，但它们的区别也很大。三亚因为旅游的大热而变成热闹的都会，垦丁还依然是质朴清纯的一张明信片。

还记得从三亚去亚龙湾时，无论坐公交还是高铁都十分便利。

而垦丁既没有机场，又没有铁路，只是一条条美丽的临近海洋的公路将其贯通，若是自由行的话，基本上靠租车或包车。从我们跟团的大巴的路线来看，基本上没看见城市的影子，就连小镇也很精致，像小村落。

三亚的建设是声势浩大且日新月异的。而垦丁基本上还是那么天生丽质，商业气息几乎被海风轻轻一吹便消散了。

垦丁基本上保留了原始的风貌，三亚则是将天然与人工结合得比较好。

它们之间其实没有多少可比性。三亚寸土寸金，人潮汹涌。垦丁半梦半醒，地广人稀。

三亚的亚龙湾，海水晶莹通透，沙滩渺远大气。同时，海滩十分平缓地向大海延伸，微风细浪，像慈母的摇篮。垦丁的白沙湾，四月里基本上也只是游客与大海的互望，没有什么商业的痕迹，加上游客不多，更像私人空间一样。

垦丁还有两大招牌公园，它们像陆地伸向大海的两只触角，并列为台湾陆地的最南端，一是猫鼻头公园，一是鹅銮鼻公园，都能看见无边无际的深蓝的大海，岸边是兀立的珊瑚礁石，海浪更加野性难驯。

猫鼻头公园因为有礁石像一只猫儿蹲在海水中而得名。无尽的海风缠绵地吹着，阵阵海浪与礁石爱恨纠缠。天际的海平线是那么大气磅礴，令人振奋。

鹅銮鼻公园的船帆石，又名尼克松石，从陆地的方位来看像极了人头。据说，在大海上与之对视，则更像船帆。我曾在《看见台湾》的纪录片中看过此处的航拍镜头，配上悠扬的旋律，令人感叹：想不到这么梦幻的景致，竟然是真实存在的。

世界上总有一些地方，像垦丁那样，没去之前便已心动。到过之后，觉得对得起自己的无限向往。

虽然由于跟团的缘故，整个垦丁之行，没有超出一个白天的范畴，行色匆匆，也不曾歇过一个晚上，但是它却是台湾环岛之旅的最华彩的片段。

他乡似故乡

最令我惆怅的，是在台东与花莲的时候。我没想到在离家乡万里之遥的台湾，我竟然开启了一次“故乡一日游”。

在台东县池上乡的伯朗大道，此处田园风光名声大噪，是因为某位明星曾在这里为某咖啡拍过广告。人们慕名而来，在此骑行、闲坐，相依相随，那么轻松，那么惬意。

在花莲县，我们去的是太鲁阁地质公园，这里以峡谷与断崖闻名于世。

若论风景这两处都谈不上惊艳。可是对我而言却太亲切了。撇开大海的因素，台湾东部的这些地区，太像湖南了。尤其是山水田园与湘南地区的几乎像是孪生兄弟一样。

无论走在田间，还是走在峡谷中，我都像是看见了海市蜃楼。

世界好像在我面前搁置了一面魔镜。我明明远在天涯，可是家乡的山包围着我，家乡的土地在我脚下铺开。当我赤足行走在田间的水渠，那温暖的渠水从我脚背上流过，那湿软的薄泥在我脚下挠痒痒。瞬间，我似乎回到了家园，回到了童年。

太鲁阁公园的大峡谷比较有气势，它曲曲折折地绵延到云雾深处，奇石散布，水石相激，往往飞珠溅玉。再加上峡谷的落差大，逆流而行，渐远渐高。由于我行走速度较快，比别的游客多穿行了一两公里，长路独行，清幽之极，远山在目，溪声在耳，真是酣畅淋漓。

可是这与我家乡的众多峡谷，几乎是异曲同工。我曾多少次流连在那样的山林之间，那是世上最纯净的溪流与飞瀑。

我在内心为眼前的所见感动。

世上风景千千万，最美最好还是家乡。而在万里之外，居然还有一个家乡的翻版，这便是双重的幸福了。

宋诗中有一个名句：“何事吟余忽惆怅，村桥原树似吾乡。”以前读的时候没往心里去。而今，这一片天空，这一处处风景，才让我懂得这句诗的分量。

我想，我不过是来去匆匆的游客，若是当年那些留在台湾的湖南老兵，恰恰生活在台湾东部的这片土地上，每日里对着酷似家乡的风景，思念起故乡的清风明月，思念起故乡的亲人，那又是一番怎样的感受啊！

七星潭琐记

七星潭海滩和清水断崖一样，都是花莲海景最美的地方。

清水断崖没时间去，七星潭本来也不在行程内。导游阿源是花莲人。我问他：“为什么这两处最美的地方，都不在我们的行程内呢？”

阿源的回答让我很意外。他说：“目前到台湾旅游的团队，最多的是日本人与韩国人。可是，你知道为什么咱们团一路上只碰到大陆来的游客呢？因为台湾为不同地区的游客设计的线路是不同的。”

原来如此。这是我没想到的。

我只得在心里叹息。台湾只允许大陆二十多个主要城市的居民享有不超过十五天的自由行。像我来自小地方，只能跟团，不能自由安排行程。

我曾经多次梦想过能去七星潭与清水断崖看看。没想到，命运愚弄，虽近在咫尺也只能错过。

或许是我内心对此地的渴望感动了上天，我最终不仅来到了七星潭，而且还到过两次。一次是在夜里，一次是在清晨，都是利用团队休息时间去的。

本来那个夜晚是属于美食的。领队带着几个游客去吃当地有名的小吃，我不想去，便在酒店附近走走，遇到一位大嫂，向她打听怎么去七星潭。她特别友好，亲自带路走了一段，还告诉我坐出租大约多少钱，多少时间便可到达。那份热情很令人感动。

后来遇到的出租车司机，也很投缘。他大约四五十岁，妻子是湖南衡阳人，他也曾在佛山做过多年生意。得知我来自湖南，他亲切地称我为“半个老乡”。收车费时也优惠了不少。他将手机号码留给我，说：“等下你回酒店时，就打电话给我，若我离得远，我就叫朋友的出租车送你。要是明天一早你想看日出，也可以随时给我打电话。”

在举目无亲的地方，听到这样暖心的话，就知道什么叫作情义了。

我在海边陆续遇到过两个远道而来的游客。一位叫乔治，是个德国人，他一个人对着海浪喝着啤酒。那情怀与气概，像是会享受生活的洋人才会有。他很谦虚，老说自己汉语不会不会，可是，就连海峡两岸“政策不同”这样的四个字，他都会说，也算很厉害了。他说他在花莲有几个朋友，每年会来台湾几次。夜色中，他指指大海，似乎一步之遥便是他的家乡。

另一位游客姓刘，山西人，在北京工作。他是自由行，专门安排了从花莲出海看鲸鱼的活动。他的旅途大约花费了一万五千元（我跟团的团费是五千元）。可是，无论在垦丁还是这里，他待的时间都比我宽裕得多，真令人羡慕。

第二天一早，我去七星潭看日出，我的“半个老乡”司机来接我，带我来到更适合观潮看日出的地方。太阳没有出场，远处墨色的深海，近处无与伦比的蓝色海浪，以及喷薄的白色浪花，这些景象都令人流连忘返。

在等待日出时，我看见海滩上有一个大叔在捡起游客们散落的垃圾。与他攀谈后得知，他是花莲人，住在台北，是环保志愿者。他将对家乡的一片爱心融入这实际的行动中。没有这样的人，这片海也不会那样美。

也正是在这个美丽的清晨，我惊喜地发现原来在七星潭长达二十公里的海滩上，全都布满了大大小小的鹅卵石。那遍地的小石子青白相间，形状各异，还有着不同的花纹。我发现其中一块青石上有一轮皎洁的明月的图案，就像团圆的象征。

根据景区规定，任何人连一颗小石粒都不允许带走。我很赞同这样的规定，凡是属于我们的，哪怕是一个小小的石头，也决不能弄丢。

台北的细节

初到台北故宫博物院，电子屏上显示：欢迎贵宾光临，目前展馆内人数 1947 人。

我到过不少博物馆，却是第一次看到统计馆内某一时刻的人数的。这个细节，挺温馨的。

有时候，公开化、透明化就是一种尊重，一份安全感。

1947，这个数字真是一个奇妙的巧合。若是在1947年，大陆正在打内战。馆内的这些藏品，那时都还在大陆呢！

1931年，日本发动九一八事变侵占东北后，国民政府开始计划将故宫博物院文物南运。第二年，日军攻占热河、进逼北平，博物院选择一些重要文物装箱储置，开始南运。

1933年2月6日，北平戒严，第一批南迁文物抵达上海，其间南迁文物共运出五批，将近两万箱。

之后，这些文物随着局势的变化，先后到过南京、长沙、汉口、成都、宝鸡、重庆等地，最后运到台湾的文物占南迁文物的五分之一。宝物的命运，也是历史进程的一个缩影。

我想，人有故乡，物亦有故乡，大概是这些宝物想家了。所以，在屏幕上显示1947的字样给我看。好聪明的宝物啊！好心酸的流离！

台北故宫博物院的奇珍异宝非常多，其中最有名的有三样：翡翠白菜、腊肉石、毛公鼎。它们都在同一层楼，并不难找。我想起患有风湿的母亲在冰冷的溪水中洗过的那一棵棵白菜，那也是我心中的国宝。

我最想见到的是北宋范宽的《溪山行旅图》，却没有展出。宣传册页上有怀素的《自叙帖》的布展公告，问询之下，也已撤展了。我作为永州人，对这位"草圣"的名帖，还是很期待的。无缘得见，真是遗憾！

后来去台北101大楼的时候，已临近黄昏了。

还没进楼，就看见有一位身穿老式解放军服装的老人，举着一面五星红旗，呐喊着："中华人民共和国万岁！中国共产党万岁！"旁边没人驱赶他，也没看见警察。

坐极速电梯上到高处的观光层，俯瞰整个台北市区，才发现除了这座大楼以外台北市的高楼挺少的。其实，整个台湾的城市建筑，大多数不是崭新油亮的那种。

暮色降临时，天边的一轮红日在青色的天幕中特别醒目。那是最美的一枚印章，盖在城市的留白处。

第二天，我去了诚品书店以及台湾大学。

书店里的书多半是繁体竖排的，也有繁体横排的，简体字的中文书很少。在一个现代都市，仅凭这一点就令人感觉很穿越。古典情怀，总归是精神家园的守护者。我特意买了一本《诗经》带回来。

在台湾大学，最让我惊讶的是居然真的没有围墙，校门也简洁低调得很，没有人盘问与拦阻。这一点，真是难以想象。

夜色中，为纪念台湾大学第四任校长傅斯年所建的“傅钟”，在灯光的照射下闪着金色的光芒。每天逢整点，“傅钟”会敲21响，这与傅斯年的一句名言有关，他说：“一天只有21小时，剩下3小时是用来沉思的。”

这座小钟塔，让我想起一句唐诗：“近来惊白发，方解惜青春。”

夜风中，在住处的摩天楼下，发现月轮在云层里很羞怯地探头探脑。

祈梦圣明宫

人生中第一次读到“祈梦”这个词，是在《徐霞客游记》中。这位明代的大旅行家到福建的九鲤湖为母亲祈梦。那里供奉的何氏九仙，据说是我国公认的梦神。

在台湾之旅的最后一天，从桃园机场返回北京的当天上午，我们来到台湾很热门的观光地——九份。

九份是海滨山城。山海相依，房屋沿着山势堆叠在一起。它不大，很秀气。

它的得名与出名都有故事。据说，最初这里的村落，住着九户人家，左邻右舍都很和睦。每次，若是哪家外出买东西，就会替大家都买好，分成九份，分到各家。于是，后来这里干脆被称为九份。

九份的出名是因为金矿。它曾号称是“亚洲金都”，在它最辉煌的时候，所开采的金矿可以用“吨”来计算。直到上世纪八十年代，金矿没了，这里逐渐萧条起来。之后又涅槃重生成了旅游胜地。尤其是侯孝贤导演在这拍过《悲情城市》之后就更出名了。后来，人们还锦上添花把这附会成《千与千寻》的灵感之地。

我没看过《悲情城市》，不过，侯孝贤与王童都是我最喜欢的台湾导演。侯孝贤拍的《童年往事》里，那位老奶奶对大陆的魂牵梦萦的情景让我印象极深。

九份的台阶像云梯一样，有一种青云直上的感觉。几条横着的街道，两边的店铺挨挨挤挤，逛街就像走一线天。

这座巴掌大的小山城，夜景应该是很不错的。由于时间所限，夜景是来不及看了，我在一处邂逅的地方停留良久。那是九份的圣明宫。

圣明宫坐落在小城的高处，庙宇算不上很宽。从外观上看，一条条彩色的龙装饰在琉璃瓦上，远望如镶嵌着宝石的凤冠。

庙宇里供奉的是关羽。红底的金匾上题写着“忠义千秋”四个大字。关羽在此处被尊称为关圣帝，与大陆不少地方将关羽当作财神的信仰不同，他在此处被视为开疆拓土的守护神。

对我而言，还有比这更亲切的神像么？还有比这更适合默默倾诉心愿之所么?

我也为我的母亲祈梦。

这位母亲历经五千年风雨，依然用博大的胸怀呵护着每一位炎黄子孙。

这位母亲有过辉煌也有过屈辱。但她永远是孩子心目中最伟大的母亲。就连这圣明宫中奉为神灵的关圣帝，在那遥远的年代里，也不过是她众多孩子中的一位。

这位母亲曾用她的泪眼看过她的孩子们忍受欺凌，也用她的泪眼看过她的孩子们彼此相争。这神州大地的每一条纹理、每一座山、每一条河、每一寸土地，都是她的心头肉。

母亲笑的时候，很美很美。所以，谁都不愿让她心碎。每一个孩子都懂得她的心思，都曾听到她在梦里呼唤的那个名字——台湾。

这圣明宫啊，从此，就作我的祈梦殿吧！一颗跳动的中国心在这片土地上为母亲祈梦。愿九九归一，骨肉同胞不再分离。愿伟大母亲在梦里呼唤的那个名字，在不久的将来，不会辜负她的深情守望与等待。

旅途之外

——代跋

江　来

旅途的故事告一段落，关于这本书的创作，似乎也应该说一说。

我以前就很喜欢读别人写的后记，感觉作者与读者在这一环节里就像在促膝谈心。如今，轮到自己来写，希望能写得别致而有趣一些。

写作或许能让敏感的人更敏感。我记得我曾经在不同阶段问过自己这样三个问题：“何时我才能走遍每个省呢？”“我能完成这本书么？”“什么时候我可以见证这本书的出版呢？”我将其戏称为“灵魂三问”，而今，这三个问题的答案已经明朗。感谢为这本书付出心血的朋友们，尤其感谢中央电视台《百家讲坛》主讲人、国防大学马骏教授不吝赐序，感谢作家出版社郭编辑的用心斧正。

青春不负凌云志，万里山河一梦回。我将此书献给我的祖国与母亲，而接下来要讲述的这五个小故事，则献给阳光雨露般的读者朋友们。

千古奇书的密码锁

相对于我最喜欢的四本古书《诗经》《史记》《红楼梦》《聊斋志异》，我读《徐霞客游记》的次数不算多。但阅读这本千古奇书的体验是非常独特的。

哪怕只用心读过一遍，就很难不受其影响。

第一个为这本奇书写序的，是徐霞客的朋友季梦良。他回忆说，当初徐霞客拜托他整理文稿时曾说："余日必有记，但散乱无序，子为我理而辑之。"可是，当季梦良真正开始做这件事时，徐霞客已经远去"天游"，再也无法见证书籍的刊印。风餐露宿的长期游历生涯，在他五十四岁时画上了句号。

这篇短序中"天游"二字，真令人黯然泪下。

对于今天追求高效的人们而言，阅读这样一本基本上以日记体为主的六十万字的长篇游记，基本上是不划算的。书中那些令人震撼的旅途与光芒无限的文字，也许并不比短视频更能将他们逗乐。可是，每当有人"不畏艰险"地投入这本大部头的游记阅读之后，这本书一定不会让他失望。

世上曾经有过这样一个人，他放弃了优渥富裕的生活，用坚韧不拔的毅力，向着心中想要探索的方向，义无反顾地走进风雨中，直至双腿皆废，直至生命的尽头。

他的旅途中遭遇过凶险，他把凶险写在日记里；他的旅途中邂逅过无数的奇景，他把奇景刻在日记里；沿途的风土人情与冷暖际遇都在他的笔下熠熠生辉。

他有极"啰嗦"的一面。我怀疑他用的最多的字是"里"字。他常常以"二里""三里""五里""三十里"这样的字眼，像丈量土地一样记述地形地貌。他就像在明朝设置了一个高度精确的导航系统。这系统在今人看来算是早已失灵，甚至像是阅读此书的一大障碍。可是，他将这一份坚持进行到底。

他在为大地山川立传的同时，无形中也为自己立传。

他是谁？他不过是江苏江阴的一个普通老百姓。他用他不朽的文笔与对大地的赤诚之心改写了自己的命运。

我曾为这本书做了厚厚的一本笔记。当然，大多数是抄写文中的精彩片段。我不否认这里面有太多值得击节称赏的描写。但是，我印象中最深的一句话可能与别人的感受不一样。

那是在徐霞客历尽艰辛到达昆明之后，有些当地的友人打算为他饯行，请他再作停留。他向一位叫金公趾的朋友辞别时以留言的形式说："明晨君在温柔梦寐中，余已飞屐峰头矣，不能待也！"

这句话最让我感慨。

无限风光的险峰，有时，是在别人沉睡在温柔梦寐中的时候，争分夺秒地攀登上去的。

一个"飞"字，让人仿佛感觉他有特异功能似的。"飞屐峰头"是一种征服感，是他的"游癖"的体现，这种对万水千山的征服，正是源自他对时间的"抠门"。"不能待也"四个字，既表明了不能再作停留的理由，也写出了自己对认定的使命的尊重。

我想，假如这本世人眼中的千古奇书有密码锁的话，那么，这一句话，可以当作解密的一把钥匙。对理解这本书理解徐霞客这个人都有"解锁"的功能。

有一个事实，常常是人们所忽略的，那就是世人大多有意无意会深陷温柔梦寐中，只有足够自省自觉，才能如愿"飞屐峰头"，创造另一种境界。

有人说，每一个作家都有一个导师。我作为一名普通的作者，或许，早在阅读《徐霞客游记》的过程中，已将他看作自己的精神导师。我想像他那样为后辈留下一份对当下的江山风貌与世态人情的见证，我愿尽我所能，为新时代的这片热土谱写心中的乐章。

母亲的另一双眼睛

有一次，读一首外国诗人的作品，他说：“我毕生的努力，只为在离去之前，对得起母亲的眼泪。”

好的语言就是这样，简单而难忘，一句顶万句。

原来，这世上所有的母亲的眼泪，都是孩子心中的软肋。我希望我有一位不流泪的母亲，我希望母亲的眼睛永远明亮。

事实上，我在这本书里，有两篇虚构的文章，一篇是为越剧虚构了一个岛屿——仙乐岛，另一篇是《母亲与天安门》。虚构，有时是另一种敬意。

母亲哪也没去过，她一生的足迹比一棵树的足迹略多一点。她晕车晕得厉害。家就是她的王国，似乎是她活着的全部意义。

母亲哪也不需要去，我很难想象一个人对一片小小的天地像她那样执着地坚守着。“你们就是说得神仙下了凡，我也不想出去（出远门）。”这是她的宣言书。

我不知道这个邮票大小的家乡是否值得母亲这样留恋。我不知道是否因为不识字在她心里造就的某种阴影，还是因为她想省下积攒的每一分钱？哪怕是朝夕相处，我们还是未能深刻地理解自己的亲人。

表面上看，我想过一种与母亲的生活版本不同的生活；表面上看，我喜欢满世界闯荡；表面上看，我将诗意献给了远方。

这也不过仅仅是表面而已。

那些与母亲绝缘的远方的土地，我有幸置身其间。那些母亲不曾欣赏的风景，我曾流连忘返。我是谁？我是母亲照射到远处的一缕光，我是母亲眼角滚落的一滴亮晶晶的泪，我是母亲的另一双眼睛。如此而已。

我用我的眼睛，去追寻我的另一位母亲的身影。她有着神州的美名，她有着华夏的古称。她有着令人沉醉的风景与文明。

我是谁？我是一座心桥，连接着祖国与母亲。

我一直在写作，用的是母亲看不懂的文字。这些文字对她没有意义。有时念给她听，还会惹她流泪，就像她听那篇写她的《带我来湖南的女人》时那样。

有时，就连我自己也会嘲笑自己。为不识字的人写一本几十万字的书，是否还有比这更具有讽刺意味的事？

每当这样的时候，我都暗自鼓励自己，天空不识字，照样赐予世间阳光雨露；大地不识字，照样哺育万物生长；母亲不识字，但她照样懂得我这本书。因为我是她写的。她用一生的眼泪与汗水写的。

愿这世间所有的母亲都不流泪。愿这世间所有的眼睛更明媚。愿这世间所有的孩子都对得起最应该对得起的人。

刻在心上的那句话

有时，见我写得太拼了，父亲会这样说我：“不写文章你就没饭吃吗？”

或许，只有父亲才会这样嗔怪我。父亲往往是这个世界上最不会说话的人。他将多少关心融入在这句看似责备的话里。只有细细寻味，才会懂得他真正的意思，才会剥开坚硬的语言外壳，感知某种无法替代的暖意。

或许，隔得太久了，连他自己也忘了曾经怎样鼓励过我的写作。或许，等得太久了，连他自己也开始质疑一个坚持写作的儿子这样写下去究竟有何意义？

我沉默着，思绪飘飞到我读初三的那间教室。那教室所在的校园，位于潇水河边。这是湘江的源流之一，舜帝南巡时就曾在这河边驻足过。

那是一节普通的语文课，为我们上课的是学校的校长黄友才先生。他为我们上的是王润滋的小说《卖蟹》。当他介绍课文作者时，突然说了一句题外话。

他是这样说的："将来，我们班上也会出一个大作家的，他就是阿海。"

坐在台下的我，被这突如其来的表扬惊呆了！同学们也向我投来羡慕的眼光。

那时我十五岁。其实，从那天起，我一辈子都是十五岁。

被自己钦佩的人所青睐，是一种什么感觉，我从那时起就深深地体会到了。古人有"岳母刺字"的佳话，恩师在课堂上的一通夸奖，他将那句话刻在了我的心上。

我不知道这世上有多少老师曾这样"昭告天下"某某学生是某某方面的千里马。我不知道应该将老师看作神算之人还是吹牛大王更好。我不知道怎样变成一个作家怎样将作家前面再冠以一个"大"字。我不知道上天会给我多少时间思考，给我多少光阴来写下答案。

但是，我想说，在心灵真正定型之前，假如曾经有过某一个特别令自己感动的瞬间，那么，记住并且不辜负，应该值得毕生为之奋斗。

有人说，教育是教会一个人发现自己。有人说，真正的教育是给他人一个美名，让他自己为之奋斗。我深有体会。

多少年过去了，多少热爱写作的人开始热爱别的去了。我依然傻傻地读着，写着，思索着。

我知道世人如何定义失败者，没有名没有利没有背景没有价值。我不讨论成功，也不讨论失败，我想用我的所有的呼吸，告诉某个人，我还在坚持。我是坚持者，哪怕不是世人眼中的胜利者，我依然坚持着。

有一天，或许在某个春天，桃花开到第三朵的时候，或许在某个冬天，雪花落到第三片的时候，我会在心底告诉我的老师：

恩师，您知道么？如今，您的学生有了一个新的名字，他就叫江来，是您所谓的将来。

唱给女儿的那首歌

零到四岁，大概是带娃最累也最有味的时候。

那年元旦的头一天，六斤六两的她于凌晨六点十六分从遥远的星空赶来与我们一起跨年。她的第一声啼哭显得格外嘹亮。那是她歌唱生涯的开端。

除了糟糠之妻，她是家里最支持我写作的人。她像家乡的河流一样，一直是我灵感的源泉。

我常常想起她说的一些有趣的话，那些话，放大了看，就像天才说的。她从刚会咿咿呀呀开始，就会为我唱歌，我听不懂她的歌曲，我只是觉得莫名地快乐。我也总是唱些儿歌给她听，就好像我是一个称职的小伙伴。

有时，窗外的阳光格外明媚，别的小朋友在大街小巷游戏，在公园里玩耍，是她陪着我待在办公室整理旅途照片以及修改文章。

有时，当我在天涯海角时，她给我打电话，我们也经常用歌声交流。她的歌声无与伦比，因为她对我而言，也是无与伦比。

我在电话里，最喜欢为她唱的那首歌，歌名叫《我们的祖国是花园》。我很喜欢它的第一句歌词:“我们的祖国是花园，花园里花朵真鲜艳。”

这首欢快的旋律，我在台湾为她唱过，我在宁夏为她唱过，在各地的灿烂的阳光下，我为她一遍遍唱过。

我的声音跨越千山万水到达她的身边，这声音并不比流水的声音好听，也不比小鸟的声音悦耳，可是，只要她喜欢，我总是乐于一遍又一遍地唱着。

我不停地写啊写，这些文字，我的母亲无法读懂，可是，我的小棉袄将来却能看到。

我只是很想告诉她，我们的祖国是花园，这句话不仅仅是在歌声里，也在这一本书中，还在每一位中华儿女的心底。

或许，有一天，她会明白，这一本厚厚的书，其实就是一首简简单单的歌。唱给她，也唱给祖国的大地山河。

飞向河面的小石子

今天是2020年最后一天，也是女儿四岁的生日。同时，这也意味着这本书我整整写了四年多了。

我从没想过自己会为此倾注那么多的心血。有时，当我问自己，到底是行走天涯更苦，还是写作更苦？我的心情就变得很复杂。

一篇文章，看上去简简单单几百字甚至几千字，可是，构思的时间，几乎是难以衡量的。无论是梦是醒，无论是坐是立，可以说，无时无刻不是酝酿之时。

有时，心心念念能换来文思泉涌，有时魂牵梦萦也只换来一堆落叶，甚至是一缕轻烟。

有人说，真正的创作，不仅对于读者来说是新鲜的，对于作者本人而言，也是意想不到的。我并非刻意将自己的写作美化为创作，但至少整本书的成型，对我来说，确实是出乎我的意料。

撇开内容不论，长篇的叙事也好，写景状物也好，不可避免地都会遇到一个结构上的问题。我就曾经为此大伤脑筋。

直到某一天，一件小事将我从这种困局中解放出来。

那是一个夏日晴朗的傍晚，在家乡的小河游泳之后，我像儿时一样玩起了打水漂的游戏。那些扁平的小鹅卵石，贴着水面飞行，溅起一圈圈的涟漪，最后，脚步像密集的鼓点，随即像鱼儿一样钻入水底。

这是小时候就已经熟悉的场景，可那一次，却带给我很不一样的感觉。我突然领悟到，其实，文章与文章之间，也可以像这小石子一样是跳跃着前进的。也就是说，同一个主题或范围，可以像同一个石子一样，断断续续地延续下去。可是一连串的“步子”又是一个整体。

我不得不承认，这样形象而直观地跳步行走的打水漂的游戏，最终启发了我在为每个省加上一个形容词之后，再用不同的篇章组成一个整体。因此，才有了初稿写成的二百八十多篇文章以及修改后保留的这一百七十多篇的文章。

那条清澈的小河，只是我家乡的六十五条河流中的一条。它的名字是濂溪河，一千多年前，河边曾诞生过写下《爱莲说》的理学鼻祖周敦颐。他被誉为“孔孟后一人”。他自号濂溪先生，他的名句“出淤泥而不染”几乎家喻户晓。

对于家乡这片土地的人们而言，从唐宋时期起，就自然而然地产生一种对文字的膜拜与热爱。当然，与这个世界上所有热爱文学的人们一样，正是这种潜意识的力量，让一代又一代的文人并不畏惧苦吟的孤寂与落寞依然沉浸于其中。

我感谢那些飞过河面的小石子，它们让我相信，哪怕所有的努力最后都会沉入水底，可是，那水面上动人的涟漪，依旧会长久地留在心里。更何况，从古至今，总会有些努力是永远不会打水漂的。那些凝成永恒的回忆，是后人永远的财富。

图书在版编目（CIP）数据

江山凝眸 / 江来著. -- 北京：作家出版社，2021. 8（2021. 9重印）
ISBN 978-7-5212-1396-6

Ⅰ. ①江… Ⅱ. ①江… Ⅲ. ①随笔－作品集－中国－当代 Ⅳ. ①I267.1

中国版本图书馆CIP数据核字（2021）第066127号

江山凝眸

作　　者： 江　来
彩插摄影： 江　来
出版统筹： 汉　睿
责任编辑： 翟婧婧
装帧设计： 孙惟静
出版发行： 作家出版社有限公司
社　　址： 北京农展馆南里10号　　**邮　　编：** 100125
电话传真： 86-10-65067186（发行中心及邮购部）
86-10-65004079（总编室）
E-mail:zuojia@zuojia.net.cn
http://www.zuojiachubanshe.com
印　　刷： 北京盛通印刷股份有限公司
成品尺寸： 142×210
字　　数： 220千
印　　张： 11.25
版　　次： 2021年8月第1版
印　　次： 2021年9月第2次印刷
ISBN　978-7-5212-1396-6
定　　价： 58. 00元
